KB198459

기적의 카페, 카에데안

KOEDO·KAWAGOE KAMISAMA NO PET CAFE KAEDE-AN TAISETSUNA ANATANI TSUTAERU, ARIGATO. by Jun Yuri

Original Japanese edition published by MICRO MAGAZINE, INC., Tokyo.

This Korean language edition is published by arrangement with MICRO MAGAZINE, INC., Tokyo in care of Tuttle-Mori Agency, Inc., Tokyo through Danny Hong Agency, Seoul.

기적의 카페, 카에데안

✷

단 한 번
반려동물과

마지막 대화를
나눌 수 있는
그곳

✷

유리 준 지음
윤은혜 옮김

필름

✷

추천사

세상을 떠난 반려동물과 단 한 번 더 만날 수 있다면, 그리고 인간의 언어로 대화를 나눌 수 있다면 어떨까? 솔직히 말하자면 나는 조금 겁이 난다. "어이, 아빠. 왜 나한테 그렇게밖에 못 해줬어? 정말 그게 최선이었어?" 하고 추궁당할 것 같기 때문이다. 그러나 카페 카에데안에서 만난 레오는 이렇게 말한다. "이제 나에게 미안하다고 하지 마. 엄마가 기뻐하면 나도 기뻤어. 그러니까 나에 대해서 아무것도 후회하지 않았으면 좋겠어." 아하, 맞다. 그랬었다. 우리의 반려동물들은 우리가 자신으로 인해 기뻐할 때 그것을 온전히 자신의 기쁨으로 여길 줄 아는 존재들이었다. 그들은 결코 우리가 미안해하거나 후회하기를 원치 않을 것이다. 그 사실을 확인하고 싶다면, 이 책을 통해 카페 카에데안에 가보자.

—《노견일기》 정우열 작가

일러두기 본문의 각주는 모두 옮긴이의 것입니다.

차례

✷

프롤로그

"지나가요, 지나가요~"

초등학교 저학년 정도로 보이는 여자아이가 작은 입을 크게 움직이며 노래하기 시작했다.

장마가 잠시 걷힌 틈의 무더위도 하늘이 붉게 물들 무렵이 되자 어느 정도 수그러들었고, 길을 가는 사람들의 표정도 한결 누그러졌다.

사이타마현埼玉県* 내에서 손꼽히는 관광지인 가와고에川越**도 마찬가지였다. 전통 양식의 건물들이 늘어선 중앙 상점가에서 조금 떨어진 미요시노三芳野 신사로 향하는 참배길은

* 도쿄 북쪽에 인접해 있는 일본의 현.

** 도쿄에서 약 한 시간 거리에 있는 소도시로, 17세기 초부터 19세기 중반에 이르는 에도 시대의 지역 중심지로서 번성했다. 당시의 전통 가옥과 문화유산이 잘 보존되어 있어 '작은 에도(小江戸)'라는 별명을 가지고 있다.

나무 틈새로 비치는 석양빛을 받아 오렌지색으로 물들었고, 그 길을 따라 세 개의 그림자가 천천히 신사를 향해 걸어가고 있다.

"여~기는 어디로 가는 샛길인가요~"

아이의 손을 잡은 어머니가 가는 목소리로 노래를 이어 불렀다. 두 사람이 부르는 전래동요 〈지나가요〉는 미요시노 신사에서 탄생했다는 설이 있다. 여자아이는 이 근처 고등학교에서 역사를 가르치는 어머니로부터 방금 그 이야기를 들은 참이었다.

"천신님께 가는 샛길이지요~"

여자아이는 또 다른 그림자의 주인에게 눈길을 주면서 노래한다. 하지만 그 주인에게서 노랫소리가 돌아올 리는 없다. 왜냐하면 초콜릿색의 토이푸들이니까.

통통 튀듯이 가벼운 발걸음으로 걸으며 동그란 두 눈을 여자아이에게로 향하고 있다. 그 후로도 여자아이와 어머니 두 사람은 가죽 리드줄을 채운 토이푸들에게 호흡이 딱 맞는 노래를 계속 들려주었다.

"가기는 쉽지만 돌아오기는 무섭죠~ 무섭더라도 지나가요, 지나가요~"

어느새 신사 바로 앞까지 도달했다. 세 번이나 같은 가사를 반복해 부르던 합창도 여기서 끝났다.

"엄마, 왜 돌아오기가 무서워요?"

여자아이가 궁금하다는 얼굴로 어머니를 올려다보았다. 어머니는 애정 가득한 눈빛으로 다정하게 아이를 보면서 방긋 미소 지었다.

"후후. 이 신사 안쪽의 숲에는 말이야, 오랜 옛날부터 천신님이 살고 계시거든. 그래서 나쁜 짓을 하는 아이가 있지는 않은지 지켜보고 있기 때문이 아닐까?"

어머니가 그렇게 이야기하는 사이에, 여자아이의 관심은 이미 노래 가사에서 멀어져 버렸다.

"초코! 이리 와! 하하하하!"

아이는 신사의 경내를 초코라 불리는 토이푸들과 함께 뛰어다녔다.

"저런, 나고미. 그렇게 뛰다 넘어질라. 그리고 초코는 이제 나이가 많아서 그렇게 끌고 다니면 힘들어 해."

곤란한 얼굴로 아이를 나무라던 어머니는 신사 오른쪽에 우거진 숲에 눈길을 힐끗 주었다. 여기서 보이지는 않지만, 이 숲 안쪽에는 '카에데안楓庵'이라는 이름의 조금 특이한 반려동물 동반 가능 카페가 있다.

어디가 어떻게 특이하냐 하면, 어떤 정보 사이트에도 소개되어 있지 않은데 어째선지 손님의 발걸음이 끊이지 않는다는 점이라고 대답할 수 있겠다. 하지만 카에데안에는 그 이상으로 큰 비밀이 숨어 있었는데…….

"엄마! 빨리 와!"

여자아이의 짜랑짜랑한 목소리에 퍼뜩 놀란 어머니는 숲에서 눈을 떼고 서둘러 아이와 토이푸들을 향해 달려갔다.

"자, 이제 집에 가서 밥 먹자."

"네에!"

여자아이가 기운차게 대답하자 초코도 기쁜 듯이 꼬리를 흔들었다. 그리고 세 사람은 나란히 걸어온 길을 되돌아가기 시작했다.

그들과 교대하듯이 젊은 여자 한 명이 긴 머리를 나부끼며 빠른 걸음으로 신사를 향해 걸어갔다. 그 표정이 너무 절박했기 때문에 어머니는 자기도 모르게 뒤를 돌아보며 그 여자의 발걸음을 눈으로 뒤쫓았다.

그런데 그 여자는 신사가 아니라 카에데안이 있는 숲 쪽으로 사라지는 것이 아닌가.

"엄마, 왜 그래?"

"어? 아, 아니야. 아무것도 아니야."

어머니는 다시 앞을 바라보았다. 하늘은 이제 보라색으로 변해가고 있었다. 어두워지기 전에 돌아가야지. 그렇게 마음을 바꾼 어머니는 아이의 손을 꼭 잡고 크게 걸음을 내디뎠다.

딸랑딸랑.

나무로 된 문이 열리자 손님이 온 것을 알리는 종소리가 경쾌하게 울려 퍼졌다. 카에데안의 신비한 힘을 찾아온 손님이 틀림없다. 카페의 마스터는 앉아 있던 의자에서 천천히 몸을 일으키고는 카운터에 서서 큰 소리로 말했다.

"어서 오세요."

달콤함과 씁쓸함이 한데 섞인 매력적인 바리톤 보이스. 그 목소리 못지않게 매력적인 얼굴의 마스터는 카페에 들어온 젊은 여성을 보고 살짝 표정을 굳혔다.

"……어라?"

자기도 모르게 놀람이 담긴 목소리가 새어 나온 것은 이상할 것도 없었다. 카에데안에 오는 손님들은 대부분 반려동물을 동반하는데, 그녀는 혼자였기 때문이다.

어떻게 된 일일까, 하고 고개를 갸웃거리는 그에게 그녀는 귀여운 얼굴을 일그러뜨리며 입을 열자마자 이렇게 말했다.

"저를 여기서 일하게 해주세요! 부탁드립니다!"

당신을 지키기로
결심했으니까

*

나, 세키카와 미노리関川美乃里에게 있어서 올해는 이게 바로 삼재인가 하고 한숨이 나올 정도로 재난이 이어지는 한 해였다.

우선은 새해가 밝자마자 대학교 3학년 때부터 7년이나 사귄 동갑내기 남자친구에게 갑자기 차였다. 그가 바람을 피운 탓이었다.

사실 갑작스러운 일도 아니다. 자그마치 사귀기 시작한 지 2개월밖에 되지 않았을 때부터 바람을 피웠다는 것을 나는 알고 있었으니까.

"너 사실 알고 있었잖아? 내가 다른 여자 만난 거. 왜 아무 말도 안 해? 왜 원망 한마디 안 하냐고! 넌 항상 그래. 누구한테든 헤헤거리기나 하고. 정작 하고 싶은 말은 할 줄 모르고. 그렇게 미움받는 게 무서워? 난 이제 지겨워. 네가 무슨 생각을 하는지 하나도 모르겠다고!"

바람은 본인이 피워 놓고, 왜 원망하지 않느냐고 추궁당한 끝에 차이다니, 이건 제법 흔치 않은 경험일 것이다. 하지만 아무리 억울한 일을 당해도 남에게 냉정하게 대하지 못하는 것이 나의 약점이다.

"미안해. 네가 그렇게 생각하는 줄 미처 몰랐어……."

이렇게 내 쪽에서 오히려 사과를 하면서 7년간의 연애는 허무하게 끝을 고했다. 하지만 재난은 이걸로 끝나지 않았다.

쓸쓸한 밸런타인데이를 보내고 얼마 지나지 않은 어느 날.

"세키카와 씨, 잠깐 얘기 좀 할까."

사무직 직원으로 일하고 있는 광고대리점에서 인사부장의 호출을 받아 가 보았더니, 입을 열자마자 이런 말을 들었다.

"요새 경기가 어렵다 보니 회사도 타격이 커서 말이야. 그래서 계약직과 사무직 쪽 정규직 직원들은 근무를 주 3일만 하는 걸로 하고 급여를 30% 삭감하게 되었네. 물론 이 조치에 동의하지 않겠다면 어쩔 수 없어. 퇴직금은 넉넉히 줄 거고, 이직을 한다면 그쪽에 가능한 좋게 얘기해 주겠다고 약속하지. 다만 가능하면 회사에 남아 주기 바라네."

흔히 말하는 구조조정을 당하게 된 것이다. 계약직 사원은 전원이, 나 같은 사무직의 정규직 직원들도 대다수가 회사를 그만두었다. 부양가족이 있는 남자 사원들만 그만두지 않고 영업직이나 기획 쪽으로 직무를 전환해서 급여를 보전받았다.

하지만 모두가 직무를 전환하면 막대한 사무 작업을 모두가 나누어 떠맡아야 한다. 나는 동료들을 그런 상황으로 내모는 것이 내키지 않았다.

아니, "그렇다면 그만두겠습니다!" 하고 사표를 내던질 용기가 없었던 것뿐인지도 모른다. 어쨌든 나는 회사에 남았다. 그 결과 월급은 줄었는데도 일은 폭발적으로 늘어나는 참담한 상황에 처하고 말았던 것이다.

"미노리는 사람이 너무 좋아서 탈이야! 남이 힘들어할 때는 그렇게 저돌적으로 나서서 겁도 없이 싸우면서, 막상 자기 일에는 아무 말도 못 한다니까. 할 말은 해야지. 안 그러면 너만 손해야!"

친한 직장 동료도 전 남자친구와 비슷한 말을 했지만, 나에게는 도저히 불가능한 일이다. 그래서 이렇게 말하는 것이 고작이었다.

"나는 괜찮아! 다른 사람을 돕는 게 내 역할이니까! 하하하하!"

나는 남에게 미움받고 싶지 않고, 상처 입히고 싶지도 않다. 그래서 상대방에게 단호하게 할 말을 하는 것이 무섭다. 그뿐만이 아니다. 싸우는 것조차 기피하다 보니 다른 사람과 깊게 사귀는 것도 쉽지 않다.

메신저에 등록된 친구 수는 굉장히 많지만, 편하게 밥 한번 먹자고 말을 걸 수 있는 사람은 한 명도 없다. 고독이라는 두 글자가 항상 등 뒤를 따라다닌다.

그것을 떨쳐내고 싶어서 남들 앞에서는 가능한 밝게 웃으며 행동하려 한다. 그래서인지 주위 사람들은 나를 사교적이라고 생각하는 모양이다.

하지만 사실은 그렇지 않다. 그저 겁쟁이일 뿐이다. 그래서 누구와도 깊은 관계를 맺지 못한다. 재난이 연이어 닥쳐와도 도움의 손길을 뻗어 줄 사람이 아무도 없는 것이다…….

이런 생각에 빠질 때면 항상 고등학교 3학년 때의 봄을 떠올린다. 병실 침대에 누워 있던 내 친구 아야카. 아야카는 고통스러운 목소리로 말했다.

—나, 벚꽃이 보고 싶어…….

그때부터다. 내가 변한 것은. 그때의 후회로부터 나는 한 발짝도 앞으로 나아가지 못하고 있다.

골든위크*가 끝날 무렵에는 생활이 힘겨울 정도로 돈이 부족해졌다. 급여 삭감 이후로는 겸업 제한도 없어졌으니, 나는 아르바이트를 해야겠다고 결심했다. 하지만 인터넷으로 일을

* 4월 말부터 5월 초에 걸쳐 공휴일이 이어져 있는 일본의 황금연휴 기간.

찾기보다는 내가 좋아하는 동네의, 내 취향의 카페에서 일자리를 찾아봐야겠다고 처음부터 마음먹었다.

오늘이 그날이다. 나는 밝은 갈색으로 염색했던 머리카락을 까만색으로 되돌리고, 취업 준비 때 입었던 하얀 셔츠와 검은색 정장을 꺼내 입고 집을 나섰다. 평소에는 진하게 하는 편이던 화장도 가능한 수수하게, 청초한 인상을 주는 데 주력했다.

장마 중간에 찾아온 맑게 갠 아침, 한 걸음 밖으로 나가자 찜통 같은 더위가 밀려왔다. 나도 모르게 입꼬리가 축 처지려 했지만 '이러면 안 돼!' 하고 고개를 젓고는 억지로 미소를 지으며 역으로 향했다.

지금 살고 있는 사이타마현 시키志木시로부터 전철로 10분 거리. 내가 내린 곳은 사이타마현을 대표하는 관광지, 가와고에였다.

* * *

아르바이트 자리 정도는 금방 찾을 수 있을 거라고 낙관했던 나는 반나절도 지나지 않아 안이한 생각이었음을 뼈저리게 느꼈다.

"하아……. 이제 안 되겠어……."

기차역에서부터 시작되는 중앙 상점가를 몇 번이나 왕복했지만, 불경기다 보니 새로운 종업원을 모집하는 가게가 좀처럼 보이지 않았다. 도저히 여기서 일하고 싶다는 말을 꺼내기 힘든 분위기였고, 그럴 용기도 없었다.

조금 멀리까지 나가서 가와고에 7복신七福神* 쪽까지 쭉 둘러보았지만, 수확은 전혀 없었다……. 참고로 가와고에 7복신을 모신 절과 신사는 가와고에 외곽에 여기저기 흩어져 있다. 불쾌지수가 최고치에 달한 날에 도보로 돌아다니는 것은 지금의 나에게는 조금 무리였던 모양이다.

다리는 막대기처럼 뻣뻣해졌고, 거울을 들여다보니 화장도 엉망이다. 시간은 오후 3시가 되어간다. 잘 생각해 보니 아침부터 아무것도 먹지 않았다.

아, 그러고 보니 이 근처에 가와고에의 명물인 고구마로 파르페를 만들어 파는 카페가 있었던 것 같은데.

문득 그걸 생각해 내고 스마트폰으로 위치를 검색했다.

"그래, 그러니까…… 'OIMO'라는 이름이구나."

'오이모'**라는 가게 이름대로 고구마를 주재료로 하는 다양한 디저트와 요리를 먹을 수 있다고 한다.

* 일본 전통 신앙에서 사람들에게 복을 내려준다고 하는 7명의 신을 모신 절 또는 신사를 부르는 명칭. 가와고에에서는 일곱 곳의 절과 신사 사이사이에 관광 명소가 위치해 있어 7복신을 돌아보는 참배길이 관광 코스로도 유명하다.

** 일본어로 고구마를 의미한다.

"오래 기다리셨습니다! 저희 가게의 스페셜 메뉴 '고구마 가득 파르페'입니다!"

테이블 위에 널브러져 있던 내 눈앞에 기다란 유리컵에 담긴 파르페가 놓였다. 벌떡 일어나 얼굴을 들자 귀여운 여자아이가 방긋 웃으며 미소를 지어 주었다.

"고맙습니다."

"별말씀을요. 맛있게 드세요!"

아, 정말 기분 좋다.

쨍하게 차가운 사이다를 벌컥벌컥 들이킨 듯한 청량감이 나를 감쌌다. 요즘 들어 계속 이어진 재난에 완전히 풀이 죽어 있었던 탓인지, 웃는 얼굴을 접한 것만으로도 살짝 눈물이 날 뻔했다.

하지만 주위에는 다른 손님들이 많이 있다. 이런 곳에서 울면 안 된다고 마음을 다잡은 나는 높이가 30센티는 될 법한 파르페로 눈을 돌렸다.

가장 위에는 노란색의 고구마 아이스크림과 군고구마 페이스트, 그리고 고구마칩이 두 개 꽂혀 있고, 자색고구마 앙금을 넣은 깨 찹쌀떡이 올라가 있다. 그 아래에는 바닐라 아이스크림, 그래놀라, 황금색의 고구마 맛탕, 고구마 무스 순으로 빼곡히 채워져 있다.

과연 1300엔이나 하는 만큼, 공들인 티가 났다. 이대로 아르바이트 자리를 찾지 못한다면 이것이 최후의 사치가 될지도 모른다.

결코 작지 않은 비장함을 가슴에 품은 채 스마트폰으로 찰칵 사진을 찍었다. 그리고 긴 스푼을 손에 들고 어디서부터 먹을까 고개를 요리조리 돌리던 순간이었다. 한 명의 소년이 내 시야에 들어온 것은.

"넌 누구니?"

나도 모르게 그렇게 물어본 것은 그 아이가 나를 지그시 응시하고 있었기 때문이다. 체격은 초등학교 3학년 정도일까? 그러나 어깨까지 기른 덥수룩한 머리카락에 감색을 기조로 한 전통의상, 그리고 가죽 소재의 벨트초커……. 뭘로 봐도 범상치 않은 차림새다.

아는 사람 중에 이런 아이가 있던가?

입을 꾹 다문 의젓한 얼굴은 묘하게 어른스러워 보인다. 자라면 분명 미남이 될 것이다. 하지만 이제까지 내 인생은 미남과는 아무런 인연이 없었다. 즉 내가 이런 아이를 알 리가 없다……니, 어쩐지 갑자기 눈물이 나려고 하네. 어쨌든 지금은 일단 이 아이가 누군지를 확인해야겠지?

"나한테 볼일 있니?"

한 번 더 물어보았지만, 여전히 반응이 없었다. 이 아이는 대체 무슨 생각을 하고 있는 걸까? 혹시 부모님을 잃어버렸나? 아니, 그렇지는 않을 거야. 왜냐면 이 아이의 눈동자에서는 불안이나 공포가 느껴지지 않으니까.

뭔가를 강하게 원하고 있는 눈이다……. 그렇다면 설마……? '나'를 원하는 걸까!? 말도 안 되는 망상임에도 불구하고 어쩐지 현실감이 느껴져서 얼굴이 뜨거워졌다. 그래서 무의식적으로 큰 소리로 말하고 말았다.

"안 돼! 앞으로 15년은 더 커서 오렴!!"

카페 안이 쥐 죽은 듯이 고요해지고, 손님뿐만 아니라 종업원까지 포함한 모든 사람의 눈이 일제히 내게로 쏠렸다. 덕분에 얼굴만이 아니라 온몸이 다 화끈거리게 된 나는 파르페의 꼭대기에 군림하고 있던 고구마 아이스크림을 한 입 떠먹었다.

달콤하기만 한 것이 아니라 고구마의 맛이 진하게 느껴져서, 정말 맛있다. 게다가 차가운 아이스크림이 터지기 직전이었던 머릿속을 차갑게 식혀 주었다.

나는 아까 파르페를 가져다 준 점원과 눈을 마주치고는 "굉장히 맛있어요" 하고 작은 목소리로 말하며 눈짓을 했다. 그러자 그 점원은 뭔가를 눈치챘는지 "아, 고맙습니다" 하고 대꾸하고는 다른 손님을 다시 응대하면서 어색한 침묵을 깨 주었다.

휴, 다행이다! 저 사람과는 나중에 만나면 친하게 지낼 수 있을 것 같아!

나는 마음속으로 그쪽을 향해 엄지를 치켜들고는, 여전히 아무 말이 없는 소년에게 작은 목소리로 물었다.

"대체 뭘 갖고 싶어서 그러니?"

"……그거."

소년의 시선이 내 얼굴에서 살짝 아래로 내려간다.

"혹시…… 이걸 먹고 싶니?"

내가 파르페를 손가락으로 가리키자, 동시에 소년의 배에서 꼬르륵하는 귀여운 소리가 들려왔다. 그 직후, 내 입은 이미 제멋대로 움직이고 있었다.

"저기요! 같은 파르페 하나 더 주세요!"

"2600엔입니다. 감사합니다! 또 찾아주세요!"

아프다……. 너무 뼈아픈 소비였다…….

하지만 만족스럽게 배를 두드리며 "굉장히 맛있었어! 고맙다!" 하고 순순히 감사 인사를 하는 소년을 보면 그래, 그거면 됐다 싶으니 신기한 일이다.

"괜찮아? 얼굴빛이 안 좋은데?"

"어? 응, 괜찮아. 아무렇지도 않아!"

사실은 그다지 괜찮지 않았지만, 그런 이야기를 처음 만난 남자아이에게 털어놓은들 상황은 아무것도 바뀌지 않는다.

그보다 지금 신경이 쓰여서 못 견디겠는 것은, 왜 이 아이가 내 옆에서 당당히 걷고 있느냐 하는 점이다. 지금은 중앙상점가에서 조금 벗어난 위치에 있던 카페에서 나와 역을 향해 가고 있다.

어쩌면 정말 길을 잃었는지도 모른다. 그래서 나는 살짝 몸을 숙여 그 애와 눈높이를 맞췄다.

"너는 어디서 왔니?"

"내 이름은 소라ソラ다! 너라고 부르지 마!"

질문에 대한 답이 되지는 않았지만, 뭐 이름을 안 것만으로도 다행이라고 해 둘까.

"알겠어. 소라야, 나는 미노리라고 해. 그런데 소라의 엄마 아빠는 어디 계신지 누나에게 알려줄 수 있을까?"

소라는 '그런 걸 대체 왜 묻지?'라는 표정으로 눈살을 찌푸리면서 작은 검지손가락으로 위쪽을 가리켰다. 그 끝으로 시선을 옮기자 파란 하늘과 느긋하게 흘러가는 하얀 구름이 눈에 들어온다.

하늘에 있다는 건…… 그런 뜻이겠지……?

"미안해. 누나가 슬픈 생각을 하게 했구나."

내가 미안해하며 어두운 목소리로 말하자, 소라는 이상하다는 듯이 고개를 갸웃거렸다.

"왜 미노리가 미안하다고 해?"

"그치만……."

"자, 얼굴 들어. 맛있는 것도 사주고, 미노리에게는 고맙게 생각하고 있어. 그러니까 도와줄게."

"도와준다고? 뭐를?"

"흥! 얼버무려도 소용없다고! 뭐 찾는 게 있지? 온몸에서 초조와 불안의 냄새가 폴폴 풍긴단 말이야. 자, 뭘 찾고 있는지 말해봐. 모처럼 말도 할 수 있으니까 말이야!"

뭐, 뭐지? 이 애는……? 게다가 냄새가 난다니 무슨 뜻이야? 땀 냄새를 좋은 향기로 바꿔준다는 섬유유연제도 썼단 말이야!

하고 싶은 말이 너무 많아서 오히려 말문이 막혔다. 그런 나를 보고, 소라는 더 기다릴 수가 없다는 듯이 입을 열었다.

"아, 됐어! 나는 신세를 졌으면 반드시 갚아야 한다는 신조를 갖고 있거든. 그러니까 좋은 걸 알려줄게."

"좋은 거?"

"그래. 다음 종소리가 들리면 미요시노 신사 옆에 있는 숲 안쪽으로 가 봐."

"뭐……? 무슨 소리야?" 하고 되묻는 나에게서 성큼 뛰듯이 세 걸음 멀어진 소라는, 빙글 돌아 이쪽을 돌아보았다.

"거기에 카에데안이라는 찻집이 있거든. 거기에 들어가서 미노리가 원하는 걸 확실히 말해 보도록 해! 말도 할 줄 알면서 참으면 아깝잖아. 솔직한 마음을 입 밖에 내면 개운해질 테니까!"

"어, 그, 그래……."

우격다짐으로 밀어붙이는 소라의 말투에 나도 모르게 고개를 끄덕이기는 했지만, 그 의도는 전혀 이해가 되지 않았다. 하지만 소라는 내 반응에 만족한 모양이다. 햇살처럼 활짝 웃어 보였다.

"그럼 약속했다! 이제부터는 자기가 원하는 걸 솔직히 말하는 거야!!"

소라는 그 말을 남기고 바람처럼 달려가 버렸다.

소라와 헤어진 뒤, 아르바이트 찾기를 재개한 나에게 약간의 변화가 생겼다. "안녕하세요. 혹시 아르바이트 모집하지 않으세요?"라고 소리 내어 물어볼 수 있게 된 것이다. 인정하고 싶지는 않지만, 소라에게서 "모처럼 말도 할 수 있으니까"라는 말을 들었기 때문이라고 생각한다.

모든 가게에서 "지금은 곤란한데……"라고 완곡하게 거절당했으니까 결과는 달라지지 않았다. 그래도 아무 말 못 하고 가게 앞을 서성거리는 것보다는 훨씬 기분이 개운하다는 것을 깨달았다. 이것도 "솔직한 마음을 입 밖에 내면 개운해질 테니까!"라는 소라의 말에 딱 들어맞는다.

해는 서서히 기울고, 파란 하늘에 붉은 기운이 섞이기 시작할 무렵, 전통 가옥이 늘어선 거리를 걷고 있던 참에, 뎅 하고 둔탁한 종소리가 울리기 시작했다. 소리가 들려오는 쪽을 바라보자, 유난히 눈에 띄는 목조 탑 같은 것이 보인다.

그것은 '시간의 종時の鐘'이라 불리는 시계탑으로, 에도 시대부터 사람들에게 시간을 알리는 역할을 해 왔다고 한다. 지금은 오전 6시, 정오, 오후 3시, 오후 6시, 이렇게 하루 네 번 종이 울린다. 스마트폰의 잠금화면에 보이는 '18:00' 표시를 바라보면서 나는 소라에게 들은 말을 떠올렸다.

—다음 종소리가 들리면 미요시노 신사 옆에 있는 숲 안쪽으로 가 봐.

분명히 '카에데안'이라는 찻집이 있다고 말했다. 인터넷으로 카에데안을 검색해 보았지만, 이 근처에 그런 이름의 카페가 있다는 정보는 찾을 수 없었다. 어떻게 된 일일까? 하지만 소라가 거짓말을 했다고는 생각되지 않는다.

어쩌면 이제 막 생긴 카페라서 인터넷에 정보가 올라오지 않았는지도 모른다. 그렇다면 카페 개점을 준비하는 직원을 모집하고 있는 게 아닐까? 어렴풋한 기대에 가슴이 뛰는 것을 느끼며 나는 지금 있는 장소에서 미요시노 신사까지 가는 경로를 검색했다.

밑져야 본전이니까, 소라의 말을 믿어 보자. 만약 카페가 없으면 미요시노 신사에 참배를 하고 돌아가면 된다. 그리고 세련된 카페에서 일하는 것은 포기하고, 평범하게 인터넷에서 일을 찾아보자.

그렇게 생각한 나는 동쪽으로 방향을 잡고 걷기 시작했다. 하지만 주위에 사람이 점점 줄어들자 희미해져 가던 불안이 얼굴을 들이밀었다. 그러자 자연히 얼굴이 굳어지는 것이 느껴졌다.

저녁노을이 눈에 비치는 모든 것을 오렌지색으로 물들일 무렵에서야 미요시노 신사로 가는 좁은 참배길에 도착했다. 도중에 반려동물을 데리고 있는 모녀와 스쳐 지나갔다.

하지만 인사도 하지 않고 나는 소라가 말한 숲속으로 들어갔다. 높은 나무들이 빽빽하게 솟아 있다. 서두르지 않으면 완전히 캄캄해질 것이다. 어디를 걷고 있는지도 모르면서 무턱대고 앞을 향해 걸었다.

그러자 '카에데안'이라는 나무 간판이 걸려 있는 목조건물 한 채가 눈에 들어왔다. 목조건물이라기보다는 작은 암자라고 하는 편이 맞을지도 모르겠다. 이 세상 것으로는 보이지 않을 정도로 속세와 동떨어진 느낌이었다. 낡은 나무문을 밀자, 끼익 소리와 함께 문이 열렸다.

딸랑딸랑.

경쾌한 종소리에 마음이 한결 가벼워지는 것을 느꼈다. 안에는 원목 테이블이 두 개 있고 각 테이블마다 의자가 네 개씩 놓여 있다. 그리고 카운터 좌석이 네 개 있었고, 그 카운터 안쪽에 키가 훌쩍 큰 호리호리한 남자가 한 명 있었다.

얼굴에 새겨진 주름과 백발이 섞인 머리카락, 그리고 자아내는 분위기로 보아 나보다 열 살은 연상일 것이다. 하지만 중성적이고 단정한 얼굴에 쭉 뻗은 높은 코, 그리고 상냥해 보이는 가느다란 눈에서는 나이가 느껴지지 않는다.

"어서 오세요. ……어라?"

듣기 좋은 중저음의 목소리다. 나는 손님으로 카운터에 앉아서 그 목소리를 감상하고 싶은 욕구에 휩싸였다. 하지만 나에게는 해야 할 말이 있다.

―그럼 약속했다! 이제부터는 자기가 원하는 걸 솔직히 말하는 거야!!

소라가 어떤 사람인지는 모르지만, 나는 소라의 말에 등을 떠밀리는 기분으로 크게 소리 내어 말했다.

"저를 여기서 일하게 해주세요! 부탁드립니다!"

"네……?"

카페의 마스터는 동요를 숨기지 못하는 모습이었다. 그럴만도 하다. 갑자기 들어온 처음 보는 사람이 갑자기 고용해 달라고 하니, 누구라도 그럴 것이다. 하지만 한번 입 밖에 낸 이상 물러설 수 없다.

"부탁드려요! 이제 여기밖에 없어요! 이런 분위기의 카페에서 일하는 게 꿈이라서 온 동네를 돌아다니면서 찾았는데요, 아르바이트를 모집하는 곳이 아무 데도 없었어요. 그러니까 여기에서까지 거절당하면 이제 끝내기로 결심했거든요. 부탁이에요! 여기서 일하게 해주세요!"

나는 필사적으로 머리를 숙였다. 그러자 정면에 있는 마스터와는 다른 방향에서 목소리가 들려왔다.

"야히로八尋, 뭐 어때. 일하라고 해."

나는 목소리의 주인 쪽으로 얼굴을 돌렸다. 카운터 안쪽 구석에서 불쑥 모습을 드러낸 것은, 놀랍게도 소라였다. 놀란 나머지 입을 다물지 못하는 나를 보고 소라는 크게 웃음을 터뜨렸다.

"아하하하. 새총 맞은 비둘기 같은 얼굴이네. 미노리가 일할 곳을 찾는다는 걸 난 알았거든. 그래서 야히로의 손이 비는 시간을 지정해서 만나게 해 준 거야."

야히로라고 불린 마스터가 소라를 향해 얼굴을 찌푸렸다.

"그렇게 쉽게 하실 말씀은 아니죠. 여기는 평범한 카페와는 조금 다르다는 것을 소라 님도 알고 계실 텐데요……."

"평범하지 않다고? 흥! 인간이 맘대로 정한 잣대로 평가하지 말라고."

"하지만……."

"이러쿵저러쿵하지 마! 종업원 하나 둔다고 월급을 못 주는 것도 아니고. 미노리의 됨됨이에 대해서는 안심해도 좋아. 내가 보증할 테니까. 조금 겁이 많기는 하지만 나쁜 애는 아니야. 남은 건 과연 일할 수 있겠는가가 문젠데……. 그건 야히로가 아니라 미노리가 정하는 거잖아?"

"흐음……. 알겠습니다."

보기에는 부모와 자식 정도로 나이 차이가 나 보이는데, 소라는 야히로 씨를 두말 못 하게 구워삶았다. 게다가 야히로 씨는 소라에게 '님'을 붙여 부르고 있었다. 대체 어떤 관계일까?

"이봐, 미노리! 멍청하게 서 있을 때가 아니야. 손님이 올 테니까."

"네?"

소라가 휙 집어던진 것을 받아 들었고, 그것은 하얀 앞치마였다. 아무래도 망설이고 있을 때가 아닌 모양이다. 나는 재킷을 벗고 앞치마를 둘렀다. 그 직후, 등 뒤에서 문이 열리고 딸랑딸랑 도어벨 소리가 울려 퍼졌다.

"어, 어서 오세요!"

대학교 때 4년 내내 편의점에서 아르바이트를 했기 때문인지, 손님이 들어오는 것과 동시에 입에서 인사말이 흘러나왔다. 그런데 인사를 하고서 얼굴을 든 나는, 놀란 나머지 다음에 할 말을 잊어버리고 말았다.

올해 환갑을 맞이하는 우리 엄마보다 연하로 보이는 아주머니다. 검은색 셔츠 위에 얇은 검은색 가디건을 걸치고 있다. 긴 스커트도 검은색이다. 즉 온몸을 검은색으로 두르고 있어서, 장례식에라도 갔다 오는 듯한 옷차림이었던 것이다.

그러나 나의 간담을 서늘하게 한 것은 그 옷차림이 아니라 얼굴 표정이었다. 관광지의 카페에 왔다고는 믿어지지 않을 정도로 지쳐 보였고, 눈 밑에는 다크서클이 선명했다. 화장도 거의 하지 않은 듯, 깊은 주름이 눈에 띄었다.

마치 세상이 끝나기라도 한 것 같은 표정에, 실례일지 모르지만 나는 등줄기가 오싹했다. 굳어버린 나를 보고 그녀는 다 죽어가는 목소리로 물어왔다.

"어디에 앉으면 될까요?"

"네? 그러니까, 저기……."

"편하신 자리에 앉으시면 됩니다."

나 대신 야히로 씨가 카운터 너머에서 대답했다.

"알겠어요."

낮게 가라앉은 목소리로 대답한 아주머니는 휘청거리는 발걸음으로 테이블석에 앉으려 했다.

"저, 괜찮으세요?"

내가 손을 내밀자 아주머니는 입가에 건조한 웃음을 띠며 "고마워요"라고 말하고 자리에 앉아서 프릴이 가득 달린 소녀

스러운 가방을 무릎 위에 올렸다. 가방을 든 손이 살짝 떨리는 것으로 보아 아주머니가 들기에는 상당히 무거운 모양이었다.

“저, 짐은 이쪽에 두시겠어요?”

나는 나름대로 배려하려는 생각에 카페의 한쪽 구석에 놓여 있던 대나무 바구니를 아주머니의 의자 옆으로 가져다 놓았다. 그런데 아주머니는 갑자기 험악한 표정을 짓더니 날카로운 목소리로 말했다.

“이걸 거기 두라고요? 말도 안 돼. 필요 없어요!”

“네?”

손님이 왜 화를 내는지 알 수가 없어서 당황한 나를 아주머니는 미간을 찌푸리며 노려봤다. 어쨌든 이럴 때는 사과하는 것이 제일이다. 나는 깊이 머리를 숙였다.

“정말 죄송합니다.”

“이 가방이 뭔지 보면 알 거 아녜요!?”

아니요, 모르겠는데요.

……라고 말하지는 못하고 어쩔 줄 몰라 하고 있었더니, 야히로 씨가 오른손으로 물이 담긴 컵을 테이블에 놓으며 미소 지었다.

“손님, 초대장에 써진 대로 캐리어를 가져와 주셔서 감사합니다.”

캐리어라니, 여행할 때 가져가는 그 가방을 말하는 건가? 하지만 눈앞의 가방은 조그만 배낭 정도의 크기밖에 되지 않는다. 어떻게 된 일일까?

갑자기 혼란에 빠진 나 대신 야히로 씨가 손님을 응대하면서 한 손에 쏙 들어가는 크기의 작은 볼 같은 것을 아주머니 앞에 내밀었다.

"이쪽은 테이블 위에 두어도 괜찮으시겠습니까?"

하얀 도자기로 만들어진 반려동물용 물그릇이다. 아주머니의 얼굴이 금세 활짝 펴지더니, 창백했던 볼에 붉은 기운이 돌았다.

"후후. 고마워요. 테이블 위에 놔 주세요."

"알겠습니다."

그러니까, 캐리어라고 하는 것은 반려동물을 데리고 외출할 때 쓰는 가방을 말하는 거였구나!

나는 목구멍에 걸린 가시가 빠진 듯한 후련한 기분에 안도의 한숨을 쉬었다. 그런데 다음 순간, 말도 안 되는 일이 일어났다.

"엄마, 엄마. 괜찮아? 엄마가 화를 내는 소리가 들렸는데."

놀랍게도 가방 속에서 가느다란 목소리가 들려오는 것이었다.

"어머나! 레오야!"

어린아이도 들어갈 수 없는 작은 캐리어 안에서 사람 목소리가 들려오다니!

놀란 나머지 멍하니 서 있는 내 눈앞에서 아주머니는 몸을 부들부들 떨고 있다. 그 모습은 '경악'보다는 '감동'이라고 표현하는 편이 더 잘 들어맞을 것이다.

그 증거로 아주머니의 눈에서는 눈물이 뚝뚝 흐르고, 입에서는 "정말이었구나……. 고마워요. 정말 고마워요……" 하는 작은 목소리가 새어 나오고 있었으니까.

"엄마? 정말 괜찮아?"

다시 한 번 들려온 높은 목소리에 아주머니는 퍼뜩 정신을 차리고 레이스 손수건으로 눈물을 닦았다.

"엄마는 괜찮아. 걱정시켜서 미안해."

"아니야. 엄마만 괜찮다면 상관없어. 엄마, 나 이제 슬슬 나가고 싶은데."

"오, 그래그래! 미안하구나. 엄마가 눈치를 못 채서."

아주머니는 서둘러 가방의 지퍼를 열었다. 가방에서 불쑥 얼굴을 내민 것은 살랑거리는 오렌지색 털을 가진 포메라니안이었다. 오른쪽 귀 옆에 작은 빨간 리본을 달고, 연핑크색의 여아용 옷을 입고 있다.

설마, 포메라니안이 말을 했다고? 말도 안 돼! 너무 피곤해서 환청이 들린 거야. 틀림없어!

그렇게 스스로를 설득하려 했지만, 포메라니안은 다시 말을 하기 시작했다.

"엄마, 배고파!"

정말 그랬다. 여기는 절대 평범한 카페가 아니었다…….

인터넷에 검색해 보아도 정보를 찾을 수 없는, 은신처 같은 카페 '카에데안'. 신사에 딸린 숲속에 있는 이 카페는 반려동물 동반이 가능한 카페다.

……여기까지는 아무 문제 없다.

하지만 아무리 봐도 부드러운 오렌지색 털로 뒤덮인 귀엽고 평범한 포메라니안이, 인간의 말을 하기 시작한 것이다.

즐겁게 수다를 떠는 포메라니안 레오와 아주머니를 바라보면서, 나는 어떻게든 이 광경을 이해해 보려고 필사적으로 노력했다. 심각한 얼굴로 카운터 옆에 서 있던 내 곁으로 소라가 다가와서 침착한 말투로 말했다.

"그러니까 인간의 잣대로 평가하지 말라고 했잖아. 네 눈과 귀를 믿으면 돼."

"하지만……."

아직도 납득하지 못한 나에게 소라는 평온하기 그지없는 웃음을 입가에 띄우며 타일렀다.

"그리고 말이야. 속임수면 뭐 어때? 당장이라도 죽을 것 같던 사람이 저렇게 행복한 얼굴을 하고 있잖아. 그것만으로도 카에데안은 의미가 있는 거야."

소라가 턱을 치켜들며 아주머니와 포메라니안이 있는 쪽을 바라보았다. 나도 그들에게 시선을 돌렸다.

"엄마! 햄버그 굉장히 맛있었어!"

"후후후. 참 다행이구나."

마치 친자식이라도 되는 양 레오를 애지중지하면서 아주머니는 한없이 부드러운 얼굴로 웃고 있다. 레오 역시 커다란 눈동자를 아주머니에게 향하고 신난 듯이 귀를 뒤로 젖히고 있다.

소라의 말이 맞을지도 모른다. 아무리 머리로 생각한들 답이 나올 리가 없으니까. 지금은 아주머니와 레오가 행복한 한때를 보내고 있다는 사실만으로 충분하다.

"사람은 누구라도 행복해질 권리가 있어. 설령 괴롭고 슬픈 일이 있었다 해도 말이야."

나직이 중얼거린 소라는 카운터를 지나서 카페 안쪽으로 사라졌다. 소라가 말한 '괴롭고 슬픈 일'이라는 말이 마음에 걸려서 나는 서둘러 소라의 뒷모습을 눈으로 따라갔다. 하지만 소라의 모습은 순식간에 시야에서 사라졌다.

소라는 무엇을 하러 간 것일까? 애초에 카에데안의 직원이기는 한 걸까? 고개를 갸웃거리다가 야히로 씨와 눈이 마주쳤다. 그러자 야히로 씨는 내 옆에 서서 작은 목소리로 카에데안의 비밀을 가르쳐 주었다.

"여기 카에데안은 말이야, 반려동물과 주인이 마지막으로 단 한 시간 동안 대화를 나눌 수 있는 장소란다."

"마지막으로? 마지막이라니 무슨 뜻인가요?"

"말 그대로야."

"그러니까…… 레오가 이제 곧 죽을 거라는 말인가요?"

"육체의 죽음은 이미 얼마 전에 찾아왔을 거야. 여기에 있는 것은 영혼이지."

"영혼? 유령이라는 건가요?"

말도 안 돼……. 하지만 나의 혼란을 꿰뚫어 본 것처럼 야히로 씨는 천천히 알기 쉽게 설명을 계속했다.

"미노리 씨가 놀라는 것도 당연해. 나도 처음에는 믿을 수 없었으니까. 하지만 저 손님이 온통 검은색 옷을 입은 것은 상중이기 때문이라고 생각해 보면 어떨까?"

"아! 그, 그러고 보니……."

"레오는 일주일 전에 죽었어. 저 아주머니는 레오와 마지막 시간을 보내기 위해서 여기를 찾아온 거야."

"하, 하지만 그런 일이 가능한 카페가 있다면 인터넷에서 훨씬 더 화제가 됐을 거예요! 저는 여기에 오기 전까지 카에데안의 존재조차 몰랐는걸요?"

조금 실례가 되는 표현이었을까? 하지만 야히로 씨는 상냥한 미소를 띤 채 여유로운 말투로 나의 의문에 대답해 주었다.

"미노리 씨가 놀라는 것도 당연해. 사실 여기는 특별한 초대장을 받은 사람만이 방문할 수 있는 카페거든."

"특별한 초대장? 대체 누가 그런 것을 보내나요?"

"글쎄…… 누구일까? 어쨌든 그 초대장이 없으면 여기에 찾아올 수가 없어."

"그렇군요……. 그 초대장에는 어떤 내용이 쓰여 있나요?"

"여기를 예약하기 위한 전화번호. 그리고 반려동물의 영혼을 여기로 데려올 때 주인을 놓쳐서 길을 잃는 일이 없도록 캐리어나 펫웨건, 리드줄, 하네스 등을 가져오라는 내용 정도?"

"그렇군요. 그래서 레오가 들어가 있는 캐리어를 옆으로 치우려고 한 저에게 아주머니가 그렇게 화를 내신 거로군요."

"그리고 카에데안에 대한 기억은 신사의 부지에서 한 걸음이라도 벗어난 순간 잊어버리게 되어 있어."

"네? 그럼 방금 점원이 된 저도 여기를 나서는 순간, 기억을 잃게 되는 건가요?"

"후후. 그건 곤란하지. 괜찮아. 신기하게도 미노리 씨가 여기를 잊어버릴 일은 없을 거야."

"대체 어떻게……."

그렇게 물어보려던 찰나, 가는 눈을 더 가늘게 만들며 웃은 야히로 씨는 "비어 있는 접시를 치워 줄 수 있을까?" 하고 부드러운 어조로 나에게 지시했다.

"아, 네!"

나는 벌떡 일어나 카페 내부로 눈길을 돌렸다. 창으로 들어오던 오후의 햇살도 이미 사라져 밖은 캄캄했다. 벽에 걸린 전등은 온기가 느껴지는 주황색으로, 진갈색의 마루와 벽을 밝히고 있다. 너무 밝지 않고, 그렇다고 너무 어둡지도 않은 그 불빛은 여유롭게 흘러가는 시간과 훌륭한 조화를 이루었다.

나는 천천히 아주머니의 좌석으로 다가갔다. 레오가 내 쪽을 보면서 입을 꾹 다물었지만, 아주머니가 "괜찮아"라며 머리를 쓰다듬자 곧 붙임성 있는 표정으로 돌아가 핑크색 혀를 내밀었다.

"빈 접시를 치워 드려도 될까요?"

"네, 부탁해요."

카페에 막 들어섰을 때와는 전혀 다른 생기 있는 목소리다. 나는 "실례합니다" 하고 고개를 숙이고서 비어 있는 강아지용 밥그릇을 손에 들었다. 그 모습을 가만히 보고 있던 포메라니안이 귀엽게 말을 걸었다.

"엄마는 안 먹어요?"

그 말을 듣고 보니 아주머니는 티포트로 내간 홍차를 한 잔 마셨을 뿐, 음식은 전혀 먹지 않았다.

"엄마는 괜찮아."

"왜?"

"엄마는 레오만 좋다면 그걸로 충분하니까."

그렇게 말하며 웃음 짓는 아주머니의 눈에 깊은 슬픔이 머무른 듯이 보이는 것은 나의 기분 탓만은 아닐 것이다.

입구 반대편 벽에 걸려 있던 시계가 뎅 하고 시간을 알리는 소리에 퍼뜩 숨을 들이켰다. 바늘이 8시를 가리키고 있다. 그것을 기다리기라도 한 것처럼 야히로 씨의 나직한 목소리가 귓가를 간지럽혔다.

"이제 시간이 다 되었습니다."

대체 무슨 시간일까? 하고 의아하게 생각한 순간…….

"안 돼! 이번에야말로 내가 이 아이를 지킬 거예요!"

얼굴빛을 바꾼 아주머니가 날카롭게 소리를 질렀다. 밥그릇을 손에 든 채 그 자리에 멍하니 선 나는 아랑곳없이, 아주머니는 레오를 끌어안고 등을 돌렸다. 야윈 등이 미세하게 떨리고 있었다.

대체 무슨 일이지? 그리고 "이번에야말로"라니, 무슨 뜻일까? 나는 카운터 쪽으로 돌아서서 야히로 씨를 보았다. 야히로 씨는 격양되어 있는 아주머니에게 여전히 부드러운 시선을 보내고 있다.

마치 그러는 것이 당연하다는 듯한 태도였지만, 아주머니의 반응은 절대 평범하다고는 말하기 어렵다. 이것도 소라의 말을 빌리자면 "인간의 잣대로 재서는 안 되는" 일인 것일까? 하지만 이대로 내버려 둘 수는 없다.

"저, 손님……."

내가 말을 걸려던 순간, 딸랑딸랑 소리와 함께 문이 열렸다. 이런 시간에 손님이? 고개만 돌려 문 쪽을 바라보자 내 눈에 들어온 것은 소라였다.

하지만 언뜻 봐서는 소라라는 것을 알아볼 수 없을 정도로 그 모습은 완전히 바뀌어 있었다. 헤이안 시대*의 귀족이 쓸 법한 검은색 관모를 쓰고, 연보라색 전통의상에 그 위로 하얀색 하카마**를 걸쳤다. 마치 신관*** 같은 차림새다.

그리고 그 손에는 가느다란 밧줄과 철로 만든 고리가 쥐어져 있다. 소라는 나를 거들떠보지도 않고, 소년이라고는 믿어지지 않는 엄숙한 목소리로 아주머니의 바로 앞에 서서 말했다.

* 교토를 중심으로 귀족 문화가 발달했던 794년부터 1185년까지 약 390년간의 시기.

** 기모노 위에 입으며, 주름이 잡히고 통이 넓은 하의.

*** 신사에서 일하며 제사와 기도 등 관련 업무를 맡아서 하는 사람.

"황천길 배웅을 떠날 시간이다."

그 한마디에 카페 안의 분위기가 단숨에 무거워졌다. 황천길 배웅을 간다는 소라의 말이 무슨 뜻인지 전혀 짐작도 되지 않았다.

하지만 "안 돼요! 이 아이는 내가 지켜줘야 한단 말이에요!" 하고 울부짖는 아주머니의 모습으로 보아 소라가 레오에게 뭔가를 하려고 한다는 사실은 분명했다.

"잠깐……."

소라에게 말을 걸려고 하는 나를 보고 카운터에서 나온 야히로 씨가 가만히 내 어깨에 손을 올렸다. 슬쩍 그쪽을 쳐다보자, 작게 고개를 가로젓는다. 아마 끼어들지 말고 상황을 지켜보길 바란다는 의미인 모양이다. 내가 눈살을 찌푸리는 것과 동시에, 소라는 아주머니의 등을 향해 다시 강하게 말했다.

"자, 레오, 이리 오렴."

"응!" 하고 발랄하게 대답한 레오가 아주머니의 손에서 빠져나와 바닥에 내려섰다.

"안 돼!"

필사적으로 손을 뻗는 아주머니에게서 떨어져 레오는 소라의 곁으로 뛰어갔다.

"착하기도 하지."

소라는 상냥하게 말하며 손에 들고 있던 쇠고리를 레오의 목에 걸고, 그 고리에 밧줄을 연결했다. 레오는 얌전히 소라의 말에 따르고 있다. 그러나 아주머니는 아직 포기하지 않았다.

"안 돼! 그 아이를 데려가지 말아 주세요!"

아주머니는 마치 세상이 끝나기라도 하는 듯한 절망감에 휩싸인 험악한 모습으로 소라에게 달려들려 했지만, 신기한 힘에 의해 의자에 앉은 채 움직이지 못하는 모양이었다. 필사적으로 뻗은 손이 허공을 갈랐다.

"레오를 어디로 데려가려는 거지?"

작게 중얼거린 내 귓가에 야히로 씨가 속삭였다.

"황천이야."

"황천이요? 혹시 저세상을 뜻하는 건가요?"

"그래……. 카에데안에 찾아온 반려동물의 영혼을 황천으로 데려가는 것이 소라 님의 역할이지."

"그럼 소라는……."

거기서 내가 말을 멈춘 것은 입에 내는 것도 망설여질 정도로 말도 안 되는 생각이었기 때문이다. 하지만 야히로 씨는 그다음에 이어질 말을 아무런 망설임도 없이 단언했다.

"그래. 소라는 신이란다."

너무 비현실적이어서 사고가 따라가지를 못하고 있다.

"말도 안 돼……."

야히로 씨는 이제 이야기는 여기까지라고 말하는 듯이 입을 꾹 다물고 나에게서 시선을 돌렸다. 복잡한 심경을 간직한 채 나도 소라와 아주머니 쪽을 다시 바라보았다.

"안 돼요. 데려가지 말아요. 제발 부탁이에요……."

방금 전까지 이어지던 절망에 빠진 목소리는 자취를 감추고, 이제 울먹이며 동정을 호소하는 목소리로 바뀌었다. 그럼에도 소라는 아무 말도 하지 않은 채 묵묵히 아주머니를 바라보고 있다.

"어째서 소라는 레오를 빨리 데려가지 않을까요?"

"기다리고 있는 거야. 레오와 작별 인사를 나눌 수 있도록 말이야."

"그게 무슨 뜻이죠?"

"뭔가 이유가 있어서 제대로 작별을 하지 못한 주인과 반려동물이 여기를 찾아오지. 그리고 대부분의 손님은 반려동물과 이야기를 나누면서 가슴에 남아 있던 응어리를 풀게 돼. 하지만 가끔 이 손님처럼 뿌리 깊은 문제를 품고 있는 주인도 있거든. 그럴 때는 헤어질 수밖에 없다고 체념하기까지 그저 기다릴 수밖에 없어."

아주머니는 입술을 떨면서 몇 번이고 소라를 향해서 "레오를 돌려줘요"라고 애원했지만, 소라는 미동도 하지 않은 채 레오를 묶은 빗줄을 꼭 쥐고 있었다.

그렇게 시곗바늘이 8시 반을 지날 무렵, 아주머니는 테이블에 엎드려 흐느껴 울기 시작했다. 드디어 체념한 모양이구나……. 누가 보기에도 명백했다.

"슬슬 가 볼까."

소라는 이렇게 말하고 레오와 함께 천천히 문을 향해 걷기 시작했다. 고요해진 카페 안에는 삐걱삐걱 마루를 밟는 소라의 발소리만이 울려 퍼졌다.

레오는 몇 번이나 아주머니 쪽을 돌아보았지만, 아주머니는 엎드린 채 움직이려 하지 않았다.

"소라 님이 레오를 데리고 문 저편으로 사라지면, 손님을 배웅할 준비를 하자."

야히로 씨는 그렇게 말했지만, 나는 의문을 느끼기 시작했다.

아주머니가 슬퍼하는 원인은 전혀 사라지지 않았잖아. 이건 너무 잔혹해…….

마음속 저 깊은 곳에서부터 뭉게뭉게 피어오르기 시작한 시커먼 구름이, 마음을 온통 뒤덮기 시작했다. 그리고 그때 보았던 친구의 옆모습이 문득 섬광같이 스쳐 지나갔다.

—미노에게 후회는 어울리지 않아.

망치로 한 대 얻어맞은 듯한 통증이 가슴에 느껴진 순간,

내 입은 제멋대로 큰 소리를 내고 있었다.

"잠깐만!"

소라의 발이 우뚝 멈춰서고, 아주머니가 놀라서 고개를 들었다. 나도 알고 있다. 야히로 씨가 곤란한 듯이 이맛살을 찌푸리며 뭔가를 말하려 하는 것도, 소라가 방해하지 말라는 듯이 이쪽을 날카롭게 노려보고 있는 것도.

내가 하고 싶은 말을 입 밖에 내는 것은 역시 무섭다. 무릎이 부들부들 떨려왔다. 하지만 나는 상처 입은 사람을 앞에 두고 방관하는 것만은 절대 하고 싶지 않았다.

나는 아주머니의 자리까지 성큼성큼 걸어가서, 빨갛게 부은 눈을 한 아주머니에게 떨리는 목소리로 말했다.

"손님, 아직 티포트에 차가 남아 있어요. 끝까지 다 드세요."

"네? 아아, 하지만……."

"제가 따라 드릴게요."

나는 억지로 아주머니에게 컵을 쥐어 주고, 티포트에서 홍차를 따랐다. 보온 효과가 뛰어난지, 하얗게 김이 피어올랐다. 홍차의 그윽한 향기가 두근두근 심장 뛰는 소리를 진정시켜 주는 것을 느끼며 나는 소라 쪽으로 얼굴을 향했다.

"소라, 손님이 식사하시는데 동행인을 데리고 나가는 건 매너가 아니죠."

"뭐가 어째!?"

소리가 얼굴을 찌푸렸지만, 나는 지체 없이 말을 이었다.

"그리고 누구나 행복해질 권리가 있다면서요? 그렇다면 조금 더 기다려 줘요. 지금 이 손님은 전혀 행복해 보이지 않으니까요."

스스로도 깜짝 놀랄 만큼 단호한 말투였다. 소라는 "쳇, 알았어. 홍차를 다 마실 때까지만이다"라고 투덜거리면서 이쪽으로 돌아왔다. 이걸로 소라를 멈추는 데는 성공했다.

하지만 아주머니가 상처 입지 않고 레오와 이별할 수 있는 방법은 전혀 떠오르지 않는다.

"이제 괜찮아요……."

아주머니는 여전히 표정이 굳은 채로 천천히 홍차를 마시기 시작했다. 이대로라면 아무것도 바뀌지 않은 채 잔이 비어 버리고 만다…….

뭐라고 말을 걸면 좋을까……? 에잇! 어차피 아무 생각도 떠오르지 않는걸! 그렇다면 소라의 말처럼 내가 말하고 싶은 것을 솔직하게 말해 보자!

그렇게 생각한 나는 아주머니에게 밝은 목소리로 말했다.

"레오는 역시 여자아이라 그런지 빨간 리본과 핑크색 옷이 정말 잘 어울리네요!"

아주머니는 어리둥절한 채 나를 바라보고 있다. 빈말이라고 생각할지도 모르지만, 이것은 나의 본심이다. 나는 옛날부터 동물을 무척 좋아했고, 귀여운 소품도 좋아한다. 그래서 예쁘게 꾸민 레오를 보고 '아이 귀여워라!'라고 생각하며 마음이 설렌 것은 분명 사실이다.

나는 아주머니의 맞은편에 앉아서 계속 열변을 토했다.

"프릴 달린 캐리어도 아주 잘 어울린다고 생각해요. 움직이는 것도 여성스럽고, 어쨌든 굉장히 귀여워요!"

"후후, 그렇게 말해주니 기뻐요."

해냈다! 드디어 아주머니의 입꼬리가 올라갔다!

"하지만 한 가지 잘못 알고 계신 것 같아요."

"네? 잘못 알고 있다고요?"

눈을 동그랗게 뜬 나에게 아주머니는 상냥하기 그지없는 얼굴로 놀랄 만한 사실을 가르쳐 주었다.

"레오는 '남자아이'랍니다."

세상에……. 귀여운 여아용 옷을 입고 있었는데?! 대체 왜?

하지만 그런 평범한 질문마저 하기가 망설여질 정도로, 아주머니의 눈동자에서 깊은 수심이 전해져 왔다.

"레오는 남자아이였군요……. 죄송해요. 제가 그만……."

"후후. 레오라는 이름도 굉장히 남자아이답죠?"

아주머니는 가만히 시선을 레오 쪽으로 향했다. 레오는 입을 꾹 다물고 바닥에서 아주머니를 올려다보고 있다.

"그러고 보니 정말 그러네요."

"처음엔 말이죠, 개를 키울 생각은 전혀 없었어요. 그런데 18년 전의 겨울에 남편이 이 아이를 집에 데려왔지 뭐예요. 역 앞의 펫샵에서 보고 한눈에 반했다면서요. 놀랍게도 이름까지 이미 정했다고 하는 거예요."

"그게 '레오'라는 이름이었던 거군요."

"그래요."

레오가 한껏 발돋움을 해서 아주머니의 무릎 언저리를 긁어댔다. 아주머니는 레오를 번쩍 들어 무릎 위에 앉혔다.

"그 뒤로 전업주부인 나는 레오와 계속 함께 있었어요. 남편은 자기가 데려와 놓고는 주말에나 겨우 돌보곤 했죠."

아주머니는 쓴웃음을 지으며 살며시 레오의 등을 쓰다듬었다. 그 손길이 기분 좋은지 레오는 풍성한 꼬리를 좌우로 흔들며 완전히 몸을 맡기고 있다.

"하지만 이 아이를 돌보는 것을 고생이라고 생각한 적은 한 번도 없어요. 비록 세 살 정도까지는 장난이 심해서 손이 많이 갔지만요. 후후."

아주머니는 작게 웃고는 홍차를 한 모금 마셨다. 다시 내려놓은 잔 안에 남은 홍차는 앞으로 한 모금이면 완전히 바닥을 보일 정도의 양이다. 아주머니는 하얀 찻잔에 눈길을 주면서 말을 이었다.

"왜냐면 사랑하는 내 아이의 성장을 옆에서 지켜보는 것이제 꿈이었거든요."

아주머니는 빙그레 웃었다. 하지만 그 웃음에는 깊은 슬픔이 배어 있어서, 나는 그 모습을 보며 숨을 삼켰다. 곧바로 대꾸하지 못하고 있는 나에게 아주머니는 가라앉은 목소리로 이야기를 계속했다.

"레오를 맞이하기 딱 1년 전에…… 아이를 잃었어요. 태어난 지 겨우 사흘 만에……. 집에 데려오지도 못했죠."

"혹시 그 아이는……."

"여자아이였어요. 이름은 아이미愛海. 나도 알고 있었어요. 레오를 아이미 대신으로 생각해서는 안 된다는 걸요……."

아주머니는 거기까지 말하다가, 눈물을 뚝뚝 흘리기 시작했다. 그때까지 꾸벅거리고 있던 레오가 걱정스럽게 아주머니를 올려다보았다. 아주머니는 괜찮다는 듯이 최선을 다해 계속 웃음을 지어 보였다.

"매일 장을 보러 가는 길에 잡화점을 지나가요. 항상 문을 활짝 열어놓고 있어서 안의 물건들이 싫어도 눈에 들어오거든요. 빨간색이나 핑크색의 귀여운 소품들이 보석처럼 반짝거리는 거예요……. 그걸 볼 때마다 생각했어요. 만약 아이미가 살아 있었다면 이런 액세서리가 어울렸겠지, 이걸 선물해 주면 좋아했겠지…… 하고."

아주머니는 레오의 리본을 사랑스럽다는 듯이 어루만졌다.

그 손길이 간지러웠는지 레오는 얼굴을 부르르 떨었다.

"나도 모르는 사이에 레오를 여자아이처럼 꾸미고 있었어요. 마음 한구석에서는 미안하다고 생각하면서……. 그러면서 나는 굳게 다짐했어요. 이번에야말로 내가 이 아이를 지켜주겠다고. ……하지만 그 다짐도 결국 이루지 못했네요."

아주머니는 다시 눈물을 뚝뚝 떨구기 시작했다. 무릎 위에서 몸을 일으킨 레오가 아주머니의 볼을 다정하게 핥았다.

"미안해, 레오야. 정말 미안해. 너는 다른 그 누구도 아닌 씩씩한 남자아이인데, 이렇게 여자아이처럼 꾸며 놓아서. 너를 지키겠다고 맹세했는데, 먼저 떠나게 해서. 정말 미안해."

아주머니는 흐느끼면서 몇 번이나 고개 숙여 사과했다. 나는 아무 말도 하지 못하고 그저 그 모습을 지켜볼 수밖에 없었다.

"이제…… 너에게 해줄 수 있는 게 아무것도 없으니까……. 적어도 편히 쉴 수 있게……."

아주머니는 떨리는 손으로 찻잔의 손잡이를 쥐었다.

마지막 한 모금을 모두 마셔버리면, 아주머니는 죄책감에서 벗어날 수 있을까? 그럴 수만 있다면 이대로…….

그렇게 생각한 순간이었다

"당신, 뭔가 착각하고 있는 모양인데."

이제까지 아무 말이 없던 소라가 퉁명스럽게 입을 열었다.

입에 가져가기 직전에 잔을 든 손을 멈추고 소라 쪽으로 시선을 옮긴 아주머니에게, 소라는 험악한 표정으로 다시 말을 이었다.

"당신은 자기가 레오를 지켜 줄 생각이었던 모양이지만, 레오도 당신을 지키고 있었단 말이야."

"그게 무슨 말이죠……?"

말을 잇지 못하는 아주머니를 대신해 질문한 나에게 소라는 입술을 삐죽거리며 대답했다.

"칫! 그 정도야 보기만 해도 알 수 있지. 미노리가 가까이 가면 무서운 눈빛으로 쳐다보고, 지금도 당신 무릎 위에서 주위를 경계하고 있잖아. 그렇지, 레오? 망설일 필요 없어. 마지막이니까 다 말해도 돼."

레오는 소라 쪽을 바라보며 작게 고개를 끄덕였다.

"응……. 나, 아빠랑 약속했으니까……."

레오는 아주머니의 무릎에 앉은 채 얼굴만을 아주머니 쪽으로 향했다. 그리고 아주머니가 떨리는 목소리로 "어떤 약속을 했니?"라고 묻자, 또박또박 이야기하기 시작했다.

"내가 엄마 아빠의 가족이 되기 전에 엄마는 집에서 계속 울기만 했대. 아빠는 그런 엄마가 안쓰러워서 어떻게든 해 주고 싶었던 거야. 그래서 나를 발견하고는 이렇게 말했어. '엄마의 기사가 되어서, 엄마를 지켜 주렴'이라고."

"엄마의 기사……."

"'엄마는 사실 굉장히 강한 사람이지만 지금은 '슬픔'이라는 괴물에 사로잡혀 있어. 그런 엄마가 스스로 웃을 수 있게 될 때까지 엄마를 지켜 주겠니. 아무래도 아빠의 힘만으로는 부족한 모양이야. 그러니까 너의 힘을 빌려주렴.' ……아빠는 나를 품에 안고서 그렇게 말했어."

아주머니와 레오가 눈을 마주쳤다. 레오는 침착하게 말을 이었다.

"나 말예요, 엄마를 괴물에게서 지키려고 있는 힘껏 노력했어. 엄마, 나는 엄마를 지킨 게 맞을까?"

"흑……. 으흐흑……."

아주머니가 다시 눈물을 흘리기 시작했다. 하지만 그것은 이제 비탄에 젖은 차가운 눈물이 아니라 사랑과 애정이 가득한 따뜻한 눈물이었다.

야히로 씨가 빈 컵에 물을 따랐다. 격앙된 기분을 가라앉히기 위해 물을 한 모금 마시고 호흡을 가다듬고서 아주머니는 입을 열었다.

"당연하지. 레오 덕분에 집에 틀어박혀 지내던 엄마가 산책도 가고, 카페에도 찾아가게 되었잖니. 계속 울기만 했던 엄마를 항상 웃게 만들어 주었잖아. 너는 훌륭한 기사야."

레오는 기쁜 듯이 입꼬리를 올리고 혀를 내밀었다.

"다행이다! 엄마, 내가 열심히 노력했으니까 상으로 두 가지만 약속해 주면 안 될까?"

"약속? 그래……."

아주머니의 대답을 듣고 잠시 숨을 돌리는 레오. 나에게 그 모습은 연약한 소형견이 아니라, 굳세고 충성스러운 기사로 보였다.

"하나는 이제 나에게 미안하다고 하지 마. 난 있지, 엄마를 정말 사랑해. 그래서 엄마가 기뻐하면 나도 기뻤어. 그러니까 나에 대해서 아무것도 후회하지 않았으면 좋겠어. 분명 누나…… 아이미 누나도 마찬가지일 거라고 생각해. 그러니까 나와 아이미 누나에게 이제 미안하다는 말은 하지 않았으면 좋겠어."

아주머니의 눈동자에 눈물은 보이지 않았다. 따스한 빛이 있을 뿐이다. 나에게 그 빛은 그 어떤 슬픔에도 지지 않는 강함을 상징하는 것처럼 느껴졌다. 아주머니는 망설임 없이 고개를 끄덕였다.

"그래, 약속할게."

레오는 아주머니의 무릎에서 폴짝 뛰어내려 소라의 옆에 가서 섰다.

"또 하나는 아빠와 더 사이좋게 지냈으면 좋겠어. 나는 엄마 아빠와 함께 외출하는 것도, 사진을 찍는 것도, 맛있는 음식을 먹으러 가는 것도, 모두 다 좋았거든. 엄마 아빠의 아이로 지낼 수 있어서 정말 행복했어. 그러니까 엄마 아빠가 앞으로도 계속 사이좋게 지내면 나는 안심할 수 있을 것 같아."

아주머니는 이날 보여준 것 중에 가장 환한 미소를 띠고 크게 고개를 끄덕였다.

"그래, 알았어."

레오는 입꼬리를 올리고 기쁜 듯이 꼬리를 흔들었다.

"안녕, 레오야. 고마워."

"안녕, 엄마."

레오가 말을 마친 뒤, 아주머니는 마지막 한 모금의 홍차를 마셨다. 그것을 지켜본 레오는 소라의 뒤를 따라 문 저편으로 사라졌다.

* * *

아주머니가 계산을 끝내고 카페를 나선 것은 밤 9시가 지나서였다.

카페 주위는 완전히 캄캄했지만, 내가 들어온 길과 반대 방향으로 나가면 조명이 밝혀진 길이 있어서 바로 사람들이 많이 지나다니는 도로로 나갈 수 있다고 한다. 그래서 나와 야히로 씨는 아주머니를 카에데안의 바로 앞까지 배웅했다.

"고마워요. 여러분 덕분에 레오에게 진심으로 작별 인사를 할 수 있었어요."

갑자기 손을 꼭 쥐어온 아주머니에게 나는 고개를 가로저은 뒤 힘주어 대답했다.

"아니에요. 저는 아무것도 한 게 없는걸요. 레오가 마지막까지 손님을 괴물로부터 지키려고 애썼기 때문이에요!"

"후후, 그러네요. 그 아이가 마지막까지 저의 기사가 되어준 덕분이에요."

"맞아요. 그 말대로예요!"

내가 너무 자신감 넘치게 대답했는지, 아주머니는 작게 웃으며 가벼운 발걸음으로 숲을 향해 걸어갔다. 야히로 씨의 말대로 따뜻한 불빛이 밝혀진 길이 보였다. 그 길로 들어서려다 멈춰 선 아주머니가 천천히 이쪽을 돌아보았다.

"오늘은 정말 감사했습니다. 또 올게요……라고 말하고 싶지만, 이 카페에서의 기억은 전부 사라져 버리겠죠?"

아주머니가 조금 슬픈 듯이 말하자, 야히로 씨는 포근한 솜털 같은 기분 좋은 목소리로 대답했다.

"그렇습니다. 하지만 레오와의 소중한 기억은 언제까지나 남아 있을 테니까요, 안심하세요."

아주머니는 잠시 눈을 동그랗게 떴다가, 곧 미소를 지었다.

"후후. 그걸로 충분해요. 고마워요."

가볍게 고개 숙여 인사를 한 뒤 아주머니는 길 안쪽으로 사라졌다. 아주머니가 바삭바삭 나뭇가지를 밟는 소리가 어둠 속에서 떠올라 귀에 들려왔다. 그 소리가 완전히 사라지고 새들의 울음소리만이 남았을 때, 야히로 씨가 조심스럽게 물었다.

"자, 이제 가게를 정리해 볼까? 그런데 미노리 씨, 앞으로도 여기서 일할 수 있겠어?"

기분 탓인지 야히로 씨의 눈썹이 축 처져 보였다. 지금까지 일어난 일들을 눈앞에서 직접 보았으니 무서워하면서 도망가는 것은 아닐지, 마음을 졸이고 있었는지도 모른다.

하지만 나는 이미 결심했다. 앞으로도 여기서 일하겠다고. 도저히 믿을 수 없는 일을 겪은 것은 사실이다. 하지만 아주머니의 웃는 얼굴을 본 순간, 큰 기쁨과 뿌듯함으로 마음이 벅차올랐던 것 역시 분명한 사실이다. 솔직히 말해서 나는 지금까지 일하면서 그런 경험을 해 본 적이 없었다.

그리고 또 하나. 여기라면 앞으로 나아갈 수 있을 것 같은 기분이 든다. 그래서 나는…….

"네! 앞으로 잘 부탁드립니다!"

있는 힘껏 기운찬 목소리로 이렇게 대답했다.

두 가지 전언

✶

생각지도 못한 인연으로 신비한 동물 카페 카에데안의 직원으로 일하게 되고서 하룻밤이 지났다.

어제의 일은 너무나 비현실적이어서 '이거 꿈 아니야?' 싶을 정도로 반신반의 상태였지만, 이렇게 침대에서 졸린 눈을 비벼 봐도 선명한 기억으로 머릿속 한가운데에 남아 있으니, 틀림없는 사실이라고 인정할 수밖에 없다.

오늘은 본업인 광고대리점에 출근하는 날. 밖은 구름이 잔뜩 껴서 어두컴컴하다. 역까지 가는 언덕길도, 아침의 출근 인파도, 시간표대로 오지 않는 전철도 모두 평소 그대로였지만, 나만이 달랐다.

아니, 타인의 눈으로 보면 지금까지와 다를 바가 없다. 지극히 평범한 회사원에 지나지 않을 것이다. 하지만 내면은 달라져 있었다.

평소라면 '오늘의 점심은 어디서 먹을까?'라든가, '일이 끝나면 슈퍼에 들러서 반찬이라도 살까?' 같은 생각을 하고 있었을 텐데, 지금 내 머릿속은 카에데안에 대한 생각으로 가득했다.

UFO도 유령도 믿지 않을뿐더러, 전혀 관심도 없는 나에게 있어서 소라의 '황천길 배웅'은 도저히 받아들일 수 없는 일이다. 머리가 이상해진 걸까?

다른 사람에게 상담을 할 수도 없다. 왜냐하면 소라에게 이렇게 당부를 들었기 때문이다.

"잘 들어, 미노리. 카에데안에 대해서 남에게 이야기해서는 안 돼. 그런 행동을 하려고 한 순간, 즉시 네 머릿속에서 카에데안만이 아니라 나와 야히로에 대한 것마저 모조리 사라질 테니까 말이야."

설령 누군가에게 이야기한다 한들, 믿어주지 않을 것이다. 일하는 중에도 계속 이런 생각뿐이었지만 아무리 고민해도 답은 나올 것 같지 않다.

하지만 부업을 찾았다는 사실은 바뀌지 않는 거잖아? 이걸로 생활비 문제도 어떻게 해결할 수 있을 테고 말이야.

밤에 집에 돌아와 욕조에 몸을 담갔을 무렵에는 카에데안에 대한 의구심보다는 빈털터리가 될 위험에서 벗어났다는 해방감 쪽이 우세를 점했다.

"그래, 뭐면 어때."

옛날부터 머리 아픈 고민하기를 싫어했다는 사실을 새삼 떠올리고는, 나는 침대 위에 벌렁 누워서 평소처럼 찾아온 졸음을 거스르지 못하고 눈을 감았다.

* * *

카에데안은 철저히 예약제로 운영된다. 많아도 한 번에 두 팀까지밖에 점내에 들이지 않는다. 야히로 씨가 혼자 접객부터 조리, 서빙까지 다 하고 있어서, 이 이상 예약을 받으면 손님을 기다리게 만들기 때문이라고 한다.

정말로 지금까지 야히로 씨 혼자서 이 모든 일을 다 하고 있었던 걸까? 그렇게 의심할 수밖에 없을 정도로 문 여는 시간인 오전 11시부터 라스트 오더인 오후 7시까지 예약이 꽉 차 있다.

야히로 씨는 음료도 요리도 솜씨 좋게 척척 만들어 낸다. 카에데안에서 일하게 된 지 3개월이 지나서 이제 나도 간신히 커피, 홍차, 허브티 정도는 만들 수 있게 되었지만, 그럼에도 야히로 씨는 거의 쉴 틈 없이 계속 일하고 있다.

한편 소라 쪽은 어떤가 하면, 황천길 배웅 시간이 오기까지는 아무것도 하지 않을뿐더러, 그 의식도 고작 몇 분이면 끝난다.

"그래서 뭐? 이렇게 보여도 난 나름대로 바쁘거든."

카운터 구석 자리에서 만화책을 손에 들고 그런 말을 해 봤자, 전혀 설득력이 없습니다만……. 어처구니 없는 얼굴을 야히로 씨에게 향해 보지만, 항상 "소라 님에게만 가능한 일이 있으니까"라며 부드러운 웃음을 보일 뿐이다.

하지만 휙 뒤돌아서 만화책에 몰두하고 있는 소라의 뒷모습을 보고도 '뭐, 어쩔 수 없지. 인간의 잣대로 잴 수 있는 아이가 아닌 모양이니까'라고 생각하며 넘어가게 되는 것은 내가 조금은 변했기 때문이려나.

뭐랄까, 남에게 더 너그럽게 대하게 되었다. 이것도 반려동물과 주인이 슬픔을 극복하고 마지막으로 서로에게 사랑을 전하는 모습을 몇 번이나 보고 있기 때문일 것이다.

상대에게 다정하게 대하고 미소 짓는 것. 그것이 상대방에게 줄 수 있는 최고의 선물이며, 평화로운 관계를 구축하는 비결임을 배운 것이다.

"뭘 히죽히죽 웃고 있어. 기분 나쁘게. 넋 놓고 있을 시간이 있으면 가게 앞 청소라도 해. 황천길 배웅할 때 내가 돌에 걸려 넘어지기라도 하면 어쩔 거야? 이러니까 내가……."

앞에 한 말은 취소다. 건방진 꼬맹이에게는 아주 따끔한 혼쭐이야말로 최고의 선물이겠지? 설령 상대가 신이라고 해도 말이야.

"야!!! 너도 좀 도우라고!!!"

"으아아악! 괴물이다! 괴물이 나타났다!!"

10월도 절반이 지나자, 드디어 더위가 누그러졌다. 오후의 햇살이 부드러워지고, 나무들이 조금씩 빨갛게 물들기 시작했다. 이날도 시간은 여전히 바쁘게 흘러가고 있었다.

도중에 늦은 점심 식사를 끝내고 카운터로 돌아오자, 벽시계의 바늘은 2시를 조금 넘은 시간을 가리키고 있었다. 나는 예약 내역이 적힌 노트를 훑어보았다. 다음 손님이 오시기까지 20분 정도 시간이 있다.

"야히로 씨도 점심 드시고 오세요."

"고마워. 그럼 얼른 갔다 올게."

소라는 황천길 배웅을 간 뒤 아직 돌아오지 않았다. 정적에 잠긴 카운터에서 혼자 오도카니 자리를 지킨다. 야히로 씨가 점심 식사를 하러 간 지 10분도 지나지 않아서, 이상하게 좀이 쑤시기 시작했다. 나는 다시 한 번 노트에 적힌 이름을 확인했다.

"다음 예약은…… 아이자와 미유 씨라고 하는구나, 두 명."

"곧 올 거야, 그 손님. 하지만 저 상태로 괜찮을까 몰라……?"

소라가 나의 혼잣말에 대답했다. 밖에서 돌아온 소라는 씁쓸한 얼굴로 평소에 앉는 카운터 구석 자리에 걸터앉았다.

"왜? 어떤 상태였는데?"

"뭐, 보면 알 거야."

15분 뒤, 손님이 오신 것을 알리는 종소리가 울렸다. 들어온 손님은 젊은 여자와 백발의 할아버지였다. 여자 쪽은 대학생 정도일까? 밝게 염색한 머리카락에 귀여운 동그란 얼굴로, 요즘 여자들 사이에서 유행하는 수수한 차림새다.

한편 할아버지 쪽은 마른 체형에 상당히 신경질적으로 보인다. 맹수처럼 번득이는 눈을 부라리는 모습에서 오랫동안 무술을 해 왔을 것 같다는 인상을 받았다.

그리고 하얀색 반려동물용 캐리어를 든 여성 쪽은 낯선 카페에 처음 들어올 때 보이는 특유의 긴장한 표정이 느껴졌지만, 할아버지 쪽은 '나는 지금 불쾌합니다!'라고 얼굴에 쓰여 있을 정도로 성이 난 얼굴이었다. 나는 "어서 오세요!" 하고 가능한 밝은 목소리로 맞이했다.

"저기…… 예약한 아이자와입니다."

여자가 쭈뼛거리며 말을 걸었다. 이 사람이 미유 씨로구나. 나는 테이블석을 손으로 가리키며 그녀를 안내했다.

"네! 기다리고 있었습니다. 이쪽으로 앉으세요."

하지만 미유 씨는 할아버지가 자리에 앉기를 기다렸다가, "아, 저는 이쪽에 앉아도 될까요?" 하고 카운터의 빈자리를 손으로 가리켰다.

“네? 아, 네. 상관없습니다만…….”

당황하는 나에게 미유 씨는 방긋 미소를 지어 보이더니, 캐리어의 지퍼에 손을 가져갔다.

“할아버지, 지금 후쿠를 꺼낼게요.”

백발의 노인은 미유 씨의 할아버지였던 것이다. 그렇다 해도 손녀와 함께 카페에 왔는데, 계속 부루퉁한 얼굴로 있는 것은 좀 그렇지 않나? 게다가 자리까지 따로 앉겠다는 것도 이해가 안 된다.

소라가 내 옆얼굴을 뚫어져라 바라보는 것은 “쓸데없는 소리 하지 마”라는 의미라는 것을 알고 있다. 나도 ‘아직까지는’ 끼어들 생각이 없다.

“냐아아.”

캐리어에서 줄무늬 고양이가 튀어나오더니, 할아버지의 맞은편 자리로 내려와 앉았다.

“어머, 귀여워라.”

귀여운 모습에 나도 모르게 웃음이 새어 나왔다. 그런데 할아버지는 고양이를 외면한 채, 메뉴판만 노려보고 있는 것이 아닌가.

대체 어떻게 된 일이람…….

신기하게 생각하고 있는데, 미유 씨가 할아버지에게 말을 걸었다.

"할아버지, 후쿠와 할 얘기가 있잖아요? 사양 말고 말씀하세요."

그러나 할아버지는 손녀의 제안을 쌀쌀맞게 거절했다.

"내가 언제. 네가 하도 보채니까 온 것뿐이다."

그러자 고양이 후쿠 쪽도 그에게 동조했다.

"나도 이런 양반이랑은 할 얘기 없어. 황천에나 얼른 보내달라고."

후쿠와 할아버지 사이에 흐르는 바람은 한겨울에 휘몰아치는 칼바람보다도 차가웠다. 주인과 반려동물이 서로에게 할 이야기가 없다니…….

그럼 카에데안에 뭐 하러 왔는데요!?

나도 모르게 그렇게 한마디 쏘아 주고 싶은 마음을 꾹 참으면서 그들의 주문을 받았다. 할아버지는 카레라이스와 식후에 커피를, 미유 씨는 BLT 샌드위치와 아이스 레몬티, 그리고 후쿠는 참치 퓨레.

할아버지는 여전히 아무 말 없이 후쿠에게서 등을 돌리고 카운터 쪽을 향해 앉아 있다. '쓸데없이 끼어들지 말아야지……'라고 생각하면서도, 그들의 모습이 신경 쓰여서 참을 수가 없다.

지금 당장이라도 한마디 하고 싶어서 목구멍 근처가 근질

근질했다.

하지만 다른 사람에게 이 기분을 털어놓았다가는 또 참견을 하고 싶어질 테니까, 내 마음속에만 담아 두어야지! 일단 얼른 주방으로 들어가자. 지금은 아무도 없으니까, 마음을 진정시키기에 딱이야.

도중에 카운터에서 미유 씨와 눈이 마주쳤다. 숨이라도 쉬었다가는 내쉬는 숨과 함께 "할아버지와 후쿠는 왜 사이가 안 좋나요?"라는 말이 튀어나올 것 같다.

그래서 나는 숨을 멈추고, 볼을 부풀린 채 주방을 향해 빠른 걸음으로 뛰어 들어갔다. "후아!" 하고 숨을 내쉼과 동시에 "아니, 저 사람들 대체 저게 뭐람……!" 하고 불평 비슷한 혼잣말이 그만 입 밖으로 나와버렸다.

어차피 주방 안에는 아무도 없으니까 괜찮겠지?

그렇게 생각했지만…….

"미노리 씨, 무슨 일 있나?"

이미 점심 식사를 끝낸 야히로 씨가 씻은 손을 수건으로 닦으면서 나를 보며 온화하게 웃고 있는 것이 아닌가! 나는 당황해서 화제를 돌렸다.

"시, 식사를 너무 빨리 하시는 거 아니에요? 잘 씹어 먹어야 소화가 잘 된대요!"

목소리가 완전히 뒤집어져 버렸다……. 딴생각을 하고 있었다는 게 다 티가 났겠지……. 하지만 야히로 씨는 전혀 티를 내지 않고 평소처럼 상냥하게 말했다.

"미안해. 혼자서 일하던 시절의 버릇이 아직 남아서."

"그, 그렇다면 어쩔 수 없죠. 그럼 손님 주문 내역 알려 드릴게요."

좋았어. 내가 한 일이지만 주문 전달까지 자연스러웠다. 게다가 야히로 씨의 멋진 미소 덕분에 기분도 조금 진정된 것 같고. 이제 음료를 만들면서 좀 더 상황을 살펴보기로 하자.

그렇게 생각하면서 발걸음을 돌린 순간, 야히로 씨의 입에서 악마의 속삭임 같은 질문이 튀어나왔다.

"그런데 손님에게 무슨 일이 있었나?"

"읏…… 말하지 않으려고 꾹 참았는데……."

나는 결국 지금까지 보고 들은 것을 깡그리 야히로 씨에게 털어놓았다. 역시 쌓여 있던 것을 토해내고 나니 기분이 완전 상쾌하구나. 참견하고 싶은 마음이 슬며시 고개를 들었지만, 지금은 상쾌한 기분 쪽이 앞서고 있다. 이대로라면 묵묵히 상황을 지켜볼 수 있지 않을까?

나는 가벼워진 마음으로 다시 주방을 나가려고 했다. 그러나 요리를 준비하면서 묵묵히 내 이야기를 들어 주던 야히로 씨가 내 쪽으로 한 걸음 다가왔다.

"미노리 씨는 어떻게 하고 싶어?"

"네? 저요?"

야히로 씨는 손을 멈추고 가만히 나를 바라보았다. 그 시선은 뜻밖에도 날카로워서, 나는 침을 꿀꺽 삼켰다.

하지만 뭐라고 대답해야 할지 모르겠어서, 말이 나오지 않는다. 두 사람 사이에 무거운 침묵이 흐르고, 카레 냄비가 부글부글 끓는 소리만이 주방 안에 울려 퍼졌다.

그때 먼저 입을 연 것은 야히로 씨 쪽이었다.

"불러세워서 미안해. 요리는 금방 완성되니까, 먼저 아이스 레몬티를 만들어 주겠어?"

"네? 아, 네!"

나는 용수철처럼 주방을 뒤로 하고 뛰쳐나왔다. 아까의 질문은 대체 무슨 의미였을까? 의아하게 생각하면서 카운터 안에서 아이스 레몬티를 준비한다.

"오래 기다리셨습니다! 아이스 레몬티 나왔습니다!" 나는 가능한 밝은 목소리로 말하면서, 긴 유리잔을 미유 씨 앞에 내려놓았다.

하지만 미유 씨의 시무룩한 얼굴이 눈에 들어온 순간, 야히로 씨의 질문이 뇌리를 스쳐 지나갔다.

—미노리 씨는 어떻게 하고 싶어?

난감한 듯 눈썹이 축 처져 있는 미유 씨를 앞에 두고, 나는 무엇을 하고 싶은 걸까……?

생각할 필요도 없잖아. 내가 하고 싶은 것은 처음부터 그저 하나뿐이니까. 여기에 온 손님이 웃는 얼굴로 돌아가는 것, 그것뿐.

그렇게 확신함과 동시에, 내 입은 제멋대로 말을 꺼내고 있었다.

"미유 씨, 할아버지와 후쿠 사이에 무슨 일이 있었나요?"

자, 이제부터야! 후쿠와 할아버지의 사이에 부는 찬바람을 내가 날려버려 주겠어!

"미유, 쓸데없는 소리 할 필요 없다."

할아버지가 쌀쌀맞게 나무라자, 미유 씨는 움찔 어깨를 떨고 고개를 움츠렸다. 작게 몸을 웅크리고 있던 후쿠가 얼굴을 들고 뭔가를 말하려 하는 듯했지만, 곧 다시 얼굴을 숙였다. 아무도 말을 꺼내려 하지 않아 무거운 침묵이 카페 내부를 감돌았다.

무슨 말을 하면 좋을까? 지푸라기라도 붙잡는 심정으로 소라를 쳐다보았지만 잠깐 눈을 마주쳤을 뿐, 소라는 도로 얼굴을 획 돌려버렸다.

하여간 박정하기는!

그 반응에 혼자 울컥한 순간, 다른 예약 손님이 들어오면서 딸랑딸랑 경쾌한 소리가 울려 퍼졌다. 팽팽하게 긴장되어 있던 공기가 어느 정도 느슨해져다.

바로 이때라는 듯이 나도 다시 "어서 오세요!" 하고 큰 소리로 인사를 해서 음울한 분위기를 떨쳐냈다. 더욱 타이밍 좋게도 마침 야히로 씨가 요리를 날라왔다.

"오래 기다리셨습니다. 카레 주문하신 분?"

갑자기 점내에 활기가 돌면서, 샌드위치를 베어 무는 미유 씨의 얼굴에서도 긴장이 풀렸다. 하지만 할아버지와 후쿠는 여전하다.

서로 한마디도 하지 않은 채 각자의 식사를 깨끗하게 비우고는, 후쿠는 미유 씨의 무릎에 올라가 앉고 할아버지는 할아버지대로 그런 후쿠의 모습을 신경 쓰는 기색조차 없이 느긋하게 커피를 홀짝이며 가져온 책을 읽기 시작하는 것이 아닌가.

후쿠의 '황천길 배웅'까지 남은 시간은 앞으로 15분.

정말 이대로 괜찮겠어요? 아니, 괜찮을 리가 없잖아! 어떻게든 해야 해!

다른 손님도 대응이 다 끝나서, 나는 다시 미유 씨와 마주보았다. 그런데 내 목소리보다 먼저, 후쿠의 목소리가 들려왔다.

"보호소에 있던 내가 할머니네 집에 입양된 것은 벌써 15년 전의 일이야……."

"그만둬."

할아버지가 이쪽을 보지도 않고 낮은 목소리로 말했다. 그러나 후쿠는 할아버지의 목소리 따위 전혀 들리지 않는다는 듯이 천천히 이야기를 시작했다.

"여보, 이 아이의 이름을 뭐라고 지을까요? 저는 '후쿠'*라고 하면 어떨까 해요. 분명 우리 집에 복을 가져다줄 테니까."

그날은 할아버지가 오랫동안 근무한 회사에서 정년퇴직을 한 다음 날이었어. 할아버지는 일밖에 모르는 사람이거든. 할머니에 대해서는 신경도 안 썼어. 하지만 앞으로는 집에서 함께 있을 시간이 길어질 거라면서 나를 데려오기로 했던 거야. 그런데 말이야…….

"이름? 그런 건 당신 마음대로 해."

"어머? 어디 가요?"

"정년이 됐다고 바로 일을 그만둘 수는 없지."

그 후로도 할아버지는 아침부터 밤까지 매일 밖으로 나갔어. 할머니는 집에 혼자 덩그러니 있었고, 그런 할머니의 무릎 위가 내 지정석이 되는 데는 그리 긴 시간이 필요하지 않았어.

맑은 날이면 처마 밑에서 끄덕끄덕 조는 것이 일과였지. 할

* 일본어로 복을 '후쿠'라고 읽는다.

머니는 "손주들이 좋아하니까"라면서 뜨개질을 했어. 하지만 할아버지가 없어서인지 때때로 조금 쓸쓸한 얼굴을 하곤 했지. 내가 고개를 들면 꼭 이렇게 말했어.

"옛날에는 저 사람이 지금보다 더 바빴단다. 해 뜨기 전에 집을 나가서 꼭 자정이 넘어서야 집에 돌아왔지. 지금은 오전에 나가서 아홉 시에는 들어오잖니. 고맙게 생각해야지. 욕심 부리다가 벌 받을라."

내가 좋아하는 봄 햇살처럼 웃는 얼굴로 말이야. 할아버지는 가끔 있는 휴일에도 계속 책이나 신문만 들여다봤어. 어쩌다 말을 하더라도 귀를 기울여야 간신히 들릴 정도로 조그맣게 "어이, 차 좀 내줘"라는 한마디뿐. 당연히 내 쪽은 한 번 쳐다본 적도 없었지.

하지만 뭐, 할머니는 항상 조용한 사람이라서 불평 한 번 한 적이 없었어.

후쿠가 거기까지 이야기했을 때, 할아버지가 이쪽을 흘끗 바라보았다. 하지만 그것도 한순간뿐, 곧 원래 자세로 돌아가 책으로 시선을 옮겼다. 후쿠는 미유 씨를 올려다보고 천천히 이야기를 계속했다.

일 년에 몇 번, 미유 가족이 올 때만은 집안이 떠들썩했어.

할머니는 전날부터 열심히 요리와 과자를 준비하곤 했지.

"미유는 새우튀김을 좋아하니까. 넉넉히 준비해 둬야지!"

그럴 때도 할아버지는 남의 일처럼 무관심했어. 무뚝뚝한 얼굴로 신문이나 책만 읽고. 할머니를 도와줄 생각은 요만큼도 없어 보이더라. 정말 왜 그러나 몰라.

"할머니!!"

미유가 오는 것은 좋았어. 항상 나와 놀아 주고, 무엇보다 할머니에게 다정했으니까. 미유가 올 때만은 집안이 꽃이 핀 듯이 밝아졌어.

하지만 그것도 겨우 몇 년뿐이었어. 미유는 점점 자랐으니까 말이야. 1년에 한 번 얼굴을 보면 다행일 정도가 되어버렸지.

"무소식이 희소식이라는 옛말이 있잖니."

할머니는 그렇게 말하면서 미소 지었지만, 조금 쓸쓸해 보였어. 물론 내가 이래라저래라 할 수 있는 일은 아니야. 그래도 적어도 나만은 항상 할머니와 함께 있어 주자고 결심했지.

날이면 날마다 나는 할머니의 무릎 위에서 시간을 보냈어. 추운 날도, 더운 날도, 기쁠 때도, 슬플 때도.

그리고 그날은 갑자기 찾아왔어. 작년 늦가을 무렵이었지. 겨울이 다가오고 있는 것을 알려주려는지, 강한 바람이 마당의 나무를 흔들어대던 날이었어. 처마 밑에서 볕을 쬐기에는 너무 추웠지. 그래서 평소처럼 거실 소파에 앉아 있는 할머니의 무릎 위에 가서 앉았어. 평범한 하루가 될 예정이었지.

그날 할머니는 어째선지 평소보다 말이 많더라고. 그러다 오후가 되어서였어. 할머니가 꿈쩍도 하지 않게 된 것이 말이야…….

"냐아아."

아무리 불러도 일어나질 않는 거야. 밤이 되어서야 돌아온 할아버지가 얼굴빛이 바뀌어서 할머니의 어깨를 흔들었어.

"어이! 미즈에! 눈을 떠!!"

이때 나는 생각했어.

이봐, 영감탱이. 이렇게 큰 소리로 말할 수 있잖아.

할머니의 이름도 제대로 부를 줄 알잖아.

이렇게 꼭 끌어안을 줄도 알았잖아.

다음 날부터 내 지정석은 할머니가 없는 처마 밑으로 바뀌었어.

후쿠가 이야기를 마치자 이번에는 미유 씨가 잠긴 목소리로 말하기 시작했다.

"그리고 지난주에, 할아버지가 우리 엄마에게 전화를 하셨어. '후쿠가 죽었다'고. 사인은 노화라고."

"할머니가 천국에서 외로울까 봐 내가 따라가 주기로 한 거야."

아무렇지도 않게 선뜻 말하는 후쿠에게 미유 씨가 목소리를 높였다.

"할아버지를 혼자 남겨두고서? 정말이야? 나는 이대로는 할아버지가 불쌍하니까 적어도 마지막에 후쿠와 이야기를 나눴으면 좋겠다고 생각해서 데려온 거야. 할아버지도 정말 후쿠와 이야기를 할 수 있냐고 물어보셨잖아요! 그런데 둘 다 전혀 말을 하려고 하질 않고. 정말 그래도 괜찮아요?"

후쿠는 미유 씨의 질문에 아무 대답도 하지 않고, 손으로 자신의 얼굴을 긁는 시늉을 하다가 다시 몸을 동그랗게 말아 버렸다. 자기는 더 이상 할 말이 없다고 선언한 셈이다. 한편 할아버지도 이쪽의 상황에는 전혀 관심도 없다는 듯이 책에서 눈을 떼려고 하지 않았다.

남은 시간은 이제 10분. 만화책을 넘기던 손을 멈춘 소라가 가만히 이쪽을 살피고 있다. 슬슬 시간이 되어간다고 말하려는 거겠지. 내가 소리 내지 않고 입 모양으로만 "조금만 기다려!"라고 말하자 소라는 "싫어!"라고 크게 입을 움직인 뒤 낼름 혀를 내밀었다.

뭐, 뭐야! 재가 진짜! 쪼잔하게!

소리 내서 그렇게 한마디 해 주고 싶지만, 지금은 소라를 상대하고 있을 때가 아니다. 어딘가에 돌파구가 있을 거야.
나는 한 번 더, 할아버지, 미유 씨, 후쿠 순으로 시선을 옮겼다. 그러나 아무 생각도 떠오르지 않는다. 바로 그때였다.

"손님, 커피를 한 잔 더 드릴까요?"

커피 포트를 손에 든 야히로 씨가 할아버지에게 말을 걸었다.

"아니, 됐습니다. 곧 나갈 거니까."

할아버지는 책을 탁 덮고 고개를 좌우로 흔들었다. 그 모습은 말을 붙일 여지도 없어 보였다. 그러나 야히로 씨는 평소와 똑같은 온화한 말투로 말을 이었다.

"지금 읽으시는 책, 저도 읽은 적이 있습니다. 저자가 먼저 세상을 떠난 아내와의 만남부터 헤어짐까지를 적은 수기지요?"

"아아, 그렇소만 그게 뭐 문제라도 있습니까?" 하고 할아버지는 어딘가 신경질적인 목소리로 야히로 씨에게 물었다.

"아닙니다. 그 책을 쓴 분의 아내에 대한 깊은 사랑에 감동했던 것이 생각나서요."

"흠. 아직 읽는 중인데 이렇게 감상을 들으니 읽을 생각이 사라지는구먼."

"저런, 제가 주제넘은 소리를 했군요. 실례했습니다."

야히로 씨는 살짝 고개를 숙이고 카운터로 돌아갔다. 그리고 나와 얼굴을 마주치자 빙그레 웃었다. 마치 "이 뒤는 부탁할게"라고 말하는 듯이…….

두근. 심장이 큰 소리로 뛰면서 이제까지의 대화가 혜성처럼 뇌리를 스치고 지나갔다. 그리고 할아버지가 읽고 있던 책의 내용까지…….

거기에서 찾아낸 하나의 답이, 문득 떠오른 것이다. 확신할 수는 없다. 하지만 아무것도 하지 않는 것보다는 낫다. 그래서 나는 모험을 해 보기로 했다.

"미유 씨, 할아버지가 이야기를 나누고 싶은 상대는 후쿠가 아니에요……."

모두의 시선이 청소기에 빨려 들어가듯이 내 얼굴로 모였다. 지금까지 이쪽을 보려고도 하지 않았던 할아버지까지 귀신이라도 본 듯이 나를 응시하는 바람에, 당황해서 움직임이 뻣뻣해지는 기분이다.

하지만 야히로 씨만은 상냥하게 미소 지으며 작게 고개를 끄덕여 주고 있는 것이 아닌가. "괜찮아, 힘내"라는 그윽한 목소리가 머릿속에 직접 울려 퍼지는 듯한 기분에, 한 걸음 더 깊이 파고들 용기가 불쑥 솟아올랐다.

나는 미유 씨에게 후쿠를 안은 채 할아버지의 맞은편 자리에 앉게 하고는, 할아버지 쪽을 향해서 말했다.

"손님, 이제 시간이 없습니다. 이야기하고 싶은 것이 있다면 지금 하셔야 해요."

할아버지는 맹금류가 사냥감을 낚아채려 할 때 같은 매서운 눈빛으로 나를 노려보았다. 여전히 꾹 다문 입에서는 '내가 한마디라도 할 줄 알아?'라는 돌같이 굳은 의지가 뼈저리게 느껴졌다. 하지만 여기서 겁먹고 물러설 수는 없다. 나는 할아버지 앞에 놓인 책에 눈길을 주면서 물었다.

"사모님에 대해서…… 후회하는 일이 있으신 게 아닌가요?"

이 말이 할아버지의 역린을 건드리고 말았던 모양이다.

"생판 남인 네가 뭘 알아!!"

거친 목소리로 말하며 할아버지는 테이블을 손으로 쾅 내리쳤다. 공기가 차갑게 얼어붙으며 다른 손님의 시선까지 이쪽으로 모여들었다.

"죄송합니다. 별일 아니니까 신경 쓰실 필요 없습니다."

야히로 씨가 다른 테이블을 돌아다니며 필사적으로 주의를 돌리느라 애쓰고 있다. 지금까지 어떤 손님이 와도 "포기하기를 기다리는 수밖에 없지"라고 말하던 야히로 씨가 어째서 이렇게까지 애쓰는지, 나로서는 전혀 알 수 없다.

하지만 그래서 더욱, 할아버지가 짊어지고 있는 '후회'에서 벗어나게 해 주어야 한다는 사명감이 강해졌다. 한번 눈을 감고 생각을 정리했다.

나는 '할아버지가 아내에 대한 일로 후회하고 있는 것이 아닌가'라는 가정에 승부수를 걸었다. 할아버지가 감정적으로 나오는 것을 보아 그 모험은 성공한 것이 틀림없어 보인다. 그렇다면 할아버지가 여기에 온 이유는……?

천국에 있는 사모님에게 후쿠를 통해서 전언을 부탁하고 싶어서.

이것밖에 없다. 그러기 위해서는 후쿠가 할아버지의 이야기를 들을 마음이 생기도록 만들어야 하는데, 후쿠 역시 완강하게 할아버지에게 마음을 열려고 하지 않고 있다. 나는 허리를 숙여 후쿠와 눈높이를 맞췄다.

"부탁이야, 후쿠야. 할아버지의 이야기를 들어주지 않을래?"

"싫거든. 이런 영감탱이의 이야기 들을 필요도 없어."

이렇게 칼 같이 거부를 하다니……. 아, 진짜! 둘 다 어쩜 이렇게 고집이 세담!

대체 무슨 일이 있었던 걸까 고개를 갸웃거렸다. 그러나 그 직후였다. 의외의 곳에서 목소리가 날아든 것은.

"말을 참 어지간히도 안 하네. 그렇지만 말이야, 그쪽도 그 영감에게 하고 싶은 말이 있으니까 여기까지 온 거잖아? 정말 아무 말도 하지 않을 거였다면 나타나지 말고 그냥 황천에 갔으면 될 거 아냐."

그랬다. 내 편을 들어준 것은 지금까지 계속 침묵을 지키고 있던 소라였다.

"흥! 옆자리 황천길 배웅이 끝나면 다음은 네 차례니까 말이야. 그렇게 알고 있으라고!"

모두가 소라를 바라보는 와중에, 그는 인상을 쓴 채 옷을 갈아입기 위해 주방 안쪽으로 사라졌다.

후쿠도 할아버지에게 하고 싶은 말이 있었다니, 대체 뭘까……?

나로서는 알 수 없지만, 소라 덕분에 후쿠도 할아버지의 이야기를 들을 생각이 든 모양이다. 후쿠는 "칫……. 어쩔 수 없군" 하고 나직이 중얼거리고, 할아버지 쪽으로 얼굴을 돌렸다.

자, 남은 것은 할아버지의 마음을 여는 것뿐이다. 할아버지에게도 변화가 나타나고 있었다. 이리저리 눈을 굴리더니, 입 속에서 우물우물 뭔가를 말하려 하고 있다.

아이, 진짜! 망설이고 있을 때가 아닌데! 나는 참지 못하고 말을 꺼냈다.

"손님!"

하지만 그런 나를 야히로 씨가 제지했다. 야히로 씨는 내 오른쪽 어깨에 가만히 손을 올리고는 "미노리 씨, 괜찮으니까"라며 감싸는 말투로 나를 타일렀다. 빙그레 미소 지으며 고개를 좌우로 흔든다. 더 이상 아무 말도 하지 말라고.

야히로 씨는 왜 나를 제지한 걸까? 이제 시간이 거의 남지 않았는데……. 하지만 살짝 처진 야히로 씨의 눈에서는 반론을 허용하지 않는 단호함이 느껴진다. 나는 하려던 말을 도로 꿀꺽 삼키고, 그 자리를 지켜보았다.

소리 내어 코로 깊이 숨을 들이쉰 할아버지는 눈을 꾹 감았다. 그리고 후우 크게 숨을 내뱉고는, 천천히 눈을 떴다.

"후쿠, 저세상에 있는 미즈에에게 전해줬으면 하는 말이 있다."

내가 애타게 기다리던 그 말이다. 조금 쉬어 있었지만, 또박또박한 목소리에서 그의 굳은 각오가 절실히 느껴졌다. 하지만 후쿠는 '예'라고도 '아니오'라고도 대답하지 않고 그저 할아버지를 바라보고 있다.

"짓궂은 녀석 같으니라고."

할아버지는 갑자기 표정을 누그러뜨리더니, 천천히 이야기를 하기 시작했다.

내가 미즈에를 만난 것은 고도경제성장기가 한창이던 무렵이었지. 전쟁의 울분을 떨쳐내기라도 하려는 듯이, 온 일본이 밝고, 활기로 가득했어.

나는 도쿄에 있는 대학에 다니면서 가와고에의 홈런 극장에서 티켓을 확인하는 아르바이트를 하고 있었지. 옛날부터 영화라면 사족을 못 쓸 정도라서 말이야. 장래에는 구로사와 같은 유명한 영화감독이 되겠다고 벼르고 있었어.

그 무렵 나는 무모하기 짝이 없었지. 지금 생각하면 부끄러운 일도 아무렇지 않게 할 수 있었어. 나는 뭐든지 할 수 있다고 믿어 의심치 않았던 시절이야.

그러던 어느 날이었어. 아직 학생이었던 미즈에가 친구들과 함께 영화를 보러 왔던 거야. 비쳐 보일 듯한 하얀 피부에 입가를 가리면서 웃는 우아한 몸짓이 눈에 띄었어.

나중에서야 알았지만 그녀는 새하얀 털을 가진 고양이를 좋아한다고 하더라고. 그 하얀 고양이 모양을 한 귀여운 지갑에서 티켓을 꺼내서 미소 지으면서 나에게 건네는데, 나는 전기가 통하는 것 같은 충격을 느꼈어.

한눈에 반했던 거야. 미즈에가 내 '운명의 사람'이라고 굳게 믿은 나는 그녀가 극장에서 나오기를 밖에서 기다렸어. 그리고 눈을 동그랗게 뜨는 그녀에게 "같이 식사라도 한번 할 수 있을까요?"라고 말을 걸었지.

지금 생각해 보면 생판 모르는 낯선 남자에게서 데이트 신청을 받으면, 놀라는 정도가 아니라 무서울 게 당연한데 말이야. 미즈에도 마찬가지여서, 그녀는 친구들에게 둘러싸여서 그 자리를 떠나버렸어.

하지만 며칠 지나서의 일이야. 이번에는 그녀가 같은 극장 앞까지 혼자 찾아와서 "지난번 그 이야기, 아직 마음이 바뀌지 않았나요?"라고 말을 걸어 주었던 거야. 얼마나 기뻤는지 몰라. 농담이 아니라, 이제 죽어도 여한이 없다고까지 생각했으니까. 그 후로는 일이 척척 진행되었지. 사귀기 시작하고서 5년 뒤에 결혼해서, 그 몇 년 뒤에 아이가 태어나고…….

나는 열심히 일하면 가족을 행복하게 해 줄 수 있을 거라고 믿고, 무턱대고 일에 몰두했어. 그러다 정신을 차리고 보니, 미즈에는 나를 남겨두고 저세상으로 가버렸지 뭐냐.

지금 생각해 보면 미즈에에게는 미안한 것밖에 없구나. 내가 이기적이어서, 미즈에를 평생 고생만 시켰어.

그러니까, 후쿠야. 미즈에에게 전해 주었으면 한다.

당신 기분을 생각하지 않고 홈런 극장에서 말을 걸어서 미안해.

첫 데이트 때, 공포영화를 무서워하는 줄도 모르고 영화관에서 벌벌 떨게 해서 미안해.

사실은 오키나와의 바다를 좋아하는데, 신혼여행 때 홋카이도에서 등산을 하게 해서 미안해.

아들이 태어난 날, 출산하는 동안 같이 있어주지 못해서, 미안해.

육아도 집안일도 전부 당신에게 맡겨버려서 미안해.

가끔 함께 술을 주고받는 걸로밖에 고마운 마음을 표현하지 못해서 미안해.

그리고…….

당신의 임종을 지켜보지 못해서 미안해.

할아버지의 말이 멈췄다.

그때까지 묵묵히 듣고 있던 후쿠가 다음을 재촉하듯이 고개를 갸웃거렸지만, 할아버지는 계속 입을 굳게 다물고 있었다. 후쿠는 몇 번 눈을 깜빡이고서, 담담하게 말하기 시작했다. 하지만 그 내용은 놀라운 것이었다…….

"그 전언, 할머니에게 전해 줄 수는 없겠어."

"어째서……?"

얼굴이 새파래진 미유 씨가 가장 먼저 반응하고, 나는 말문이 막혀 버렸다. 완고하게 자신의 속마음을 드러내려 하지 않았던 할아버지가, 자신을 바꾸면서까지 짜낸 말이다. 한 점의 거짓도 없는, 투명하리만치 솔직한 마음이라는 것이 생판 남인 나에게까지도 아플 정도로 전해져 왔다.

그것을 '전해 줄 수 없다'고 일축하다니……. 나는 걱정이 되어서 후쿠에게서 할아버지에게로 시선을 옮겼다. 하지만 할아버지는 놀랄 정도로 냉정한 표정으로 후쿠를 가만히 바라보고 있었다. 그리고 후쿠의 커다란 눈동자 속에서 뭔가를 느낀 것일까? 눈을 감으면서 미소 짓고는 "네가 하고 싶은 말을 해 봐"라고 재촉했다.

그러자 후쿠는 할머니가 돌아가신 그날의 일을 한 번 더 이야기하기 시작했다…….

그날 할머니는 이상하게 유난히도 말이 많았어. 눈을 반짝반짝 빛내면서 먼 곳을 바라봤거든. 마치 나와는 다른 풍경을 보고 있는 것 같았어.

"요시아키 씨는 말이야, 영화를 정말 좋아했거든……."

요시아키……? 아, 할아버지를 말하는 거로군. 택배 배달원이 수취인을 확인할 때 정도밖에 할아버지의 이름을 들은 적이 없으니까, 누구를 말하는 건지 바로 알아채지를 못했어.

하지만 할머니는 왜 이제 와서 할아버지에 대한 이야기를 하기 시작했을까? 그렇게 의문을 느끼면서도 나는 할머니의 이야기에 귀를 기울였지.

"학생 시절에 친구들과 같이 가와고에의 홈런 극장에 영화를 보러 갔다가, 티켓을 확인하는 아르바이트를 하고 있던 요시아키 씨를 만났어."

반짝반짝 눈을 빛내는 할머니의 모습은 어렸을 때의 미유를 쏙 빼닮았더군.

"회색 베레모를 비스듬히 쓰고 있었는데, 일본인답지 않은 단징한 얼굴이 나에겐 마치 스크린에서 튀어나온 영화배우처럼 보였단다."

그 영감탱이가? 나로서는 전혀 상상이 되지 않는데. 하지만 할머니는 거짓말을 할 사람이 아니야. 그러니까 정말로 멋있었겠지. 적어도 할머니의 눈에는 말이야.

"아버지 말고 다른 남자를 접하는 것은 초등학교 이래로 거의 처음이라, 나는 그이와 눈을 마주친 것만으로도 심장이 두근거렸단다. 칠칠맞지 못하다고 비웃어도 상관없어. 티켓을 건넬 때 아주 살짝 손가락을 뻗어서 그의 손을 만졌단다."

할머니는 부끄러운 듯이 웃음을 띠고 있었어.

"얼굴이 순식간에 빨개지고, 몸이 둥둥 떠 있는 기분이었어. 그 뒤로도 영화 내용이 전혀 머리에 들어오질 않는 거야. 영화가 끝나고 뭔가 꿈에서 깬 듯한 쓸쓸한 기분에 젖어 있었는데, 나에게 진짜 영화는 이때부터 시작됐어. 글쎄 요시아키 씨가 극장 출구에서 기다리고 있다가, 나보고 밥을 먹자고 하지 뭐니!"

할머니의 목소리가 활기를 띠었다. 나까지도 살짝 가슴이 두근거렸던 것이 지금도 기억나.

"그때는 너무 당황한 나머지 도망치다시피 집으로 돌아가 버렸지만, 곧 후회했어. 그래서 단단히 마음을 먹고, 며칠 있다가 한 번 더 만나러 갔던 거야. 날 피하더라도 어쩔 수 없다고, 하지만 이대로 만나지 않고 끝나면 더 후회할 거라고 생각하면서 말이야. 그랬더니 다시 식사하러 가자고 얘기해 주었어. 얼마나 기뻤는지, 하늘에라도 날아오를 듯한 기분이었단다."

할머니는 살짝 웃음 지으며 하늘을 올려다봤어. 이날은 구름 한 점 없는 맑은 날씨였지.

"지금도 굉장히 고맙게 생각하고 있어. 물론 요시아키 씨에게 말이야. 왜냐하면 나는 그를 식사에 초대할 만큼 용기가 있지 않았으니까."

할머니는 내 쪽을 내려다봤어.

"만약 가능하다면 요시아키 씨에게 그때 같이 식사하자고 말해줘서 고맙다고 얘기하고 싶어. 그런데 나도 참, 그 말이 안 나오더라. 나이를 먹을수록 고집만 세져서. 내 입으로 요시아키 씨에게 옛날 일을 고맙다고 하기가 쉽지 않네."

할머니가 내 등을 부드럽게 쓰다듬었어. 그리고 잠시 쉬었다가 다시 말을 꺼냈지.

"그러니까 후쿠야, 만약 네가 언젠가 요시아키 씨와 이야기를 할 수 있게 된다면, 네가 그이에게 전해줬으면 좋겠어."

그 뒤로도 말이야. 할아버지 자랑을 계속하는 거야.

"첫 데이트 때는 말이야. 영화를 보러 갔었어, 공포영화를. 후후. 나는 옛날부터 공포영화를 무서워했거든. 그래서 계속 눈을 감고 있었는데, 영화를 보는 내내 굉장히 행복했단다. 왜냐면 요시아키 씨가 계속 손을 잡아 주었거든."

하지만……. 하지만 말이야…….

"신혼여행 때는 홋카이도로 가서 등산을 했어. 산 정상에서 바라보는 경치가 얼마나 아름답던지! 여기에 데려와 준 요시아키 씨가 진심으로 고마웠어. 그리고 평생 이 사람을 따라가겠다고 새삼 다짐했단다."

할머니의 얼굴이, 지금까지 본 적 없을 정도로 빛나고 있었다고.

"아들이 태어난 것은 눈이 내리는 추운 날이었어. 아들이 태어난 순간 그 자리에 없었던 요시아키 씨에게 나는 조금 토라져 있었단다. 하지만 퇴원한 뒤에 그이가 맨발로 있을 때 알게 됐단다. 그이의 발바닥이 온통 상처투성이라는 걸. 그이는 끝내 알려주지 않았지만, 어머님에게 들었어."

도대체 왜, 왜 그런 이야기를 나에게 들려주는 거야.

"출산하던 날 그이는 백 번 참배*를 하고 있었던 거야. 그것도 손발이 얼어붙도록 추운 날씨에 맨발로 말이야. 그 이야기를 듣고서 그이가 온 힘을 다해 신 앞에서 기도하는 모습을 상상했더니, 고마워서 나도 모르게 눈물이 나오지 뭐니. 마음

* '햐쿠도마이리(百度参り)'라고 하는 풍습으로, 소원을 빌기 위해 절이나 신사 내에 정해진 거리를 100번 왕복하면서 참배하는 것을 뜻한다.

속으로 몇 번이나 고맙다고 고개 숙여 인사했단다."

나는 계속 할머니를 불쌍하게만 생각했거든. 할아버지가 할머니를 거들떠보지도 않았으니까 말이야. 하지만 말이야…….

"매일 아침 일찍부터 밤늦게까지, 나와 아들을 위해서 열심히 일하는 것도 정말 고맙게 생각해. 그이는 아무리 바빠도 불평 한 번 한 적이 없어. 덕분에 아들은 훌륭하게 자라서 귀여운 손주까지 봤고 말이다."

천진하게 웃으며 이야기하는 할머니를 보고 나는 드디어 안심할 수 있었어. 이제 알았거든.

"가끔 같이 술 한잔하자고 권할 때가 있거든. 그렇게 둘이서 시간을 보내는 것도 굉장히 즐거웠어. 고맙다는 말을 아무리 해도 부족할 정도로 감사한 마음뿐이란다."

할머니는 할아버지와 함께 있을 수 있어서 누구보다도 행복했다는 걸 말이야.

"나는 당신과 함께 인생을 걸어올 수 있었던 것에 감사하고 있어요."

이런……. 나는 엄청난 착각을 하고 있었던 거야.

"고마웠어요. 진심으로 사랑해요. 그렇게 전해 주지 않겠니……?"

그것이 할머니의 마지막 말이었어.

고개를 숙인 후쿠를 할아버지는 눈을 휘둥그레 뜨고 바라보았다. 그럴 만도 하다. 할아버지가 '사과하고 싶은 것'이 할머니에게 있어서는 '감사하고 싶은 것'이었으니까…….

주위가 쥐 죽은 듯 고요해진 가운데, 연기를 피우듯이 꼬리를 흔든 후쿠는 몸을 동그랗게 말면서 중얼거렸다.

"이제 알았겠지. 할아버지의 말을 할머니에게 전할 수는 없다는 걸……."

그 말대로다……. 할머니의 멋진 추억을 두고, 할아버지는 반대로 미안한 마음만 가득했다고, 말할 수 있을 리가 없다.

할아버지는 어떻게 생각하고 있을까? 후쿠에게서 눈을 떼고 할아버지 쪽으로 시선을 돌렸다. 그다음 순간, 나도 모르게 "어?" 하고 소리 내어 놀라고 말았다. 왜냐하면 그의 눈이 환희로 가득 차고, 볼은 흥분으로 붉게 물들어 있었으니까…….

"그랬구나……. 미즈에는 행복했단 말인가……. 참 다행이다. 정말 다행이다."

할아버지는 모든 속마음을 짜내듯이 그렇게 말하고는, 거의 비어버린 커피잔을 들었다. 그 손도, 굳게 다문 입술도, 부들부들 떨리고 있었다. 방심했다가는 눈물이 쏟아질 것 같아 필사적으로 참고 있는 것이다. 그것은 손녀가 보는 앞에서 울 수는 없다는 그의 고집인지도 모른다.

그리고 할아버지는 커피를 마시기 직전, 후쿠에게 다시 한 번 할머니에게 전할 전언을 부탁했다.

"나도 미즈에를 사랑하고 있다고 전해 주렴."

매우 단순하지만, 할아버지다운 말이라 좋다고 나는 생각했다. 미유 씨도 그렇게 생각한 것일까? 만족한 듯이 열심히 고개를 끄덕이고 있다.

하지만 후쿠는 여전히 고집을 부리려는 모양이다. 슬쩍 얼굴을 들더니 "기분이 내키면"이라고만 말하고는 또 고개를 숙여버렸다. 그런 후쿠에게 할아버지는 온화한 말투로 물었다.

"너는 내가 싫으냐?"

"흥, 물을 필요가 뭐 있어. 어차피 영감도 나에 대해 별생각 없었잖아? 처음에 나를 시설에서 데려온 것도 할머니였고."

그들의 대화는 그걸로 끝났다. 할아버지는 작게 웃음을 머금고 남은 커피를 전부 비웠다. 거의 동시에 딸랑딸랑 도어벨 소리가 울렸다.

소라다……. 평소처럼 의식용 복장을 갖춰 입은 소라는 테이블 앞으로 다가오자마자, 내장까지 짓눌리는 듯한 위압감 있는 굵은 목소리로 말했다.

"황천으로 떠날 시간이다."

부드럽게 풀어졌던 공기가 팽팽한 긴장감을 띠고, 미유 씨가 자세를 똑바로 고쳐 앉았다. 사뿐히 지면에 내려온 후쿠는 네 발로 땅을 딛고 크게 기지개를 켰다.

"그럼 이만" 하고 무뚝뚝하게 말한 후쿠는 소라를 향해서 터벅터벅 걸어갔다. 바로 그때였다. 날카로운 목소리가 공기를 찢으며 울려 퍼진 것은.

"잠깐만!"

그 목소리의 주인은 바로 다름 아닌, 나 세키카와 미노리였다.

"어이, 미노리! 방해하지 마!"

소라가 벼락처럼 소리를 쳤다. 하지만 나는 가능한 냉정하게 대꾸했다.

"아니, 나도 모두가 행복한 엔딩을 맞았다면 이렇게 붙잡지 않을 거야. 하지만 정말 그럴까?"

"무슨 말씀이세요?"

눈썹이 축 처진 미유 씨가 물었다. 발을 멈춘 후쿠와 커피잔을 내려놓은 할아버지도 시선을 나에게 향하고 있다.

모두가 신기하게 생각하고 있는 것을 나도 잘 안다. 하지만 할아버지와 후쿠 사이에 아직 깊은 골이 있다는 것은 아까의 대화에서도 명백하게 드러난다.

여기 카에데안은 주인과 반려동물이 웃는 얼굴로 이별하는 장소니까. 그렇다면 후쿠와 할아버지를 이대로 헤어지게 해서는 안 돼.

나는 일단 크게 심호흡을 한 뒤, 배에 힘을 주고 말했다.

"분명히 사모님의 마음은 손님에게 와 닿았을지도 몰라요. 하지만 손님의 마음은 후쿠에게 닿았나요?"

할아버지가 입을 살짝 벌렸다. 그 시선은 점차 날카로운 빛을 더해갔다. 그래도 나는 할아버지에게서 눈을 떼지 않고 말을 이었다.

"손님, 후쿠에게 숨기고 있는 것이 있다면, 지금 이야기해 주세요. 그러지 않으면 분명 후회하게 될 거예요."

"대체 내가 뭘 숨기고 있다는 건가?"

할아버지의 말투가 차갑다. 미간에 주름이 잡히고, 얼굴은 살짝 붉어져 있다. 하지만 감정을 드러낸다는 점에서는 아까와 마찬가지다. 즉 건드리고 싶지 않은 마음을 건드렸을 때다. 그래서 나는 확신했다.

"후쿠를 집에 데려오기로 결정한 것은…… 사모님이 아니라 손님이셨죠?"

"네……? 할머니가 결정한 게 아니에요?" 하고 미유 씨가 말하자, "미유 말대로야. 나는 분명히 이 귀로 들었거든. 할머니가 내 이름을 정해준 것을 말이야"라고 후쿠도 말을 이었다.

하지만 누가 무슨 말을 하든, 나는 할아버지에게서 주의를 돌리지 않았다. 나의 시선을 피하려는 듯이 할아버지는 천장을 올려다보았다가, 턱 부근을 오른손으로 쓸었다. 그리고 다시 한 번 나에게 시선을 돌린 뒤, 침착한 목소리로 물었다.

"왜 그렇게 생각하나?"

"왜냐하면 사모님은 하얀 털의 고양이를 좋아하셨으니까요. 하지만 후쿠의 털은 갈색 바탕에 줄무늬가 있으니까……."

"어쩌다 보니 하얀 고양이가 없었던 것뿐이라고는 생각하지 않나?"

"그럴지도 모르지요. 정말 그런가요?"

할아버지가 나를 가만히 바라보았다. 예리하게 빛나는 그 눈동자는 마치 날카로운 칼날처럼 내 얼굴에 와서 꽂혔다.

솔직히 말해서 굉장히 무섭다. 모처럼 훈훈해지려던 분위기를 망칠지도 모른다는 불안감도 있다. 할아버지는 무례한 말을 한 내가 당연히 싫겠지. 마음이 지금 당장이라도 뚝 소리를 내면서 부러질 것 같다. 하지만 그때…….

—나, 벚꽃이 보고 싶어…….

아야카의 갈라진 목소리가 뇌리에 울려 퍼졌다.

그래, 맞아……. 이대로 물러서면 나는 역시 아무것도 바뀌지 않은 그대로야. 용기를 내서 모든 후회를 버리고 웃는 얼굴로 헤어지는 반려동물과 주인의 모습을 몇 번이나 봐 왔는데.

여기서 한 걸음 앞으로 나아가지 않으면, 전부 소용없어져. 그것만은 절대 싫어! 그러니까 나는……. 나는 절대로 포기하지 않아! 아주 살짝 볼에 힘을 넣어서 입꼬리를 끌어올렸다.

그 어떤 순간이라도 웃는 얼굴을 잊지 말아야지. 그렇지, 아야카?

공포와 불안이 자연스레 수그러들고, 할아버지를 바라보는 눈에 힘이 들어간다. 그러자 할아버지의 눈에 부드러운 빛이 감돌기 시작하는 것이 아닌가. 결국 눈빛이 완전히 느슨해진 순간, 그는 포기한 듯이 마른 웃음을 머금고 어깨를 떨궜다.

"……그 말대로야. 내가 이 아이를 선택했지."

세상에……. 정말로?

예상이 맞아떨어졌는데도 오히려 놀라버린 나를 곁눈으로 보며 할아버지는 애정이 담긴, 그러면서도 조금 부끄러워하는 듯한 가는 목소리로 말을 이었다.

"아직 어린데도 뚱한 얼굴을 하고 있었거든. 야옹 하고 울면서 애교를 부리지도 않고. 귀여운 구석이라고는 하나도 없더라고."

후쿠가 뭔가를 말하고 싶은 듯이 입을 반쯤 열었지만, 할아버지는 끼어들 새도 없이 말을 이었다.

"이아, 이 녀석은 나를 쏙 빼닮았구나. 그렇게 생각하니 희한하게 마음이 가지 뭔가. 이 녀석과 함께라면 미즈에와 셋이서 행복하게 살 수 있을 거라는 생각이 들었어."

"그래서 어땠는데?"

후쿠가 퉁명스럽게 묻자 할아버지는 단호하게 대답했다.

"행복했지. 고맙구나."

카페 내에 봄바람 같이 부드러운 여운이 감돌았다.

"그랬단 말이지."

후쿠는 그렇게 중얼거렸다.

폴짝.

후쿠는 유연한 움직임으로 몸을 허공에 띄우더니, 할아버지의 무릎 위에 올라 앉았다. 처음에는 놀란 듯이 눈을 동그랗게 떴지만, 할아버지는 곧 살짝 미소를 보이며 입꼬리를 올렸다.

"어떠냐? 내 무릎 위는."

"생각보다 기분이 좋은걸?"

"깨닫는 게 너무 늦었어."

"그래서 영감은 어때? 나를 무릎에 올려 보니까 말이야."

"기분 나빴다면 내쫓았겠지."

"쳇……. 솔직하지가 않아."

"너에게 그런 소리 듣고 싶지 않아."

두 사람의 대화는 거기에서 끊어졌다. 할아버지는 야히로 씨를 향해 가볍게 손을 들고는 "미안하지만, 커피를 한 잔 더 주겠나?" 하고 말했다.

야히로 씨가 슬쩍 소라를 쳐다본 것은 말할 필요도 없이, "황천길 배웅 시간을 조금만 늦춰 줄 수 없을까?"라고 부탁하고 싶었기 때문일 것이다. 그래서 나도 똑같이 소라 쪽을 바라보면서, 열심히 윙크를 날렸다.

"둘이서 무슨 짓이야! 특히 미노리! 기분 나쁘니까 그만둬! 하여간…… 15분 뒤에는 다음 예약 손님이 올 거 아냐? 딱 그 때까지만이야."

그렇게 퉁명스럽게 말한 소라는 황천길 배웅을 하는 차림 그대로 카운터 구석에 털썩 주저앉아서 만화책을 펼쳤다.

이제 남은 건 미유 씨인가? 하지만 내가 신경 쓰지 않아도 괜찮은 것 같다. 미유 씨는 아무 말 없이 일어나 카운터 석에 가서 앉고는 허브티를 주문했다.

이렇게 할아버지와 후쿠 둘만의 시간이 찾아왔다. 할아버지는 커피를 마시면서 오른손으로 천천히 후쿠의 등을 쓰다듬었다. 후쿠는 그 손에 모든 것을 맡기고 기분 좋은 듯이 혀를 빼꼼 내민 채 잠들어 있다. 마지막까지 두 사람 사이에 대화는 오가지 않았다.

하지만 분명 서로의 온기를 통해 수없이 "고마워"라는 말을 주고받고 있었을 거라고 생각한다. 소라와 함께 떠나는 후쿠를 할아버지는 아주 후련한 웃음과 함께 배웅했으니까…….

* * *

"우흐흐흐!"

"뭐야, 미노리!? 평소보다 더 기분 나쁘게 웃고 있잖아!"

그날의 영업 종료 후, 평소처럼 카페 내부의 청소를 끝낸 뒤에도 나는 기분이 좋았다. 그 때문인지 소라에게 평소보다 기분 나쁘다는 말을 들었지만, 전혀 화가 나지 않았다.

오히려 비꼬는 말조차 귀엽다는 생각이 들 정도다. 카운터석에서 양 팔꿈치를 괴고 생글생글 웃고 있었더니, 접시를 치워 준 야히로 씨가 커피를 내밀면서 살짝 미소 지었다.

"상당히 기분이 좋아 보이는데?"

"오늘 우리 셋이서 힘을 합쳐서 손님의 문제를 해결해 드렸잖아요!"

"아아…… 후쿠와 할아버지 말이지? 나는 딱히 너와 힘을 합친 기억이 없는데."

소라는 야히로 씨가 내어준 오렌지 주스를 빨대로 쭉쭉 빨면서 획 고개를 돌렸다. 나는 그 등을 팔꿈치로 툭툭 쳤다.

"후훗. 또 그러네! 부끄러워할 필요 없다니까!"

"누가 부끄러워한다 그래!"

덧니를 드러내면서 소리를 높이는 소라를 내버려 두고, 이번에는 야히로 씨를 마주 보았다.

"야히로 씨, 오늘은 정말 감사했습니다!"

"왜 나에게 감사를?" 야히로 씨는 가느다란 눈을 살짝 더 크게 뜨며 고개를 갸웃거렸다. 나는 그 물음에 대답하기 전에, 커피잔을 얼굴 가까이 가져와 눈을 감았다. 향기로운 커피 향과 함께 마음이 더욱 가벼워지는 것을 느끼며, 입을 열었다.

"야히로 씨가 할아버지가 읽고 있던 책에 대해서 가르쳐 주시지 않았더라면, 분명 해결하지 못했을 테니까요."

"그런가……. 하지만 미노리 씨가 이익을 얻은 것도 아닌데, 왜 감사 인사를 하는 거지?"

"후훗. 그렇지만 기쁜걸요!"

"기뻤다고? 뭐가?"

"야히로 씨와 소라가 도와준 거요! 그러니까 감사하다는 인사가 충분히 어울려요!"

눈을 더욱 크게 뜨며 말을 잇지 못하는 야히로 씨 대신, 소라가 눈을 빛내면서 가까이 몸을 내밀었다. 뭔가 꿍꿍이가 있는 얼굴이 분명하다.

"나한테는 감사 인사가 필요 없으니까 말이야. 대신 파르페를 사주면 그걸로 충분하다고!"

역시 그쪽이었나. 목을 움츠리는 나를 보고, 야히로 씨가 상냥하게 미소 지었다.

"그래서, 파르페는 언제 먹으러 갈 거야? 나는 말이지……."

혼자서 멋대로 신이 난 소라. 카운터 석에 앉아서 조용히 커피를 마시기 시작한 야히로 씨. 두 사람 사이에 낀 나. 평온하고 따스한 시간이, 큰 강처럼 느긋하게 흘러간다.

지금, 이 순간을 잘라내서 소중하게 간직하고 싶어!

……이런 말도 안 되는 바람이 문득 떠오를 정도로.

"아, 맞다!"

나는 가방에서 스마트폰을 꺼내고 소라를 내 쪽으로 잡아끌었다.

"무, 무슨 짓이야!"

놀라는 소라의 귓가에 "자, 활짝 웃어봐!"라고 말한 순간이었다.

찰칵!

세 명이 한 화면에 들어가도록 스마트폰으로 셀카를 찍었다.

"왜 멋대로 사진을 찍는 거야!?"

입을 삐죽 내민 소라에게 나는 "기념이야, 기념!"이라고만 대답한 뒤, 딱 좋게 미지근해진 커피를 한입에 홀홀 털어 넣고, 자리에서 일어섰다.

"그럼, 먼저 가보겠습니다!"

카에데안을 나서자, 나도 모르게 흠칫 몸을 떨게 될 정도로 공기가 차가웠다. 어느새 계절이 여름을 지나 가을에서 다시 겨울로 향하고 있다는 증거일 것이다. 하지만 방금 찍은 스마트폰의 사진을 보자, 저절로 몸이 따끈해졌다.

오늘은 일요일. 항상 그렇듯이 디저트의 날이다.

"좋았어! 오늘은 특별히 고구마 슈크림과 고구마 양갱 두 가지를 사서 돌아가자! 후후훗!"

어째서 특별한지는 나 자신조차도 알지 못했다. 하지만 그런 것은 신경도 쓰지 않은 채, 최고로 기분 좋은 상태로 날아가는 듯한 발걸음으로 서둘러 밤길을 재촉했다.

* * *

카에데안의 한쪽 구석에는 오래된 피아노가 놓여 있다. 평소에는 검은색 천으로 덮인 채 빛이 닿지 않는 곳에 있기 때문에 아무도 신경 쓰지 않는다. 미노리는 피아노의 존재를 알고 있기나 한지도 의심스러울 정도다.

미노리가 사라지자, 카페는 순식간에 허전해졌다. 설거지를 끝낸 야히로는 갑자기 끌려가듯이 피아노 앞에 가서 섰다. 카운터에서 만화책을 보던 소라가 야히로의 뒷모습에 시선을 주었다.

야히로는 그 시선을 느끼고 있었지만, 신경 쓰지 않고 피아노를 덮어 둔 천을 살짝 들췄다. 검은 광택이 반짝이는 피아노의 건반 뚜껑이 드러났다. 그는 그것을 가만히 바라보다가, 후우 한숨을 쉬고는 다시 천을 덮었다.

"괜찮아, 무리하지 않아도."

소라가 야히로의 뒷모습에 말을 걸었지만, 그는 아무 말도 하지 않은 채 조용히 카운터 안쪽으로 사라졌다. 그리고 손에 쥔 오래된 열쇠를 가만히 바라보면서, 크게 한숨을 쉬었다.

별이 되어
지켜볼 테니까

✷

카에데안의 정기 휴일은 목요일이다. 나는 처음에는 주말에만 출근을 했지만, 12월부터는 금요일도 카에데안에서 일하려고 생각 중이다. 참고로 '본업'인 광고대리점에는 월요일부터 수요일까지 주 3회 출근하고 있다. 그래서 휴일은 실질적으로 주 1회뿐이다.

"뭐? 일주일에 하루밖에 못 쉬면 너무 힘들지 않아? 나라면 절대 못 할 것 같은데."

"미노리, 그렇게 돈이 급해? 괜찮아?"

"너만 괜찮다면 상관없지만 그렇게 과로하다가는 쓰러져."

광고대리점의 동료들은 그렇게 말하지만, 그렇게 힘들지도 않고, 돈이 급하지도 않고, 과로라고도 생각하지 않는다.

뭐, 솔직히 말해서 돈은 더 많았으면 좋겠다. 하지만 요새는 서툴렀던 요리에도 도전하게 되었고, 주말 저녁에 외출하지 않고 집에서 보내면서부터 경제적으로는 상당히 여유가 생겼다.

작은 사치라고 한다면 일요일 밤 집에 가는 길에 사는 가와고에의 명물 디저트 정도. 고구마 양갱, 스위트 포테이토,* 고구마 슈크림, 고구마 치즈 케이크……. 이런 것들을 매주 돌아가면서 순서대로 사 먹고 있다.

인터넷에서 방송하는 해외 드라마를 보면서, 모두 끝내주게 맛있는 이 디저트들을 먹을 때가 가장 행복한 순간이다. 그리고 금요일에도 일하기로 한 것은 돈 때문이 아니라, 순수하게 카에데안에서 하는 일을 좋아하기 때문이다.

요즘에는 주방에도 들어갈 수 있게 되어서 기쁘다. 그리고 내가 여러 가지 일을 해낼 수 있게 되어서, 예약도 동시에 세 팀까지 받을 수 있게 되었다. 그만큼 바빠졌지만, 굉장히 충실한 나날을 보내고 있다.

또 하나, 약간의 변화가 생겼다.

"오래 기다리셨습니다! 미노리 특제 볶음밥입니다!"

"오우! 드디어 완성됐나! 기다리다 지칠 뻔했어!"

일이 끝난 뒤에 직원 식사를 내가 만들게 된 것이다. 직원 식사라고는 하지만 남은 식재료를 볶거나 조리는 정도다. 그

* 익힌 고구마를 곱게 으깬 뒤 설탕, 버터, 우유 등으로 양념하여 오븐에 구워 낸 디저트의 일종.

러니까 그렇게 다양한 음식을 만들지는 못한다.

오늘은 햄 샌드위치에 쓰는 돼지고기 햄과 양상추가 조금 남아서, 밥과 달걀, 그리고 파를 추가해서 볶음밥으로 만들었다. 카운터에 셋이 나란히 앉아 저녁을 먹는 것이 일과가 되어서, 이날도 마찬가지였다.

"와! 맛있다! 미노리도 조금은 도움이 되는 일을 하게 되었구나! 하하하!!"

소라는 여전히 입이 험하지만, 이제 익숙해졌다. 요새는 밥풀을 볼에 붙인 채 깔깔 웃고 있는 것을 보면 귀엽게까지 느껴진다. 그리고…….

"응, 맛있네. 항상 고마워, 미노리 씨."

야히로 씨가 항상 살짝 미소 지으며 반겨 주는 것이 기쁘다. 얼마 전에 소라에게 캐물어 알아낸 사실인데, 야히로 씨는 혼자 살면서 저녁 식사는 항상 편의점 도시락으로 때우고 있다고 한다.

어두운 방 안에서 혼자 쓸쓸하게 밥을 먹는 야히로 씨……. 상상만 해도 가슴이 따끔따끔 아파 온다.

편의점 도시락이 그렇게 나쁜 것은 아니지만, 이렇게 다 같이 식탁에 모여 앉아 먹는 식사는 분명 몸도 마음도 따뜻하게 해줄 것이다. 그래서 나는 직원 식사를 만들기로 한 것이다.

"별말씀을요! 자, 그럼 저도 잘 먹겠습니다."

숟가락 가득 볶음밥을 떠서 입으로 가져오자, 마늘을 볶아 맛있는 냄새가 코를 자극한다. 입 안에 집어넣는 순간, 햄의 짠맛과 후추의 자극이 입 안에 퍼져나가고, 뒤따라 파와 달걀의 은은한 단맛이 찾아온다.

"음~ 내가 만들었지만 맛있어!"

역시 식사는 사람을 행복하게 만들어 준다니까!

식후의 커피를 다 마실 때까지 즐거운 시간이 이어진다. 밖은 춥지만, 카페 안은 가을 햇살 속에 있는 것처럼 따끈따끈하다. 그 속에서 소라는 물론, 야히로 씨도 온화한 웃음을 띠고 있다.

하지만 나는 이 무렵부터 눈치채고 있었다. 야히로 씨의 눈동자에 머문 깊은 슬픔을……. 그것의 정체는 아직 알지 못하고, 알 필요조차 없을지도 모른다. 그렇다고 하더라도 언젠가 야히로 씨가 진심으로 웃을 수 있게 되기를 바란다. 내 안에 그런 마음이 싹트기 시작했다.

* * *

거리가 크리스마스 분위기로 장식되기 시작한 어느 날의 일이다. 벽에 걸린 시계가 오후 3시를 가리킬 무렵, 이날은 웬일로 중간에 예약이 비어서, 잠시 한숨 돌릴 여유가 있었다.

오후 5시부터 사토 도모야라는 손님의 예약이 들어와 있지만, 그때까지는 손님이 오지 않는다.

느긋하게 흐르는 시간에 몸을 맡기고 있으려니, 항상 냉정하고 침착한 야히로 씨가 웬일로 "이런, 큰일이다!" 하고 당황하는 소리가 들렸다. "무슨 일이세요?" 눈을 동그랗게 뜨고 야히로 씨를 바라본 나에게, 야히로 씨는 볼을 긁적이며 대답했다.

"우유가 다 떨어진 걸 까맣게 잊어버리고 있었어. 요리에도 사용하니까 말이야. 미노리 씨, 잠시만 여기를 맡겨도 될까? 요 앞 큰길에 나가서 사 올 테니까."

"아, 그거라면 저랑 소라가 갔다 올게요!"

"뭐? 내가 왜 가야 하는데? 귀찮아."

노골적으로 싫은 얼굴을 하는 소라의 팔을 억지로 잡아당겼다. 그렇지만 항상 바쁜 야히로 씨가 모처럼 쉴 수 있는 기회인데, 소라가 있으면 마음 놓고 쉬지를 못할 거 아냐.

"어이! 야히로! 이 녀석을 좀 어떻게 해봐!"

"그럼 야히로 씨, 다녀오겠습니다!"

"미노리 씨, 고마워. 다음 예약까지 시간 여유가 있으니까 시내에서 천천히 놀다 와도 괜찮아."

"그러니까 나는 싫다고!"

나는 날뛰는 소라를 끌어안다시피 하며 카페를 나섰다. 야히로 씨가 그렇게 말씀하시기도 했으니, 살짝만 놀다 들어가야겠다.

그래, 야히로 씨에게 뭔가 달달한 간식이라도 사 드릴까? 뭐가 좋을까? 유명한 스위트 포테이토 전문점이 있는데, 그걸로 할까? 아니면 고구마 크림 샌드가 좋을까? 아니, 가와고에 슈크림도 괜찮지! 아, 고민되네. 모두 다 맛있을 게 분명하니까! 빨리 먹고 싶다!

……이렇게 먹는 순간을 상상하면서, 나는 날아갈 듯한 발걸음으로 어느새 역을 향해 걷기 시작했다.

"어이! 저기 봐, 미노리! 이것도 맛있어 보인다!"

"정말이네! 고구마가 통째로 들어간 고구마 양갱이래."

"하나만 사서 맛을 보자고! 먹어보고 정말 맛있으면 야히로에게 사다 주자!"

"소라도 참! ……할 수 없지."

"맛있다!!"

이런 대화를 반복하기를 벌써 네 곳째……. 정신을 차리고 보니 선물용 디저트가 양손에 가득 들려 있었다.

카에데안에서 아르바이트를 시작했다고 해서 그렇게 여유가 생긴 것은 아닌데도, 야히로 씨에게 맛있는 것을 사서 갈 생각을 하자 나도 모르게 자꾸 사버리게 된단 말이야. 게다가 가와고에에는 다양한 디저트 가게가 많은걸. 지갑이 열리는 것도 어쩔 수 없는 일이라고 봐.

처음에는 마지못해 따라나온 소라도 지금은 눈을 빛내고 있다. 자, 그럼 고구마 양갱 다음은 뭘로 할까? 그렇게 고민에 빠져 있는데, 소라가 눈썹을 찌푸렸다.

"이봐, 미노리. 이제 슬슬 돌아가야 하지 않아?"

"어?"

슬쩍 스마트폰을 보자 어느새 시간은 오후 4시가 지나 있었다.

"어머, 시간이 언제 이렇게! 이제 돌아가야겠다!"

우리는 서둘러 카에데안 쪽으로 발걸음을 돌렸다. 바로 그때였다.

"멍!!"

굵고 낮은 개 짖는 소리가 귀에 들어왔다.

무슨 일이지 하고 얼굴을 들자, 사람들이 많이 지나다니는 인도 한가운데서 흥분한 골든 리트리버가 우왕좌왕하고 있었다. 당연히 리드줄에 묶여 있기는 했지만, 주인인 젊은 여성이 완전히 끌려다니고 있었다.

"에투알! 그쪽이 아니라니까!"

나와 비슷한 나이가 아닐까? 나풀거리는 단발머리가 잘 어울리는 귀여운 얼굴이다. 오버사이즈 니트에 긴 외투를 걸치고 있다. 하지만 내가 나도 모르게 "앗" 하고 소리를 내고 만 것은 그녀의 왼쪽 어깨에 걸린 가방에 핑크색의 임산부 배지가 달려 있었기 때문이다.

즉 그녀의 배 속에는 아기가 있는 상태다. 하지만 골든 리트리버는 그런 것 따위 안중에도 없이, 말을 듣지 않은 채 주인을 이리저리 끌고 다니고 있는 것이었다.

"저기, 소라. 어떻게 좀 하지 않으면 저분 배 속에 있는 아기에게 좋지 않을 것 같아."

내가 소라에게 그렇게 말한 이유는 지금까지 소라가 '황천길 배웅'을 갈 때 반려동물들을 뜻대로 다루는 것을 봐 왔기 때문이다.

당연히 그들은 영혼이었지만, 소라라면 날뛰고 있는 골든 리트리버를 어렵지 않게 다룰 수 있을 거라고 직감했던 것이다. 하지만 소라는 전혀 그럴 생각이 없는 모양이다.

"흥, 알 게 뭐야! 제대로 관리도 못 할 거면 개를 키우지 말라고. 게다가 저 녀석은 우리와는 아무런 관계도 없잖아! 쓸데없는 참견일지도 몰라."

그렇게 내뱉고는 그대로 외면해 버렸다. 확실히 소라의 말도 일리가 있지만, 이대로 내버려 둘 수는 없다. 하지만 대체 어떻게 하면 좋을까……. 그렇게 잠시 고민하는 사이에, 그녀의 입에서 놀라운 말이 들려왔다.

“카에데안은 그쪽이 아니야! 오빠를 만나러 가야지!”

나와 소라는 눈을 마주쳤다. 그리고 히죽 웃는 나를 보고 소라는 머리를 긁적이면서 “칫, 어쩔 수 없군” 하고 말하며 골든 리트리버 쪽으로 발길을 향했다.

“자, 착하지. 이쪽으로 오렴.”

어린 외모와 제멋대로인 성격으로는 상상하기 힘든, 가슴 속까지 울려 퍼지는 소라의 허스키 보이스. 나에게 향한 것이 아닌데도, 그의 깊은 자애로움에 마음이 흔들린다.

소라는 언제나 동물들에게 한없이 다정하다. 마치 끝없이 이어지는 드넓은 바다처럼. 그래서 동물들도 그런 소라 앞에서 온순해진다.

“끄응.”

그렇게 날뛰고 있던 골든 리트리버 에투알도 얌전해져서, 소라에게 머리를 비비고 있다. 그 모습에 여자가 소리 내어 감탄했다.

“대단하세요! 저와는 벌써 며칠째 같이 있으면서도 전혀 따르지를 않는데…….”

어째서인지 내가 칭찬이라도 받은 양 기분이 좋아졌다.

“후후, 소라 님은 역시 대단해!”

“시끄러워! 기분 나쁘니까 님이라고 부르지 마!”

소라는 정말 신기한 아이다. 아니, ‘아이’가 아니라 ‘신’이라고 해야 하나. 하지만 신치고는 묘하게 인간미가 강하단 말이야. 금방 게으름을 피우고, 달달한 음식에는 사족을 못 쓰고, 감정 변화가 뚜렷하고…….

그러면서도 사람에 대해서도, 동물에 대해서도 항상 성실 그 자체. 절대 속이려 하지 않고, 언제든지 진지하게 상대방을 대한다는 것을 옆에서만 봐도 잘 알 수 있다.

모든 동물들이 그를 따르는 이유는 그런 인간미가 있기 때문인지도 모른다. 이렇게 말하는 나 역시 이러니저러니 하면서도 소라를 좋아해서, 어느 정도의 장난도 용서하게 된다.

하지만 의문인 것은 어째서 신인 소라가 카페에 있느냐 하는 점이다. 신은 신사에 있어야 하는 거 아닌가? 게다가 신이라면서 인간의 눈에 보여도 되는 건가? 아직은 모르는 일뿐이다.

언젠가는 소라의 비밀을 알 기회가 있을까? 그리고 소라의 모든 것을 알았을 때, 나는 지금까지와 똑같이 소라를 대할 수 있을까……? 뭔가 약간 두려운 기분이다. 그런 생각을 하면서 우리는 버스를 타지 않고 걸어서 미요시노 신사로 향했다.

골든 리트리버를 데리고 있던 여성의 이름은 요시다 미즈키 씨. 5시에 예약한 사토 씨의 여동생이다. 생각대로 나와 같은 스물여덟 살로, 배 속에 아기가 있다는 것은 엊그제 알았다고 한다.

매우 예의 바르고 겸허한 사람으로, 우리가 카에데안의 점원이라는 것을 밝히고 카에데안까지 같이 가자고 권하자 몇 번이나 고맙다며 머리를 숙였다. 처음에는 조금 벽을 느꼈지만, 5분도 지나지 않아 서로를 성이 아닌 이름으로 부를 정도로 허물없는 사이가 되었다.

"미즈키 씨, 미안해요. 우유를 사는 데까지 따라오게 해서."

"후후, 신경 쓰지 마세요. 오히려 저야말로 감사하게도 도움을 받고 있는걸요."

미즈키 씨가 슬쩍 등 뒤를 보았다. 그 시선을 따라가자 퉁명스러운 얼굴을 한 소라가 에투알을 데리고 걷고 있다. 에투알은 방금 전까지만 해도 흥분한 상태였지만, 지금은 얌전히 소라를 따라가고 있다. 뭔가를 말하고 싶은 듯한 소라가 입을 열기 전에, 나는 먼저 말했다.

"아니요, 괜찮아요! 어차피 카페로 돌아가는 길이었는걸요!"

"그렇게 말씀해 주시니 다행이에요. 그런데 이대로 카에데안까지 절 데려다주셔도 정말 괜찮으시겠어요? 아직 예약 시간보다 이른데요."

"괜찮을 거예요. 오늘은 다른 예약도 없고요. 그렇지, 소라?"

나는 다시 소라에게 눈길을 주었다. 소라는 옆으로 휙 얼굴을 돌리면서 입을 삐죽거렸다.

"흥, 할 수 없지. 밖에서 이 녀석이 날뛰기라도 하면 곤란하니까 말이야."

손에 든 리드줄을 쭉 잡아당기는 소라에게 대답하는 듯이, 에투알이 얼굴을 들고 꼬리를 휙휙 흔들었다. 소라가 다정하게 얼굴에 웃음을 띠며 에투알의 머리를 쓰다듬었다.

"정말이지, 솔직하지 못하다니까."

"엉? 지금 뭐라고 했냐!?"

소라의 물음을 무시하고 시선을 미즈키 씨에게로 돌린 나는 궁금했던 점을 물어보았다.

"그런데 오빠분의 예약인데 왜 미즈키 씨가 에투알을 데려오신 거예요?"

나의 질문에 미즈키 씨의 눈빛이 잠시 흔들렸다. 아니, 그뿐 아니라 쓸쓸함 같은 감정이 눈에 떠올랐다.

"실은 오빠가 기르던 개예요. 일주일 전부터 제가 맡아 키우고 있다고나 할까요……."

"그랬군요……. 그래서 능숙하게 다루기가 어려웠군요?"

"부끄럽지만 그래요. 저도 어렸을 때 키워 봐서, 개를 다루는 데는 자신이 있었는데 말예요."

"어머, 어떤 아이를 키우셨나요?"

"류세이라는 이름의 잡종인 대형견이었어요. 저와 오빠가 태어나기 전부터 집에서 키우고 있었다고 해요. 제가 세 살 때 어머니가 돌아가셔서요……. 그때부터 류세이는 계속 어머니처럼 우리의 성장을 지켜봐 주었어요. 류세이는 제가 초등학교에 올라가던 해에 죽었어요. 그때까지 한 번도 우는 얼굴을 보인 적이 없던 오빠가 일주일이나 계속 울었어요. 그 뒤로도 '언젠가 어른이 되면 류세이 같은 착한 개를 가족으로 삼을래'라고 틈만 나면 이야기했어요."

"그랬군요. 그래서 에투알을 키우기 시작했던 거군요. 그런데 무슨 일로 그렇게 소중한 에투알을 미즈키 씨에게 맡기게 되었나요?"

"그건……."

미즈키 씨는 말을 흐렸다. 분명 남에게 말할 수 없는 깊은 사정이 있을 것이다. 나는 까딱하면 침울해질 뻔한 분위기를 떨쳐내듯이 큰 소리로 말했다.

"대답하기 어려운 질문을 해서 죄송해요! 카에데안은 이제 금방이에요! 자, 가요!"

"아, 네에. 잘 부탁드립니다!"

그 후로는 미즈키 씨의 결혼에 대한 것 등 사소한 이야기를 나누며 발길을 재촉했다. 파란 하늘에 검은색과 주황색이 섞이기 시작할 무렵에 숲에 들어섰다. 나무 그늘에 가려진 숲속은 얇은 코트만 입어서는 살짝 쌀쌀한 느낌이 있다.
하지만 미즈키 씨는 몸을 떨지도 않고 긴장한 얼굴로 입을 꾹 다물고 있다. 그리고 '카에데안'이라고 써진 나무 간판이 보이기 시작한 지점에서, 미즈키 씨는 발을 멈췄다.
"저기…… 죄송하지만 오빠가 올 때까지 에투알을 좀 맡아 주실 수 있을까요? 저는 시간이 되면 데리러 올 테니까요."
"네? 오빠분과 함께 만나시지 않고요?"
"네……. 그게 좀……. 오늘은 에투알을 위해서 예약한 거니까요……. 그리고 이걸로 계산을 좀 부탁드릴게요."
미즈키 씨는 그렇게 말하며 내 손에 5천 엔 지폐를 쥐여 주었다.
어떻게 된 일일까? 오빠와 미즈키 씨, 그리고 에투알까지 다 같이 시간을 보내면 좋을 텐데.
눈을 동그랗게 뜨고 있는 나의 바지를 소라가 잡아당겼다.
"뭐, 상관없잖아. 마음대로 하라 그래. 어차피 한가하니까 이 녀석을 돌봐주는 것 정도는 일도 아니야."
"어, 아아, 그래. 그렇지."
"감사합니다! 그럼 오는 길에 있던 카페에서 기다리고 있을게요. 오빠가 돌아가면 전화를 좀 주시겠어요?"
"네, 그럼 우리 연락처 교환할까요?"
미즈키 씨는 나와 메신저를 교환하고서, 온 길을 되짚어 돌아갔다. 카페로 돌아온 우리를 야히로 씨는 "잘 다녀왔어? 심부름 시켜서 미안해"라며 평소와 똑같이 상냥하게 웃는 얼굴로 맞이해 주었다. 그리고 에투알도 반갑게 맞아 주었다.

벽시계가 5시를 가리키기 조금 전, 딸랑딸랑 도어벨이 울렸다. 카페 안에 들어온 것은 30대 정도의 남성이다. 해에 그을린 얼굴에 짧은 머리카락이 잘 어울린다. 내가 "어서 오세요!" 하고 인사를 건네자 하얀 이를 드러내며 밝게 웃었다.

"예약한 사토 도모야입니다."

그가 그렇게 말한 순간, 방구석에서 얌전히 엎드려 있던 에투알이 그에게 거침없이 달려들었다. 도모야 씨에게 달려든 에투알은 떨어져 나갈 듯이 꼬리를 흔들며 그의 얼굴을 낼름낼름 핥기 시작했다.

"아하하! 간지러워!"

"하지만 나 너무 쓸쓸했단 말이에요! 아빠와 계속 만나지 못해서!"

도모야 씨에게 어떤 사정이 있었는지는 모르지만, 아마 그가 출장이라도 떠난 사이에 에투알이 세상을 떠났던 것이 아닐까?

거기까지 생각이 흘러간 순간 한 가지 의문에 부딪혔다. 에투알을 여기까지 데려온 것은 도모야 씨의 여동생 미즈키 씨다. 분명 일주일 정도 전부터 에투알을 맡아 키우고 있다고 했다.

하지만 카에데안에 오는 반려동물은 유령이잖아? 그렇다면 카에데안에 오기 전부터 에투알의 모습이 눈에 보였던 것은 어째서일까?

"미노리 씨, 손님께 물과 메뉴판을 좀 가져다주겠어?"

"네? 아, 네!"

야히로 씨의 목소리에 퍼뜩 정신을 차린 나는 도모야 씨에게 물컵과 메뉴판을 가져다드리고, 에투알에게는 물이 담긴 도자기 그릇을 바닥에 놓아 주었다.

흥분한 나머지 목이 말랐는지, 에투알은 벌컥벌컥 물을 들이켰다. 그 모습을 다정하게 바라보던 도모야 씨는 잠시 후 느긋한 말투로 주문을 했다.

"저는 커피, 그리고 이 아이에게는 쌀가루 팬케이크를 부탁합니다."

나는 "네!" 하고 대답하고 카운터로 돌아갔다. 야히로 씨는 주방 쪽으로 사라지고, 나는 카운터 안에서 커피를 내리기 시작했다. 소라는 평소처럼 카운터 구석 자리에서 만화책에 푹 빠져 있다.

"아빠, 나를 두고 어디 갔던 거야? 나, 계속 기다렸단 말이야!"

"미안해. 좀 멀리 갔었어. 아빠 없는 동안 말 잘 듣고 있었니?"

"당연하지!"

"미즈키를 힘들게 하지는 않았어?"

"아니라니까! 나 착하게 말 잘 듣고 있었어!"

나는 추출 중인 커피 메이커에서 살짝 눈을 들어 에투알을 보았다. 에투알도 슬쩍 내 쪽을 보고 눈을 마주쳐 왔다. '부탁이니까, 아까 있었던 일은 비밀로 해주세요!'라는 뜻이겠지?

알겠다는 의미로 윙크를 보낸 나를 보고 안심했는지, 에투알은 도모야 씨의 가슴에 얼굴을 파묻고 문지르며 응석을 부렸다. 도모야 씨는 에투알의 머리를 부드럽게 쓰다듬으면서 상냥하게 말했다.

"에투알, 우리는 가족이지?"

에투알은 물어볼 필요도 없다는 듯이 도모야 씨의 뺨을 할짝 핥았다. 도모야 씨는 미소를 띠며 에투알에게서 살짝 떨어졌다.

"미즈키도 내 소중한 가족이야. 알고 있지?"

에투알은 홱 얼굴을 돌렸다.

"어머니와 아버지가 돌아가신 뒤로 인간 중에서는 미즈키가 내 유일한 가족이란다."

"그래서 뭐?"

토라진 듯한 에투알의 목소리. 살짝 무거운 공기가 그들 사이에 흘렀다.

"이거 가져다주겠어?"

야히로 씨가 나에게 살짝 속삭여서, 나는 방금 완성된 쌀가루 팬케이크와 커피를 도모야 씨 앞으로 가져갔다.

"오래 기다리셨습니다!"

"고마워요. 그런데 계산 말인데요……."

미간을 찌푸리며 조심스럽게 말을 꺼내는 도모야 씨를 가로막으면서 나는 "이미 여동생분께 받았으니까 걱정 마세요"라고 방긋 웃으며 대답했다.

하지만 도모야 씨는 커피값을 아까워 할 사람으로는 보이지 않는데 말이야…….

"그랬군요. 다행이다. 동생과 만나면 고맙다고 전해 주시겠어요?"

직접 말하면 될 텐데…….

그렇게 의아하게 생각하는데, 소라의 시선이 아플 정도로 나를 찌른다. '남의 사정에 끼어드는 거 아니야'라고 말하고 싶은 거겠지.

그래, 맞아. 지금은 도모야 씨와 에투알만의 귀중한 시간이니까. 내가 괜히 상황을 혼란스럽게 만들어서는 안 돼.

그렇게 생각을 바꾼 나는 꾸벅 고개를 숙였다.

"네. 천천히 즐겨 주세요."

카에데안의 시간은 다시 느긋하게 흐르기 시작했다. 오후 5시 반에 접어들 무렵, 팬케이크를 깨끗하게 비운 에투알은 졸린 듯 꾸벅거리며 도모야 씨의 발치에서 둥글게 몸을 말았다. 도모야 씨는 에투알의 황금색 털을 상냥하게 쓰다듬으며 입을 열었다.

"에투알, 앞으로 미즈키와 한 가족이 되는 거야. 알겠지?"

그 말을 들은 순간, 나는 모든 것을 깨달았다…….

"그게 무슨 소리야?"

얼굴을 번쩍 든 에투알이 멀뚱거리며 되묻는 동안, 나는 미즈키 씨를 만난 뒤 지금까지 있었던 일을 되짚어 보고 있었다.

우리가 길에서 우연히 마주쳤을 때, 에투알은 눈에 보이는 형태로 존재하고 있었다. 하지만 보통 카에데안을 찾아오는 반려동물들은 실체가 없는 유령이다.

게다가 도모야 씨는 처음부터 계산을 미즈키 씨에게 부탁할 생각이었고, 미즈키 씨도 당연히 마찬가지로 생각해서 나에게 돈을 맡겼다. 하지만 도모야 씨는 커피값 내기를 아까워하는 타입으로는 도저히 보이지 않는다.

만약 도모야 씨가 '커피값을 내고 싶지 않은' 것이 아니라 '정말로 돈을 지불할 수 없는' 상태라고 한다면……? 그리고 에투알이 영혼이 아니라, 아직 살아 있다고 한다면……. 이 두 가지 생각을 하나로 잇는 결론은 딱 하나뿐이다.

세상을 떠난 것은 에투알이 아니라 도모야 씨 쪽이었던 것이다……. 그래서 도모야 씨는 에투알을 미즈키 씨에게 부탁하려 하는 것이다.

그러나 에투알은 그런 사정이 이해가 되지 않는 모양이다.

"아빠, 언제 집에 와? 아빠가 없어지고부터 7일 동안 나는 계속 현관 앞에서 아빠가 돌아오기를 기다렸어. 얌전히 있으면 분명 빨리 돌아올 거라고 믿었으니까. 아빠 대신이라고 하면서 미즈키가 집에 찾아왔지만, 역시 쓸쓸해. 아빠, 빨리 우리 집으로 돌아가자."

솔직하기 그지없는 무구한 목소리가 마음을 뒤흔든다. 기특하게도 현관 앞에서 주인이 돌아오기를 계속 기다리는 에투알의 모습을 떠올린 것만으로도 마음이 아파 왔다.

생판 남인 나마저 이렇게 마음이 아픈데, 도모야 씨로서는 예리한 칼날로 가슴을 찌르는 것만큼이나 아팠을 것이 틀림없다.

그는 눈시울을 붉히며 떨리는 목소리로 말했다.

"미안하구나……. 나도 돌아가고 싶었어. 돌아가서 너를 꼭 끌어안고 싶었어. 하지만 그런 사소한 바람마저 이제 이룰 수 없게 되었어……. 갑작스럽게 벌어진 일이었어. 내 여기가 멈춰버린 것은."

그러면서 도모야 씨는 자신의 가슴을 두드렸다.

"그러니까 이게 마지막 인사가 될 거야. 이해해 주렴."

그때까지 신이 나서 붕붕 휘두르고 있던 큰 꼬리를 축 늘어뜨리고서, 에투알은 슬픔이 가득 담긴 눈동자로 도모야 씨를 바라보았다.

도모야 씨는 농담이 아니라는 것을 전달하려는 듯이 진지한 눈으로 에투알을 마주 바라보았다. 잠시 후 에투알은 감정을 있는 그대로 드러내며 소리치기 시작했다.

"싫어! 아빠가 항상 그랬잖아! 언젠가 아빠에게 아이가 생기면 에투알이 지켜줘야 한다고. 류세이가 아빠와 미즈키를 사랑해 준 것처럼, 나도 언젠가 아빠의 아이를 사랑해 주고 싶어. 그게 내가 살아가는 이유란 말이야. 그러니까 헤어지는 건 싫어……."

에투알은 끙끙 울면서 도모야 씨의 바지 자락을 물고 늘어졌다.

"미안해…… 에투알. 흐흑……."

결국 도모야 씨는 눈물을 흘리며 무너지고 말았다. 내가 그들에게서 소라 쪽으로 눈길을 옮기자, 소라는 작은 한숨과 함께 고개를 절레절레 저었다. '둘이 포기할 때까지 기다리는 수밖에'라고 말하고 싶은 거겠지.

역시 포기하는 수밖에 없는 걸까? 아니, 분명 뭔가 방법이 있을 거야. 도모야 씨가 안심하고 황천으로 떠날 수 있는 방법이.

그러기 위해서는 에투알에게 살아가는 이유를 찾게 해 주는 수밖에 없겠지. 하지만 도모야 씨는 이제 자신의 아이를 남길 수가 없어…….

응? 잠깐만…….

나는 슬쩍 소라 옆으로 다가가서, 조용히 귓속말을 했다.

"있지, 소라. 도모야 씨가 언제 돌아가셨는지 알아?"

"하아? 왜 그런 걸 알고 싶은데?"

"됐으니까, 얼른. 혹시 7일 전 아니야?"

소라는 수상쩍다는 듯이 내 얼굴을 들여다보았다. 나는 가능한 진지한 표정으로 소라를 바라보았다. 그러자 소라는 크게 한숨을 내쉬고는, 무겁게 입을 열었다.

"그래, 그 말대로야. 죽은 지 7일이 지났으니까 이제 황천으로 가야 하는 거야."

"역시! 그렇다면 그 일을 모를 가능성이 있겠구나!"

"어이, 무슨 생각을 하는지 모르지만, 쓸데없이 끼어들지 말라고 내가 몇 번이나 얘기했잖아!"

나는 아랫입술을 쭉 내밀고 목을 움츠렸다. 물론 항의의 의미다. 하지만 소라에게 무슨 말을 해도 소용없다는 것은 알고 있다.

그래서 카운터 안에 있는 야히로 씨 쪽으로 얼굴을 돌렸다. 하지만 내가 뭐라고 말을 꺼내기도 전에 소라가 다시 한 번 못을 박았다.

"어이, 야히로. 너도 뭐라고 한마디 해봐! 남의 일에 끼어들지 말라고!"

야히로 씨는 평소처럼 상냥한 얼굴 그대로 미소를 띠고 가만히 나를 바라보고 있다. 곧게 뻗은 등과 작은 얼굴. 마치 잡지 모델이 나를 응시하는 듯한 착각에 빠진 나는 얼굴이 달아오르는 것을 막지 못했다.

하지만 야히로 씨는 나의 긴장감을 전혀 눈치채지 못한 채 나직이 이렇게 물어왔다.

"미노리 씨는 저들이 어떻게 되었으면 좋겠어?"

생각할 필요도 없다. 나는 즉시 대답했다.

"후회하지 않았으면 좋겠어요. 그뿐이에요."

"후회?"

"그러니까 살다 보면 항상 후회만 하게 되잖아요? 모처럼의 휴일인데 왜 하루 종일 누워 있기만 했을까, 오늘 같은 경우도 왜 스위트 포테이토를 사지 않았을까, 이런 식으로."

"스위트 포테이토?"

"어머, 죄송해요! 제 이야기니까 신경 쓰지 말아 주세요! 어쨌든, 산다는 것은 후회의 연속이라고 생각해요. 적어도 저는 그래요!"

이상한 말을 자신만만하게 말하는 바람에, 야히로 씨의 입꼬리가 희미하게 올라갔다. 하지만 그 웃음에 깊은 슬픔이 차 있는 듯이 보이는 것은 기분 탓일까?

"그렇지……. 그래, 그 말대로라고 생각해."

목소리가 평소보다 한층 더 낮다. 하지만 지금은 그 이유를 따지고 있을 때가 아니다. 문득 아야카의 말이 뇌리를 스쳤다.

—미노. 어떤 순간에라도 웃는 얼굴로 있어야 해. 웃는 얼굴은 슬픔도, 후회도 전부 없앨 수 있는 마법이니까 말이야.

맞아. 그렇지, 아야카?

나는 힘껏 배에 힘을 주고 말을 이었다.

"하지만 누군가와 헤어질 때만큼은 후회하고 싶지 않고, 남들도 그랬으면 좋겠어요. 가능하다면 말예요……. 터무니없는 말일지도 모르지만, 서로 웃으면서 헤어질 수 있다면 그만큼 멋진 일이 또 있을까요? 만약 도모야 씨와 에투알도 그렇게 될 수 있는 기회가 있다면, 저는 온 힘을 다해 응원하고 싶어요."

"마지막에는 웃으면서 헤어지자, 라는 건가……."

야히로 씨는 가만히 눈을 감았다. 호흡을 하고 있는지조차 모를 정도로 조용히, 마치 조각상처럼 멈춰 있다. 그래도 골이 새겨진 미간과 굳게 다문 입가로부터 그가 필사적으로 뭔가를 이해하려 하고 있다는 것을 알 수 있었다.

나는 야히로 씨의 마음속을 상상조차 할 수 없다. 하지만 분명 뭔가 나에게는 말할 수 없는 비밀을 가지고 있을 것이다. 그저 직감일 뿐이지만, 그렇게 생각할 수밖에 없었다.

그리고 도모야 씨의 흐느끼는 소리가 서서히 작아지는 사이에, 천천히 눈을 뜬 야히로 씨는 소라 쪽을 바라보며 입을 열었다.

"미노리 씨가 하고 싶은 대로 하게 해 줍시다."

내가 얼굴을 번쩍 들자, 야히로 씨는 빙그레 미소 지었다. 그 웃음이 너무나 눈부셔서, 이런 때임에도 가슴이 두근거렸다.

"야히로는 항상 미노리에게 너무 무르다니까. ……하여간, 어쩔 수 없지. 그럼 30분만 기다려 주겠어. 30분이 지나면 네가 뭐라고 지껄이든 황천길 배웅을 시작할 테니까 그리 알아."

소라가 말을 채 끝내기도 전에, 나는 카에데안의 문을 열고 뛰쳐나왔다.

나는 지금 전속력으로 숲속을 달려가고 있다. 밖은 완전히 깜깜해져서 은은한 불빛만으로는 발밑이 잘 보이지 않았지만 그럼에도 아랑곳없이 앞으로, 앞으로 발을 움직였다.

몇 번이나 넘어질 뻔하면서 숲을 빠져나와 신사의 경내까지 도달했다. 도리이*를 지나서, 거리로 나왔다.

하교 중인 듯한 남자 고교생들의 눈이 나에게 모이는 것을 느꼈지만, 나의 시야에는 100미터 정도 앞에 있는 카페만이 들어왔다. 밝은 갈색의 문 앞에 서서, 잠시 호흡을 골랐다. 여기까지 오는 데 약 10분. 남은 시간은 20분밖에 없다.

하는 수밖에 없어! 도모야 씨와 에투알을 위해서도!

나는 굳게 다짐하고 문을 열었다.

"어서 오세요."

사근사근한 여자 점원의 목소리가 들렸지만, 그 목소리의 주인 쪽에 주의를 돌리지 않았다. 과한 장식이 없어 심플하고 세련된 카페 안을 둘러보며 내가 찾아온 사람을 찾는다. 그리고 그 사람이 카페 한쪽 구석에서 스마트폰을 손에 들고 차를 마시고 있는 것을 발견했다.

"여기 있다! 미즈키 씨!"

나는 도모야 씨와 에투알을 구할 수 있는 것은 미즈키 씨밖에 없다고 생각하고 있다. 성큼성큼 다가가는 나를 알아챈 미즈키 씨는 손에 들고 있던 스마트폰에서 시선을 떼고 눈을 동

* 신사의 입구에 세우는 구조물. 두 개의 기둥과 그 위를 연결하는 가로대로 구성되며, 여기서부터 신성한 영역이 시작된다는 의미를 갖는다.

그렇게 떴다.

"미노리 씨?"

"부탁이 있어요!"

"부탁? 저에게요?"

그녀의 바로 눈앞까지 다가온 나는 깊이 머리를 숙였다.

"이대로라면 도모야 씨는 크게 후회를 남긴 채 이 세상을 떠나게 될 거예요. 에투알도 마찬가지고요. 도모야 씨를 잊지 못하고, 깊은 상처를 가진 채 살아가게 돼요. 그렇게 되지 않기 위해서는 미즈키 씨의 도움이 필요해요! 그러니까 저와 함께 카에데안까지 가 주세요! 제발 부탁이에요!"

"카에데안에…… 하지만 저는……."

미즈키 씨는 얼굴이 파랗게 질려서 말을 흐렸다. 그러나 이제 주저할 시간이 없다. 소라는 절대로 기다려 주지 않으니까. 그래서 나는 작게 도박을 걸어 보기로 했다.

"미즈키 씨! 미즈키 씨도 지금 이 상태가 바람직하다고는 생각하지 않잖아요?"

"무슨 말씀이세요……?"

미즈키 씨의 눈썹이 꿈틀 경련했다. 눈이 허공을 맴돌고, 입꼬리가 작게 떨리고 있다.

역시 생각대로다. 죽은 오빠가 나타나리라는 것을 알고 있다면, 잠시라도 좋으니까 만나고 싶다고 생각하는 것이 가족의 심정이다. 하지만 미즈키 씨는 그러지 않았다. 오히려 피하려고 하면서, 카에데안 코앞까지 왔다가 이 카페에 도로 돌아갔다.

즉 미즈키 씨는 도모야 씨에게 뭔가 부채감을 가지고 있다는 뜻이다. 나는 심호흡을 한 번 하고서, 천천히 타이르듯이 말했다.

"아무리 괴로워도 웃는 얼굴로 보내 주기로 해요. 후회를 안은 채 헤어지는 건 너무 슬프잖아요."

"웃는 얼굴로……."

"미즈키 씨, 미즈키 씨라면 도모야 씨를 웃는 얼굴로 만들어 줄 수 있어요. 여한이 남지 않도록 도와줄 수 있어요. 그리고 도모야 씨가 다시 웃게 된다면 미즈키 씨의 후회도 함께 사라질 거예요. 저는 그렇게 생각해요! 그러니까 부탁드려요!"

다시 한 번, 깊이 머리를 숙였다.

"고개를 들어 주세요. 미노리 씨."

미즈키 씨의 목소리에서 힘이 빠져 있다. 나는 살짝 고개를 들고, 눈을 들어 미즈키 씨의 얼굴을 살폈다. 미즈키 씨는 입가에 메마른 미소를 띠고 천천히 자리에서 일어섰다.

"저를 카에데안까지 데려다주세요. 부탁드릴게요."

둘이서 카페를 나선 뒤, 미즈키 씨는 "미노리 씨가 꼭 들어

주었으면 좋겠어요"라고 말하며, 이제까지의 삶을 이야기하기 시작했다.

소라가 말한 시간까지는 이제 15분 남았다. 내가 걸으면서 작게 고개를 끄덕이자, 미즈키 씨는 침착한 목소리로 말을 이었다.

아침 식사를 준비하는 것은 오빠의 역할이었어요. 아침 식사라고 해도 살짝 태운 토스트에 요거트와 바나나, 그리고 우유 한 컵 정도였지만요.

"좀 타버렸어. 미안해."

매일 아침 똑같은 말을 하는 거예요. 이제 안 태울 때도 되지 않았나……. 저는 그렇게 냉정한 눈으로 보고 있었죠.

철들 무렵에는 이미 어머니가 안 계셨기 때문에, 저는 왜 우리 집은 다른 가족과 다른지 이해할 수가 없었어요. 식사 준비, 세탁, 청소, 장보기, 이것들을 모두 아빠와 오빠가 둘이서 해냈어요.

저는……. 아빠와 오빠가 해 주는 것이 너무 당연해서, 비가 올 때 빨래를 베란다에서 들여놓는 정도나 도왔어요. 그것도 중얼중얼 불평을 늘어놓으면서요.

류세이가 죽은 뒤, 제가 쓸쓸해서 힘들어할 때는 아빠와 오빠 둘이서 곁에 있어 주었어요.

그래도 수업 참관일 같은 때에는 크게 울어서, 아빠와 오빠를 곤란하게 만들었죠. "다른 친구들은 모두 엄마가 오는데, 나는 왜 엄마가 오지 않아?"라고 하면서요.

초등학교 4학년 때의 일이에요. 오빠가 와 주었어요. 오빠와 저는 세 살밖에 차이가 나지 않으니까 자기도 학교에 가야 하는데, 일부러 학교를 쉬고 말이죠.

저희 담임 선생님에게 쫓겨날 뻔하면서도, 오빠는 한 걸음도 움직이려 하지 않았어요. "미즈키에게는 내가 엄마 대신이니까"라고 하면서요. 하지만 저는 오히려 부끄러워서 견딜 수가 없었어요.

지금에 와서는 참 철이 없었다 싶어요. 하지만 그때는 저밖에 생각하지 못했어요. 그 무렵부터였어요. 저와 오빠가 멀어지기 시작한 것은…….

다시 숲속에 들어왔다. 바삭바삭 낙엽 밟는 소리와 차분한 미즈키 씨의 목소리가 조화를 이루어, 겨울 특유의 쓸쓸한 분위기를 더욱 깊어지게 했다.

그런 중에 발밑의 불빛만은 이 세상의 모든 참회를 용서해 줄 것 같은 부드러운 온기로 우리를 감싸 안아 주었다.

제가 중학교 2학년 때였어요. 과로로 아버지가 쓰러지셨어요. 그리고 겨우 반년 만에 돌아가셨죠.

오빠는 고등학교에 다니면서 집안일까지 모두 도맡아 하고, 제가 고등학교 입시에 집중할 수 있도록 도와주었어요. 그것만이 아니에요. 고등학교를 졸업한 뒤에도 바로 취직해서 금전 면에서도 어려움이 없도록 저를 돌봐 주었어요.

낮에는 공장 현장에서 일하고, 밤에는 집안일을 하고. 친구도, 연애도, 여가도 전부 희생하며 저를 위해서 몸이 가루가 되도록 일했죠…….

"미즈키는 아무것도 걱정하지 마. 대학에 가서 하고 싶은 일을 하면 돼!"

햇빛에 타서 새까매진 얼굴로 하얀 이를 드러내며 이렇게 말하는 거예요. 하지만 저에게 오빠의 희생은 너무 무거웠어요.

저는 고등학교를 졸업하자마자 지금까지 살던 고향집을 떠났어요. 딱히 하고 싶은 일도 없어서 대학에도 진학하지 않고, 아르바이트를 하고 친구 집에 놀러가거나 하면서 지냈죠.

그러다 갈 곳이 없어서 다시 돌아오면, 아무리 밤늦은 시간이라도 오빠는 웃는 얼굴로 맞아주었어요.

"밥 잘 챙겨먹고 있지? 잠은 잘 자고? 몸이 재산이니까 말이야"라고 하면서. 그러고는 구겨진 5천 엔짜리 지폐를 건네주는 거예요.

자기에게는 한 푼도 쓰지 않으면서…….

작은 회사의 계약직 사원으로 취직해서 혼자 힘으로 방을 빌린 것은 스무 살이 넘어서였어요. 저는 간신히 오빠의 속박에서 해방된 기분이었어요.

그래도 오빠는 때때로 잘 지내냐고 묻는 편지를 보내왔어요. 당시에는 이미 휴대폰이 일반적으로 보급되어 있던 때였어요. 그런데도 손으로 쓴 편지라니……. 참 웃기죠?

그러면서 제가 좋아하는 쿠키를 꼭 함께 보내왔어요. 그것도 50개짜리 큰 상자로. 혼자서 다 먹을 수가 없으니까 사무실로 가져가곤 했죠. 같이 나눠 먹을 생각으로요. 그러다 보니 어느새 저에게 쿠키 씨라는 별명이 붙은 거예요. 도저히 못 해먹겠더라고요.

하지만 덕분에 남편이 될 사람이 절 기억해 주었어요. 오빠와 같은 나이의 정사원이었는데, 지금 생각하면 상냥한 점이나 술을 못 마시는 점도 오빠와 똑같아요. 제 쪽에서 먼저 반해서 회식이나 회사 행사에서 천천히 거리를 좁혀 갔어요.

그리고 지금으로부터 3년 전, 그이가 저에게 프로포즈를 해 주었어요. 저는 하늘에라도 날아갈 듯이 기뻤고, 물론 대답은 Yes였죠. 그런데 그이가 이렇게 말했어요. "오빠를 만나서 제대로 인사를 드리자"고요.

미즈키 씨는 카에데안의 간판 앞에서 멈춰 섰다. 하지만 곧바로 안으로 들어가려고는 하지 않았다. 나는 미즈키 씨 옆에 서서 가만히 어깨에 손을 올렸다. 마지막까지 이야기하세요, 라는 말을 눈동자에 담고서. 그녀는 고개를 끄덕인 뒤, 작은 목소리로 말을 이었다.

제가 그이를 데리고 오랜만에 고향집으로 갔더니, 오빠는 거실에서 정좌를 하고서 기다리고 있었어요. 거실은 마룻바닥이었는데 말이죠. 적어도 의자에 앉아 있으면 좋았을 텐데.

하지만 저의 남편은 그런 오빠 앞에 무릎을 꿇고 고개를 숙였어요. "여동생을 저에게 주십시오"라고 하면서요.

그때 오빠의 얼굴이라니. 지금도 잊을 수가 없어요. 입을 다문 채 우물우물하면서 몇 번이나 눈을 끔뻑였죠. 울어야 할지, 웃어야 할지 모르겠다는 얼굴이었어요. 그러더니 아무 말 없이 마시지도 못하는 술을 벌컥 들이켰어요. 그리고 새빨개진 얼굴로 이렇게 소리쳤어요.

"여동생을…… 미즈키를 행복하게 해 주세요! 조금 고집이 세긴 하지만 착한 아이에요! 누구보다도 배려심 깊고, 누구보다도 잘 웃는 아이예요! 부탁합니다! 평생 웃는 얼굴로 있을 수 있도록 소중하게 대해 주세요!"

이때 저도 모르게 울고 말았어요. 그제서야 오빠의 사랑을 온전히 받아들일 수 있었어요. 너무 늦었지만 말이죠.

엉엉 울고 난 뒤의 일은 자세히 기억이 안 나요. 하지만 행복한 시간을 보낸 것만은 선명하게 마음속에 남아 있어요.

반년 후, 우리는 결혼식을 올렸어요. 함께 버진로드를 걸으면서 오빠는 너무 긴장한 나머지 얼굴이 창백했어요. 하지만 저보다 행복하게 웃어 주었어요. 정말 기뻤답니다…….

다음은 오빠 차례야, 누구보다도 열심히 살았으니까 누구보다도 행복해져야 해.

진심으로 이렇게 기도했어요. 제가 결혼한 직후, 오빠는 개를 키우기 시작했어요. 그게 에투알이에요.

어느새 2년 반이 지나서, 지난주의 일이에요. 오빠로부터 갑자기 메시지가 왔어요.

"에투알을 부탁해."

딱 그 한마디뿐이었어요. 심장 발작을 일으켰다고 해요. 괴로워하면서도 스마트폰을 꺼내서, 필사적으로 메시지를 보낸 거겠지요. 구급차가 달려갔을 때는 스마트폰을 쥔 채로 이미 숨을 쉬지 않고 있었다고 해요…….

저는 남편과 상의해서 바로 고향집으로 돌아갔어요. 남편도 에투알을 데려오는 것과 한동안 아무도 없는 고향집에서 지내는 것에 찬성해 주었어요.

하지만 저는…… 오빠에게 너무 미안해서……. 지금까지

그렇게 이기적으로 굴고, 오빠에게서 모든 것을 빼앗아 놓고서…….

어째서, 왜 오빠에게 이런 일이? 왜 내가 아니고?

저는…… 저는…….

모든 이야기를 끝낸 뒤, 둑이 터진 듯이 흐느끼기 시작한 미즈키 씨를 나는 가만히 끌어안았다.

"괜찮아요. 정말 괜찮아요."

그 말을 몇 번이고 반복했다. 그리고 그녀가 조금 진정되었을 때, 나는 한 걸음 앞으로 나아가기를 권했다.

"도모야 씨는 언제나 미즈키 씨가 행복하기를 바라고 있었어요. 지금도 분명 그 마음은 바뀌지 않았어요. 그러니까 후회하고 있는 것을 사과하지 말아요. 미즈키 씨가 과거에 얽매여 있으면 도모야 씨도 걱정할 수밖에 없으니까요. 미래의 행복을 솔직하게 알려주면 돼요. 자, 같이 카페로 들어가요."

나무로 된 손잡이를 잡아당기자, 안에서 오렌지색의 빛이 새어 나왔다. 어두운 곳에서 망설이는 미즈키 씨를 빛 속으로 부드럽게 이끌었다. 나는 미즈키 씨가 카페 안에 들어가고 나서 그 뒤를 따랐다.

"미즈키……."

도모야 씨와 에투알의 시선이 미즈키 씨에게로 향했다. 도모야 씨는 처음에는 놀란 얼굴을 하고 있었지만, 곧 다정한 미소를 떠올렸다.

"건강해 보이는구나. 다행이다."

사랑이 가득 담긴 목소리다. 타인인 나조차도 그 목소리를 들은 것만으로도 눈물이 나려 한다. 하지만 미즈키 씨는 눈물과 함께 무너지지는 않았다. 오른손으로 눈물을 닦은 뒤 딱 한 번 심호흡을 했다. 그리고 크게 숨을 들이쉬고서, 이렇게 말했다.

"오빠! 나 있잖아, 아기를 가졌어!"

도모야 씨는 입을 우물거리면서 몇 번이나 눈을 끔뻑거렸다. 미즈키 씨가 말한 대로, 울어야 할지 웃어야 할지 모르겠다는 표정이다.

하지만 도모야 씨의 눈동자에서 흘러넘치는 눈물이 매우 따뜻하다는 것은, 입구 옆에서 지켜보던 나도 충분히 알 수 있었다. 잠시 말 없는 시간이 이어졌지만, 도모야 씨다운 말이 귀에 들어왔다.

"배 속의 아기를 위해서도 밥 잘 챙겨 먹고, 잘 자야 해. 몸이 재산이니까 말이야."

부모 대신 오빠가 여동생을 챙기는 말. 죽어서도 여전히 가족을 걱정하는 마음에 가슴이 뭉클했다. 나는 미즈키 씨의 옆에 서서, 살짝 그녀의 표정을 살폈다. 입가에 희미한 웃음이 떠올라 있다.

이제 괜찮아. 이제 미즈키 씨는 후회하지 않을 거야.

그것을 깨달은 나는 도모야 씨와 에투알의 근처에 자리를 마련해 미즈키 씨를 앉히고 물이 담긴 컵을 내갔다.

"고마워요, 미노리 씨."

"별말씀을요."

짧은 대화가 끝난 후, 복장을 갖춘 소라가 밖에서 카페 안으로 돌아와서 엄숙한 목소리로 말했다.

"황천으로 갈 시간이다."

도모야 씨는 눈물을 닦고 표정을 다잡은 뒤, 소라에게 꾸벅 인사를 했다. 문을 향해 걸어가는 소라의 뒤를 도모야 씨가 따라간다.

내 옆을 지나가면서 소라가 흘긋 시선을 보냈지만, 나는 아무 말도 하지 않고 묵묵히 도모야 씨의 모습을 지켜보았다. 왜냐하면 이제는 내가 끼어들 필요가 없으니까.

"멍멍!"

에투알이 굵은 소리로 짖으며 도모야 씨를 향해 달려갔다. 에투알이 말하는 힘을 잃은 것은 주인인 도모야 씨의 미련이 사라지면서 신비한 능력이 풀렸기 때문일 것이다. 하지만 에투알이 "가지 말아요!"라고 비통하게 울고 있다는 것을 나도 알 수 있었으니, 당연히 도모야 씨에게도 전해졌을 것이다.

하지만 도모야 씨의 얼굴은 여전히 평온했다. 에투알에게 말을 거는 목소리도 매우 침착했다.

"에투알, 이것은 내가 내리는 최후의 명령이야. 알겠니?"

도모야 씨의 눈앞에 얌전히 앉은 에투알은 혀를 내밀며 꼬리를 쳐서 답했다. 말은 하지 못하지만, 도모야 씨가 무슨 말을 하는지 제대로 이해하고 있는 모양이다. 도모야 씨는 에투알의 머리를 살며시 쓰다듬으며 담담하게 말했다.

"미즈키의 아이를 지켜 주렴. 알겠지?"

그 목소리에는 후회나 외로움은 느껴지지 않았다. 희망과 기쁨으로 가득 찬, 매우 따뜻한 목소리였다. 도모야 씨의 기분이 전해졌는지, 에투알은 몇 번 눈을 깜빡이고는 망설임 없이 짖었다.

"멍!!"

에투알 역시 도모야 씨와 마찬가지로 기쁨이 가득한 밝은 미래를 느낀 것이 틀림없다. 그러니까 헤어짐을 받아들일 수 있었던 것이다.

"그래, 착하지. 나는 별이 되어서 에투알을 지켜보고 있을 테니까. 미즈키와 함께 행복하게 살아야 해."

도모야 씨는 에투알로부터 눈을 떼고, 이번에는 미즈키 씨를 마주 보았다.

"미즈키, 고마워."

미즈키 씨의 얼굴이 순식간에 일그러지더니, 눈동자에서 굵은 눈물이 흘러나왔다.

"고맙다고 해야 하는 건…… 내 쪽이야……. 오빠. 흐흐흑……."

"그렇지 않아, 미즈키. 우리는 가족이니까. 너의 행복은 곧 나의 행복이야. 그러니까 네가 행복해져서 정말 기뻐. 고마워."

"오빠……."

"미즈키, 괜찮아. 너도 분명 곧 알게 될 거야. 가족의 행복이 자신의 행복이라는 걸. 힘내. 더, 더 많이 행복해져서, 나를 놀래켜 줘."

"응……."

사랑스럽다는 듯이 미소를 띤 도모야 씨는 작게 고개를 끄덕이고는 소라의 바로 옆에 서서 "부탁드립니다" 하고 말했다.

딸랑딸랑 도어벨이 울리고, 문이 열린다. 먼저 소라가 밖으로 나가고, 도모야 씨가 뒤를 따랐다.

"잘 가! 고마워! 오빠!!"

미즈키 씨의 외침과 문이 닫히는 소리가 동시에 들려왔다. 그리고 마지막으로 한 번 더 청량한 종소리가 카페 내에 울려 퍼졌다.

나는 작게 떨고 있는 미즈키 씨의 뒷모습과 그 옆에 딱 붙어 떨어지지 않는 에투알을 보고, 다시 한 번 느꼈다.

과거가 아무리 후회뿐이라고 해도 괜찮아. 왜냐면 사람은 후회 없이 살아갈 수 없는 존재니까. 아무리 후회뿐인 인생이었다 해도, 미래에 행복을 품을 수 있어.

그러니까 가슴을 펴고 당당하게 미래를 이야기하자. 후회하지 않는 헤어짐이란 분명 그런 것일 거야.

도모야 씨와 소라가 숲 저편으로 사라진 뒤 몇 분이 흘렀다. 몇 번인가 심호흡을 한 미즈키 씨가 내 쪽을 바라보고 환하게 웃으며 꾸벅 인사를 했다.

"미노리 씨, 그리고 여러분, 정말 고맙습니다."

지금까지 짓눌려 있던 후회와 아쉬움이 모두 사라진 모양이다. 그것을 느낄 수 있을 정도로 후련한 표정이었다.

"에투알! 자, 돌아가자."

미즈키 씨가 리드줄을 잡고 에투알을 이끌었다. 에투알은 얌전히 미즈키 씨의 명령을 따르며 예의 바르게 함께 저편으로 사라졌다.

* * *

"그러면! 자, 이제 뒷정리를 해볼까요!"

기지개를 쭉 편 나에게 황천길 배웅에서 방금 돌아온 소라가 입술을 삐죽거렸다.

"왜 미노리가 명령을 하는 거야? 아르바이트생 주제에!"

"어머? 혹시 내가 실력을 발휘하는 걸 보고 질투하니?"

"뭐야!? 바보 같은 소리를! 왜 내가 질투를 하는데! 잘난 척하지 마!"

"에이, 또 괜히 그런 소릴 하고. 좀 더 솔직해지는 편이 귀여운데."

"너 이 자식!"

소라에게 쫓기며 고개를 들어 위를 보았다. 나무와 나무 사이로 엿보이는 밤하늘에 유난히 밝은 별이 하나, 반짝반짝 빛나고 있었다.

* * *

미노리가 떠난 뒤의 카에데안에는 평소처럼 정적이 감돌았다. 납처럼 무거운 침묵이 이어지는 중에, 카운터 석에서 커피를 다 마신 야히로에게 소라가 말을 걸었다.

"그때 왜 쓸데없는 짓을 한 거야?"

그때라 함은 설명할 필요도 없이, 할아버지와 후쿠의 일로 미노리가 어쩔 방도를 모르고 곤란해 있던 때의 일일 것이다.

야히로는 턱에 손가락을 대고 잠시 생각에 잠겼다가, 작게 고개를 갸웃거렸다.

"글쎄요……? 어째서일까요?"

"자기 생각인데도 모르겠다는 거야?"

"그러게 말입니다. 특히 최근에는…… 말이죠."

야히로는 천천히 자리에서 일어나 카페 한쪽 구석에 놓인 피아노로 다가갔다. 매끄러운 촉감의 실크 소재 커버를 들추고 원목 의자를 스윽 끌어냈다.

"혹시 미노리에게 뭔가를 기대하고 있는 건 아니겠지?"

소라가 가시 돋친 목소리로 물었다. 야히로는 희미하게 입꼬리를 끌어올렸다.

"소라 님이야말로 미노리에게 뭔가 기대하는 바가 있어서 여기에 데려오신 게 아닌가요?"

의자에 앉아서 건반 뚜껑을 들어올린 야히로는 천천히 가느다란 손가락을 건반 위에 올렸다.

"흥! 그럴 리가 있나."

소라가 불만스럽게 큰소리를 낸 것과 동시에, 아름다운 피아노 선율이 카페 내에 흐르기 시작했다. 솟아나는 샘물처럼 맑고 투명하지만, 그 안쪽에서는 깊은 슬픔이 느껴지는 섬세한 소리다. 소라는 한쪽 팔꿈치를 받치고 살짝 웃음을 띠었다.

"아직 녹슬지 않았군."

야히로는 작게 미소 지었다.

"그렇게 쉽게 잊어버릴 수 없는 것도 있는 법이니까요."

"혹시 너, 아직 그 일을……."

운을 떼는 소라의 말을 야히로가 가로막았다.

"사람을 죽인 기억도 똑같답니다."

중얼거린 그의 시선 끝에는 카운터 위에 놓인 낡은 열쇠가 있었다.

"저 열쇠를…… 맡아 주시겠습니까?"

야히로는 소라에게 그렇게 부탁했다.

지키지 못한
약속

✷

새해가 밝았다. 그럼에도 "해피 뉴 이어!!"를 외치며 야단법석을 떨 기분이 들지 않는 것은, 내가 너무 나이를 먹었기 때문일까?

고타쓰* 안에서 편안하게 늘어진 채 입 안 가득 귤을 까 넣으며 텔레비전을 통해 제야의 종소리를 듣는 사이에, 시계는 어느새 오전 0시 15분을 지나가고 있었다.

부르르!

아까부터 "새해 복 많이 받아~!"라는 메신저 알림이 계속 울리고 있다. 하지만 1년에 손에 꼽을 정도로밖에 연락을 하지 않는 사람이 대부분이다. 마치 "연하장은 안 보냈지만 대신 메신저로 새해 인사를 해 둘게!"라고 말하는 듯이 들려서,

* 테이블 아래 열선을 설치하고 이불을 덮어 온기를 유지하는 난방 장치.

아무래도 답장을 할 마음이 들지 않는다.

스스로도 비뚤어져 있다고 생각한다. 하지만 나도 올해로 스물아홉, 몇 년 전처럼 새해라는 이유로 들떠 있을 수만은 없다는 것이 본심이다.

특히 올해는 작년과 달리 남자친구도 없고, 본업도 불안정한 상태 그대로다. 나가노에 있는 고향집 가족으로부터는 "재취직도 좋지만, 슬슬 평생을 맡길 상대를 찾아봐야 하지 않겠니?"라는 농담인지 진담인지 모를 말을 듣고 있다.

이런 상황에 새해라고 고향집에 돌아가면 이상한 압박이 가해질 것 같아 무서운 나머지 연말연시를 이렇게 혼자서 쓸쓸하게 보내고 있는 것이다.

올해는 좋은 일이 생기면 좋겠지만…….

텔레비전 화면에는 신사에 새해 참배를 하러 온 사람들에게 인터뷰를 하는 모습이 방영되고 있다.

"올해야말로 좋은 인연을 만나게 해 달라고 기도했습니다……."

좋은 인연이라…….

'신이 부탁을 들어준다는 게 말이 되는 걸까?' 이렇게 냉정한 생각을 하는 내가 있는 한편, '그렇다고 고타쓰에서 몸이나 지지며 현 상황을 한탄한들 아무것도 바뀌지 않아. 행동을 해야지! 미노리!' 이렇게 어딘가의 스포츠 캐스터처럼 뜨겁게 기운을 불어넣는 나도 있다.

잠시 마음속에서 격렬한 토론을 거듭한 결과, 마지막까지 꺾이지 않은 것은 스포츠 캐스터 쪽이었다.

"그래, 좋았어! 아침에 일어나면 새해 참배를 가자!"

그렇게 생각하며 이제 자리에 들려고 한 순간이었다.

부르르!

다시 메신저 알림이다. 이번에는 누구일까? 그렇게 생각하며 화면을 열자, 글쎄 중학교와 고등학교에서 같은 반이었던 오래된 친구, 아카네로부터 온 메시지였다.

[새해 복 많이 받아! 나 지금 도쿄에 와 있어. 같이 새해 참배 가지 않을래?]

아카네와 만나는 것은 서로 갓 사회인이 되었을 무렵 이후 처음이니까 5년 만이다.

나는 대학 때부터 도쿄로 나와서 그대로 이쪽에서 취직했지만, 아카네는 고향에 남아서 지금은 그 지역 신문사에서 일하고 있다. 아카네는 자료 조사를 하는 것도, 글을 쓰는 것도 잘 했으니까 딱 맞는 직업이라고 생각한다.

고등학교 때는 3년간 거의 매일 함께 있었지만, 최근 몇 년 동안은 메신저로도 연락을 한 적이 없었다…….

일 때문에 이케부쿠로의 호텔에 묵고 있다는 아카네에게

고집을 부려서 가와고에에서 만나기로 한 것은, 꼭 올해의 첫 참배를 가고 싶은 신사가 있었기 때문이다.

오후 3시를 막 지난 시간, 새해 첫날임에도 불구하고 역 앞은 사람들로 발 디딜 틈 없이 붐벼서, 아카네를 무사히 만날 수 있을까 불안했지만, 쓸데없는 걱정이었던 모양이다.

"미노~!!!"

소란한 와중에도 친구의 목소리는 또렷하게 귀에 들어오니 참 신기한 일이다. 그리고 아무리 혼잡한 인파 속에 있더라도, 친구의 모습은 마치 떠오르는 것처럼 눈에 쏙 들어오는 법이다.

"아카네!!!"

길었던 머리를 싹둑 자르고, 머리 색도 새까만 색에서 밝은 내추럴 브라운으로 바뀌었지만, 동그란 눈과 단정한 이목구비는 전혀 바뀌지 않았다.

틀림없어. 아카네다!

아카네는 나와 눈을 마주치자마자, 손을 흔들면서 빠른 걸음으로 다가왔다.

"미노! 오랜만이야! 잘 지냈어?"

눈을 빛내며 흥분해서 목소리를 높이는 아카네를 보고 나도 역시 밝은 목소리로 대답했다.

"응! 잘 지냈지! 아카네도 좋아 보이네!!"

이렇게 오래된 친구와 오래간만의 재회를 반겼다. 그러나 이 뒤에 생각지도 못한 사실을 알게 될 줄은……. 목소리가 뒤집어질 정도로 흥분해 있던 이때의 나로서는 알 방도가 없었다.

"와, 굉장히 혼잡하다. 미리 찾아봤으니까 어느 정도는 상상을 했지만, 실제로 직접 보니까 압도당하는 기분이야."

아카네는 그렇게 말하면서도 지겨워하는 것이 아니라, 눈을 빛내고 있다. 어떤 일이 있어도 눈 하나 깜빡하지 않고 오히려 즐겨 버리는 그 성격은 지금도 옛날과 다르지 않은 모양이다. 그리고 내버려 두면 영원히 입을 움직인다는 점도…….

"역시 인연을 맺어주는 곳이라고 소문이 난 만큼, 젊은 여자들도 꽤 많이 찾아온 모양이네. 실제로 와 보니까 분위기를 알 수 있어서 좋다."

기사로라도 쓸 생각일까? 아카네는 수다를 떨면서 가져온 카메라로 찰칵찰칵 눈앞의 풍경을 사진으로 남기고 있다.

우리가 온 곳은 가와고에의 히카와氷川 신사다. 가와고에에는 기타인喜多院을 비롯해 새해 참배 장소로 유명한 곳이 여러 군데 있지만, 역에서 조금 떨어진 곳에 있는 이 신사가 사람으로 넘쳐나는 것은 아카네의 말대로 '인연을 맺어주는 신'을 모시고 있기 때문일 것이다. 새해 첫 참배길에만 자그마치 19만 명이나 되는 인원이 찾아온다고 한다.

"참배까지 1시간 걸린대! 우와, 굉장하다!"

먼저 권해 놓고는 너무 많은 사람에 치여서 지쳐버린 내 옆에서, 아카네는 길가의 포장마차에서 산 방울 카스테라를 볼이 미어져라 집어넣으며 즐거워하고 있으니, 역시 대단하다. 과연 중학교, 고등학교 내내 배구부 주장을 하던 에이스답다. 체력도 에너지도 나는 도저히 이길 수가 없어 보인다.

"그런데 미노는 왜 첫 참배 장소로 히카와 신사를 골랐어? 설마 인연을 맺고 싶은 상대가 있는 거야?"

"뭐어?"

예고도 없이 훅 들어온 질문을 하니까, 목구멍도 아닌 이상한 곳에서 소리가 나와 버렸다. 그런 나의 반응을 보고 아카네는 눈을 번득였다.

"나, 다 알고 있거든. 7년이나 사귄 남자친구와 헤어졌다며?"

"어, 어떻게 그걸!?"

"사요가 알려줬어."

"사요가?"

사요는 다섯 살 어린 내 여동생이다. 대학교를 졸업한 뒤 고향으로 돌아가 은행원으로 일하고 있다. 옛날부터 수다 떨기를 좋아한다는 것은 알았지만, 설마 아카네에게 내 사생활을 술술 불고 있을 줄이야……. 이 녀석, 돌아가면 혼쭐을 내 줄 테다!

"게다가 연말연시에도 고향에 돌아오지 않는다잖아. 그러니까 혹시, 다른 남자가 생긴 건 아닐까 싶어서 말이야."

아카네의 눈이 친구라기보다는 기자의 눈으로 보이는 것은 기분 탓이겠지? 나는 조금이라도 화제를 바꾸려고 입을 삐죽거렸다.

"그, 그러든 말든 너랑 무슨 상관인데!"

"아주 크게 상관이 있지! 수학여행 때의 '약속'에서 지는 사람이 누가 될지가 여기서 결정될지도 모르니까!"

"수학여행? 약속?"

"설마 잊어버린 건 아니겠지? 같은 방에 있던 넷이서 이 중에 가장 결혼이 늦은 사람이 모두를 '마키의 집'에 초대하기로 약속했잖아!"

"앗……."

생각났다…….

분명 그런 약속을 했던 것 같다. 그때는 모두 남자친구가 없으니까, 공평하다고 얘기했었던가?

"물론 알고 있겠지만 아스카와 요코는 2년 전에 결혼했거든. 남은 건 우리밖에 없어. '마키의 집'이라고 하면 나가노현 안에서도 손꼽히는 최고의 고급 료칸*이란 말이야. 하룻밤에

* 숙박 및 식사 등을 제공하는 일본의 전통적인 숙박 시설.

얼마나 하는지 알아?"

"몰라……."

"최저가 10만 엔이야! 10만! 지금 와서 생각해 보면 무슨 말도 안 되는 약속을 했는지 후회하게 된다니까. 그렇잖아? 요즘 같은 시대에는 결혼 따위 하지 않아도 얼마든지 살 수 있고, 딱히 남자친구가 있든 없든 생활에 아무런 영향이 없잖아. 혼자 살면서 돈이든 시간이든 내가 좋아하는 것에 투자하는 편이 유의미하다는 생각도 완전히 거짓말은 아니라고 생각해. 실제로 지금 나는 그러고 있고 말이야."

거창한 몸짓과 손짓으로 자신의 생각을 늘어놓는 아카네의 모습은 마치 길거리에서 연설을 하는 정치가 같아서, 나도 모르게 압도당하고 말았다.

"그래, 그래. 아카네가 하고 싶은 말은 알겠어."

내가 그렇게 대답한 순간, 아카네는 눈을 반짝반짝 빛내며 내 양손을 꼭 쥐었다.

"그렇지? 그러니까 미노와는 손을 잡고 싶어!"

"손을 잡는다고?"

내가 어리둥절해서 묻자, 아카네는 "아, 미안해. 나도 참 너무 흥분했지?"라고 말하며 손을 놓고 다시 걷기 시작했다.

눈앞에는 가와고에 히카와 신사의 입구라는 것을 표시하는 새빨간 도리이가 서 있다. 이것은 특별히 '오오도리이大鳥

居'라고 해서 높이가 15미터나 되는데, 목제 도리이 중에서는 일본에서 손꼽히는 높이라고 한다. 올려다보는 것만으로도 힘들 정도니 이것을 세운 사람은 얼마나 고생스러웠을까.

이런 생각을 하면서 도리이를 지나가자마자, 아카네가 기관총처럼 말을 쏟아냈다.

"알겠어? 결혼할 때 우리 둘이 동시에 하는 거야. 결혼식 날짜를 똑같이 할 필요까진 없고, 구청에 혼인신고서를 같은 날 내면 되는 거야. 그러면 무승부인 거잖아? 즉 지는 사람이 없어지는 거지."

"뭐어? 싫어, 그런 거."

"이미 결혼을 생각하고 있는 사람이 있어서?"

아카네가 얼굴을 바짝 붙이며 내 눈을 들여다본다. 시트러스 계열의 향수 냄새가 코를 찌르는 바람에 나도 모르게 미간에 주름이 잡히는 것이 스스로도 느껴졌다.

"그런 사람이 있을 리가 없잖아! 7년이나 사귀었던 남자친구와 불과 얼마 전에 헤어졌다니까!"

"그치만 그 사람은 처음부터 결혼할 생각이 전혀 없다는 게 빤히 보였는걸. 바람만 피우는 것 같았고. 그래서 헤어진 거 아니야?"

"어?"

"네가 그걸 어떻게 알아?" 하고 추궁할 뻔한 것을 꾹 참았다. 그렇지만 아카네는 내 전 남자친구와 한 번밖에 만난 적이 없는데…….

눈을 휘둥그레 뜬 나를 보고 아카네는 한숨을 쉬며 고개를 저었다.

"혹시 미노……. 바람 피우는 걸 알고도 사귀었던 거야?"

"어? 어, 응……."

내가 훅 불면 날아갈 것 같은 목소리로 대답했기 때문에, 아카네는 예리하게 우리가 헤어진 이유를 직감한 모양이었다.

"하여간 착해 빠져가지고……. 뭐, 괜찮아. 어느 쪽이든 그 자식과는 헤어지길 잘했어. 걔, 미노를 만만한 여자 정도로밖에 생각하지 않는다는 게 태도에서 이미 다 드러났다니까."

"그랬구나……."

그런 말을 듣고 보니, 마음에 짚이는 것이 한두 개가 아니었다. 하지만 그다지 화가 나지 않는 것은 나도 잘못한 점이 있다고 생각하기 때문이다. 왜냐하면 7년이라는 긴 시간을 사귀면서도 그의 마음을 이해하지 못했으니까…….

이따금 훅 불어오는 차가운 북풍이 마음속까지 스쳐 지나가는 기분이 들었다. 아카네가 내 왼손을 꼭 쥐었다.

"인연을 맺어준다는 신에게 다음 사랑이야말로 꼭 잘 되게 해달라고 소원을 비는 거야. 알겠지? 나도 함께 그렇게 기도해 줄 테니까. 아, 나는 '올해야말로 달콤한 디저트를 꼭 참아서 다이어트에 성공하게 해주세요'라고도 빌 거지만 말이야."

의외로 진지한 말투다. 나는 갑자기 스스로가 초라해진 기분이 들었다. 가슴이 욱신욱신 아파서, 어째선지 눈물이 날 것만 같았다. 하지만 울 수는 없으니까, 잠시 하늘을 올려다보았다.

구름 한 점 없이 뚫고 지나갈 수 있을 것 같은 파란 하늘. 희게 빛나는 태양은 이제 제법 기울었지만, 우리가 참배를 끝낼 때까지는 하늘에 머물러 있어 줄 것 같다. 따스한 태양의 온기가 다친 마음을 치유해 준 덕인지, 자연히 표정이 누그러졌다.

아카네는 가만히 내 손을 놓았다. ……그리고 바로 그 순간의 일이다.

"빈틈을 보인다!!"

아카네는 내 코트 왼쪽 주머니에 손을 쑥서 넣어서 잽싸게 스마트폰을 꺼내갔다.

"야! 뭐 하는 거야!?"

"하하하하! 지금 남자친구가 어떤 사람인지 사진 한 장 정도는 있을 거 아냐?"

"그러니까 남자친구고 뭐고 없다고!!"

"오오, 역시! 스마트폰은 바꿔도 비밀번호 푸는 방법은 바꾸지 않았네. 응? 이 사진은……?"

아카네는 눈을 휘둥그레 뜨고선 손과 동시에 발까지 멈췄다. 뒤에서 걸어오던 사람들이 놀라며 우리를 앞질러 가도, 아카네는 전혀 신경도 쓰지 않고 내 스마트폰을 응시하고 있다.

"됐으니까 돌려줘!"라고 말하면서 아카네의 손에서 내 스마트폰을 되찾아 왔는데, 화면에는 소라, 야히로 씨, 그리고 나까지 셋이 함께 찍은 셀카가 나타나 있었다.

"저기, 그 멋진 신사분 혹시……."

아카네가 심각한 얼굴로 뭔가를 말하려 했지만, 내가 먼저 끼어들었다.

"이 사람은 야히로 씨라고, 내가 일하고 있는 카페의 점장님이야. 그러니까 남자친구도 뭣도 아니라고!"

내가 딱 잘라 부정했는데도, 아카네의 표정은 전혀 변하지 않았다. 표정이 풀리기는커녕 미간에 잡힌 주름이 더욱 깊어졌다.

"무슨 일이야, 아카네?"

이번에는 내가 아카네의 얼굴을 들여다보았다. 순수한 놀라움만을 드러내던 시선이 내 눈과 마주친 직후, 아카네는 나직이 이렇게 중얼거렸다.

"그 사람…… 틀림없어. 야시마 린노스케야."

"야시마 린노스케? 그게 누군데?"

이맛살을 찌푸린 내 양손을 한 번 더 꼭 쥔 아카네는 하늘이라도 뚫을 듯한 큰 목소리로 말했다.

"사라진 천재 피아니스트, 야시마 린노스케라고!!"

천천히 돌계단을 올라 도중에 오른쪽으로 꺾으면, 참배를 하는 배전*이 바로 눈앞에 나타난다. 하지만 복작거리는 인파 속에서는 도착하기까지 15분 이상은 걸릴 것이다.

그 시간이 눈 깜짝할 새로 느껴진 것은 옛날부터 클래식 음악 마니아였던 아카네가 야히로 씨, 아니 야시마 린노스케에 대해서 이것저것 가르쳐 주었기 때문이다.

야시마 린노스케. 올해로 42세가 되는 그는 열아홉 살에 이미 국내의 모든 콩쿠르를 모조리 휩쓸며 혜성처럼 나타나 천재 피아니스트라는 명칭을 손에 넣었다고 한다.

"그 당시에는 '일본 제일의 피아니스트'로 명성이 자자했어."

180센티가 넘는 장신에 잘생긴 얼굴로 많은 여성 팬을 거느렸지만, 스무 살에 어릴 적부터 알고 지냈던 세 살 연상의 여성과 결혼했다고 한다. 아카네가 말하기로는 "인기 절정의 아이돌이 결혼을 발표했을 때에 버금가거나 그보다 더한 아비규환"이었다는 것이다…….

* 사람들이 찾아가 참배를 하기 위해 신을 모신 본전 건물 앞쪽으로 따로 지어 놓은 건물.

그러나 비극은 그다음 해에 일어났다……. 일주일 뒤 오스트리아에서의 해외 공연을 앞두고 있던 그는 아내를 조수석에 태우고 나리타 공항을 향해 차로 이동하고 있었다. 유감스럽게도 안개가 짙어서 시야가 좋지 않은 날이었는데, 비행기 출발 시간이 가까워져 그는 상당히 빨리 차를 몰고 있었다고 한다. 그리고 교통사고를 일으켰다…….

"심한 사고였어. 유감스럽게도 아내분은 즉사했고, 야시마 린노스케 자신도 의식불명의 중태였다고 해. 결국 의식을 되찾고 1년 만에 간신히 퇴원했지만, 그 길로 소식이 끊어지고 정식 음악 무대에서 사라지고 말았지……."

뒤통수를 둔기로 세게 얻어맞은 듯한 충격으로 현기증이 났다. 나는 순간적으로 할 말을 잃었지만, 조즈야手水舎**에서 차가운 물을 만진 순간 눈이 번쩍 뜨이며 자연스럽게 입이 움직였다.

"하지만 야시마 린노스케가 정말 야히로 씨일까? 전혀 그런 기미를 보이지 않았단 말이야……."

"그런 일을 생판 남인 미노리에게 말할 리가 없잖니."

생판 남이라는 말에 가슴이 뜨끔했다.

그래……. 야히로 씨와 나는 일주일에 몇 번 얼굴을 보는

** 참배를 하기 전 몸을 정결히 한다는 의미에서 손과 입을 씻을 수 있도록 마련해 놓은 장소.

점장과 직원 사이일 뿐인걸. 그런데도, 어째서일까? 납득할 수 없는 기분에 애를 태우는 또 다른 내가 있는 것은.

갑자기 혼란에 빠진 나를 아랑곳하지 않고, 아카네는 말을 이었다.

"하지만 이 사진의 남자는 야시마 린노스케가 틀림없어. 이것 봐."

아카네가 자신의 스마트폰으로 야시마 린노스케를 검색해 나온 사진을 보여 주었다. 화면에 뜬 청년은 머리카락이 까맣고, 피부는 진주처럼 매끈하다.

지금의 야히로 씨는 백발이 섞인 머리에, 얼굴에는 여기저기에 주름이 잡혀 있다. 그러나 초승달 같은 가는 눈이나 넋을 잃을 정도로 잘생긴 얼굴만은 완전히 똑같아 보인다.

확신은 할 수 없지만, 야시마 린노스케가 야히로 씨와 동일인물이라고 해도 이상하지 않을 것이다. 그렇게 배전 앞에 선 순간, 아카네는 곁눈으로 내 쪽을 보면서 말했다.

"만약 그분과의 사랑을 성취하고 싶다면, 모든 것을 받아들일 각오가 필요할 거야. 미노는 그런 각오가 되어 있니?"

그 질문에 다시 가슴이 욱신거린 것은 어째서일까? 하지만 나는 그런 것을 전혀 내색하지 않은 채, 새전함에 100엔 동전을 넣고서 참배를 마쳤다. 여러 사람과 좋은 인연을 맺을 수 있기를…….

'여러 사람'이라고 말하면서도 머릿속에 야히로 씨 단 한 사람만이 떠올랐던 것은, 아카네가 쓸데없는 말을 했기 때문이다. 그렇게 스스로에게 타이르지 않으면 계속 큰 소리로 뛰고 있는 심장의 두근거림을 진정시킬 수가 없을 것만 같았다.

참배 후 아카네와 나는 여유롭게 점심 식사를 마쳤다. 오렌지색으로 물든 하늘 아래에서 역을 향해 걷는 동안, 나는 야히로 씨에 대해서 생각하고 있었다.

만약, 만약에 아카네의 이야기가 정말이라면, 나는 야히로 씨에게 뭐라고 말을 걸면 좋을까? 아니, 야히로 씨의 입장에서 보면 자신의 파란만장한 과거가 나에게 알려지리라고는 조금도 생각하지 못하고 있을 것이다. 그렇다면 평소와 똑같이 지내면 되는 거 아닌가?

그렇지만 나는 야히로 씨를 평소와 똑같이 대할 자신이 없다. 뭔가를 계기로 내 상태가 이상하다는 것을 야히로 씨가 눈치챈다면 뭐라고 변명해야 할까……. 출구 없는 미로를 헤매는 기분이 들었다.

"얘, 미노리! 정신 좀 차려봐!"

아카네가 앞길을 가로막다시피 튀어나오는 바람에 나는 퍼뜩 정신을 차리고 고개를 들었다.

"응? 아, 미안."

아카네는 곤란하다는 듯이 눈썹을 축 늘어뜨리고 입가에 쓴웃음을 짓고 있다.

"아이 참, 미노는 금방 이렇게 혼자서 고민한다니까. 짐작하자면, 야히로 씨를 어떻게 대하면 좋을까 하고 고민하고 있지?"

정곡을 찔리는 바람에 둘러댈 말이 목구멍에 걸려서 바로 나오질 않았다.

"하아, 역시. 그래서 미노는 어떻게 하고 싶은데?"

그것은 지난번에 야히로 씨가 나에게 던졌던 질문과 완전히 똑같아서, 심장이 두근두근 뛰었다.

"나는……."

내가 입을 열려던 순간, 아카네가 손으로 나를 제지했다.

"아, 잠깐만, 미노!"

"어, 왜?"

"네 생각은 대충 짐작이 가. 그러니까 만약 내가 네 입장이라면 어떻게 할지를 이야기하게 해줘!"

미간을 찌푸린 나에게 대꾸할 틈도 주지 않고, 아카네의 혀는 스포츠카의 엔진처럼 초고속으로 움직였다.

"난 과거의 일은 1밀리도 신경쓰지 않아. 중요한 건 미래니까! 100년에 한 명꼴이라고 불리던 그 재능을 일하면서 썩히고 있다니, 아깝다고 생각하지 않니?"

"어어, 뭐……."

어떻게 대답해야 좋을지 몰라서 입을 우물거리는 나에게 아카네는 다그치듯이 말을 이었다.

"그러니까 무슨 수를 써서라도, 그를 공식 무대로 끌어내는 거야. 그 자초지종을 모두 지켜본 나는, 그의 눈부신 부활극을 독점 기사로 써서 실력 있는 기자로 명성을 얻는 거지!"

"뭐어?"

어이없어하는 나를 거들떠보지도 않고, 아카네는 황홀한 표정을 떠올렸다.

"그리고 몇 년 뒤, 스포트라이트를 받으며 충실한 나날을 되찾은 그는, 나에게 이렇게 속삭이는 거야. '전부 당신 덕분이오. 고마워요. 앞으로는 계속 내 곁에 있어 주지 않겠소?' 하고 말이야. 꺄아!!"

아니, 잠깐. 전혀 말이 안 되잖아. 그렇게 핀잔을 줄 틈조차 아카네는 내줄 것 같지 않았다.

"이렇게 우리는 해피엔딩에 골인. 미노와의 내기에서도 완전히 승리해서, 그가 준비한 신혼집이 있는 파리로 길을 떠나는 것이었다……."

"아, 예. 망상은 이제 됐거든요."

"어머? 나는 지극히 진심이야. 나라면 그렇게 할 거라는 이야기를 했을 뿐. 하지만 미노, 너는 다르지?"

예상치 못한 강한 말투였다. 헉 하고 숨을 삼킨 나에게, 아카네는 얼굴을 바짝 붙이고 말을 이었다.

"미노는 다른 사람의 아픔에 민감하니까 말이야. 미술 시간에 물감을 잊어버리고 와서 곤란해하는 친구가 있으면 그 애 옆에 앉아서 '같은 풍경을 그리면 같은 색깔을 쓸 거 아냐!'라면서 자기 팔레트로 함께 그림을 그린 적도 있고, 또 현장학습에서도 도시락을 가져오지 않은 아이에게 자기 도시락을 나눠주기도 했잖아."

"그런 옛날 일은 왜……."

"뭐, 옛날 이야기를 하려고 한 건 아니야. 하지만 미노, 나는 너의 그런 점이 정말 좋았어."

아카네의 눈이 다정하게 휘어졌다. 나는 그 눈동자를 가만히 마주 보았다.

"지금도 그래. 그러니까 자신을 갖고, 네가 하고 싶은 대로 하면 된다고 생각해. 왜냐면 그래야 후회하지 않으니까. 상대방을 진심으로 격려하려고 하다가 쓸데없는 참견이라고 혼나는 게 차라리 낫잖아. 그건 한때의 아픔으로 끝나. 하지만 후회는 끝없는 아픔을 품고 가는 거니까."

"그래야 후회하지 않으니까……."

"그래. 망설여질 때는 항상 자신이 후회하지 않는 쪽을 선택하면 돼. 만약 그래서 실패했다면 내가 격려해 줄 테니까!

나는 항상 미노 편이야."

거기까지 말을 끝낸 아카네는 방긋 웃었다. 그리고 그다음 순간, 바로 조금 슬픈 표정을 지으며 나직이 중얼거렸다.

"아야카도 분명 그렇게 생각할 거야……."

아야카……. 우리의 친구…….

그래. 분명 아야카라면 아카네와 같은 말을 했을 거야.

……아니, 오히려 아카네는 아야카가 된 기분으로 나를 격려해 준 것인지도 모른다. 그러니까 처음에 '혹시 나라면'으로 시작하는 이야기를 먼저 했을 것이다. 하지만 이런 말을 굳이 입 밖에 낼 필요는 없을 것이다.

고개를 끄덕이는 나를 보고 아카네는 안심한 듯이 어깨에 힘을 빼고, 표정도 웃는 얼굴로 돌아갔다.

"좋았어! 그럼 이대로 미노의 집에서 아침까지 신년회를 열어 볼까?"

"뭐?"

아무렇지 않게 굉장한 제안을 던지는 바람에 나도 모르게 발을 멈췄다. 하지만 아카네는 그런 나는 안중에도 없이 발길을 재촉했다.

"빨리 가자! 해가 지겠어!"

"자, 잠깐 있어 봐! 내 방에서 아침까지 신년회라니 무슨 소리야?"

"무슨 소리긴! 당연히 말 그대로의 의미지!"

아무래도 거부권은 없는 모양이다.

"나 참, 억지 부리는 데는 못 이긴다니까."

나도 모르게 웃음이 새어 나왔다. 하지만 아카네가 마음 써 주는 것이 기뻤다.

어느새 하늘에는 보라색이 은은하게 섞여들고 있다. 나는 마음에 각오를 다지고 크게 발을 내디뎠다.

* * *

새해 연휴가 끝나고, 바쁜 일상으로 돌아왔다. 새해라고 하면 듣기에는 좋지만, 경기는 좀처럼 심기일전하지 못하는 모양새다. 여전한 불경기 탓에, 내 근무 형태도 여전히 불안정한 상태 그대로다.

하지만 덕분에 카에데안에서 당당하게 일할 수 있으니, 그것은 나름 고마운 일일지도 모른다. 그 정도로 나에게 있어 카에데안은 삶의 보람이 되어가고 있다. 그래서인지도 모른다. 내가 야히로 씨에게 마음을 쓰게 된 것은…….

그러는 사이 새해가 된 후 처음으로 카에데안에서 일하는 날을 맞았다. 출근 도중에 항아리에 구운 군고구마를 세 개 사서, 따뜻한 종이봉투를 끌어안은 채 미요시노 신사의 숲 앞에 섰다.

평소라면 아무 생각 없이 움직일 발걸음이 오늘따라 좀처럼 떨어지지 않는 이유는, 생각할 필요도 없이 야히로 씨 때문이다.

"자연스럽게, 자연스럽게!"

그래, 일단 평소처럼 대하면 되는 거야. 그러다가 기회를 봐서 그 일에 대해서 물어보자. 이 찜찜한 기분을 털어내려면 야히로 씨의 입에서 진실을 듣는 수밖에 없어. 그리고 이야기를 듣고 나면, 내가 힘이 될 수 있을지도 모르는 거고.

하지만 기회를 봐서……라니, 대체 어떤 타이밍이 '기회'인 걸까……? 당연히 일하는 중에는 힘들겠지. 그렇다면 일이 끝나고 나서?

직원 식사를 하는 도중이라면, 이야기를 꺼낼 수 있을지도 몰라. 좋아, 그렇다면 남은 것은 요리다! 어떤 요리라면 자연스럽게 이야기를 꺼낼 수 있을까……? 그렇게 머리를 굴리고 있던 순간이었다.

"……어이, 미노리!"

등 뒤에서 날카로운 목소리로 이름이 불린 것이다.

"어!? 나?"

허를 찔리는 바람에 나도 모르게 코에서 새어 나온 듯한 목소리를 내고 말았다. 빙그르 돌아서서 목소리의 주인 쪽을 바라보자, 거기에는 의아하다는 듯이 미간에 주름을 잡고, 턱에 손을 받치고 있는 소라의 모습이 있었다.

"그런 데서 멍하니 서서 뭘 하고 있는 거야?"

"어? 아니, 그, 그냥. 생각을 좀 하느라고!"

"생각이라고? 오늘은 직원 식사로 뭘 만들까 같은 걸로 고민하고 있었지?"

움찔!

거침없이 정곡을 찌르는 말에 얼굴이 굳어졌다. 소라가 눈을 가늘게 뜨고 내 얼굴을 들여다보았다.

"어때, 맞췄어? 하여간, 그러니까 네가 아무리 시간이 지나도 살이 안 빠진다고 징징대는 거야."

사람을 바보 취급하는 말투에 나는 결국 울컥해서 대들고 말았다.

"뭐야! 아니거든! 그렇게 무시하지 마!"

그러자 소라도 얼굴을 바짝 들이밀더니 대꾸했다.

"뭐가 다른데! 네가 항상 그러잖아. '이번 주에는 디저트로 뭘 살까? 고민된다'라고! 미노리의 고민 따위 항상 밥에 관계된 것뿐이잖아!"

상대방의 도발에 호락호락하게 넘어가 버린다는 것은 나의 치명적인 약점이다. 이번에도 그랬다. 머리끝까지 화가 치민 나는 자신도 모르게 진실을 입에서 내뱉고 말았다.

"내가 고민하고 있었던 건 야히로 씨의 과거에 대해서란 말이야!!"

소라가 눈을 휘둥그레 뜨고 나를 구멍이라도 낼 것처럼 쳐다보았다. 입을 반쯤 벌리고, 어떤 말로 받아칠지를 망설이고 있는 모양이다. 누가 보기에도 상태가 이상하다.

"혹시 소라는 야히로 씨의 비밀을 알고 있어?"

움찔!

순간 소라의 얼굴이 창백해졌다. 그래도 끝까지 표정을 숨기려는 건지, 고개를 옆으로 휙 돌리는 모습에, 나는 억양 없이 담담하게 말했다.

"가르쳐 줘. 군고구마 세 개 다 줄 테니까."

슬쩍 내 안색을 살피는 소라의 얼굴을 나는 눈도 깜빡이지 않고 빤히 응시했다. 타협의 여지가 보이지 않는 나의 시선을 보고 이제 도망갈 수 없다고 체념할 것일까? 소라는 고구마가 담긴 봉투를 휙 잡아챘다.

"말해 두지만, 내가 말했다는 건 야히로에게 비밀이다."

그러고는 고구마를 베어 먹으면서 나직이 이야기를 시작했다.

"내가 야히로를 만난 것은 이래저래 15년 가까이 지난 일이야……."

숲속을 걸으면서 소라가 말을 꺼냈고, 음음 하고 고개를 끄덕인 것은 좋았으나…….

"뭐어어어!? 15년 가까이 전이라니 어떻게 된 일이야!?"

나는 나무에 머물러 있던 작은 새가 포로롱 날아가 버릴 정도의 큰 소리로 절규했다.

"어떻게 된 일이냐니. 뭐, 말 그대론데."

소라는 아무렇지도 않게 태연히 대답했지만, 말도 안 되잖아!

"하지만 겉모습은 물론이거니와, 퉁명스러운 말투라든가, 제멋대로인 성격이라든가, 오렌지 주스를 좋아한다든가, 만화책만 죽어라 읽는 점이라든가, 뭘로 봐도 열 살짜리 남자애로밖에 보이지 않는걸!!"

"야, 미노리! 제법 실례되는 말을 할 줄 아는군, 그래! 이래 보여도 말이야. 나는 신이라고! 좀 더 공경하도록 해!!"

소라는 뺨에 군고구마 부스러기를 묻히면서 당당하게 가슴을 폈다. 그러고 보니 소라는 신이었지. 야히로 씨가 얘기했었잖아.

"아, 예, 예. 알겠습니다요. 이제 야히로 씨의 이야기를 하자."

"음? 그래? 뭐, 약속했으니까 어쩔 수 없군."

어딘가 납득이 가지 않는다는 듯이 목을 움츠린 소라는 띄엄띄엄 다음 이야기를 풀어놓기 시작했다.

"처음 만난 곳은 카에데안이었어. 수염도 깎지 않고, 머리카락은 부스스하고, 입고 있는 옷은 구깃구깃하고, 눈 밑은 시커멓게 그늘이 졌고……. 눈 뜨고 볼 수 없는 꼴이었지."

"그랬구나……. 그런데 야히로 씨는 뭘 하러 왔었어?"

"당연히 반려동물의 황천길을 배웅하기 위해서 왔지."

"반려동물이라고……? 야히로 씨가?"

"그래, 고양이를 키우고 있었대. 이름은 '녹턴'. 유명한 피아노 곡에서 따왔다고 하더라고."

"피아노…… 그래, 맞아! 야히로 씨는 피아니스트였어!?"

소라가 이맛살을 찌푸렸다.

"그건 어떻게 알았지? 맞아, 나는 잘 모르지만 제법 솜씨가 좋아."

"소라야말로 어떻게 알아?"

"실제로 피아노를 치는 걸 들었으니까 알지."

"실제로 쳤다고? 어디에서?"

"카에데안에서. 카페 구석에 피아노가 있는 거 알고 있지? 검은 천으로 덮어둔 거."

"어? 그 피아노가 지금도 칠 수 있는 거야? 그냥 인테리어인 줄 알았어."

"……하여간. 그건 아주 오래전부터 카페에 있던 거야. 뭐, 그런 건 아무려면 어때. 이야기를 계속하지. 이제 곧 카페에

도착하니까."

거기에서 한 번 이야기를 끊은 소라는 멈춰서서, 마지막 하나 남은 군고구마를 입 안 가득 베어 물었다. 그리고 역시나 목이 막혀서 콜록콜록 기침을 했다. 내가 등을 쓸어 주자, 그는 한 손을 들고 말했다.

"아아, 미안, 미안. 그래서 말이야. 녹턴은 카에데안에 나타나지 않았어. 하지만 야히로는 포기하지 않았지. 매일 카페에 찾아왔어. 그래서 전 사장이 이렇게 권한 거야. '만약 자네만 괜찮다면, 이 카페를 양도하겠네. 그러면 여기에서 계속 소중한 반려동물을 기다릴 수 있을 테니까' 하고 말이야."

"그래서 카에데안의 점장이 된 거구나."

"그래. 하지만 녹턴은 아직 카에데안을 찾아오지 않았어."

"그 말은 즉 아직 살아 있다고 말하고 싶은 거야? 하지만 15년 가까이 지났다며. 아무래도 그건……."

소라는 말끝을 흐리는 나를 힐끗 곁눈질하고는 목소리를 낮춰서 말을 이었다.

"카에데안에 모습을 보이지 않았다고 해서 영혼이 반드시 저세상으로 갔다고 볼 수만은 없어."

"무슨 뜻이야?"

"뭔가 미련이 남은 영혼은 이 세상에 머무르는 법이거든. 애초에 녹턴에게 미련이 있는지 없는지는 모르지만 말이야.

하지만 야히로는 아직 녹턴이 이 세상에 있다고 믿고 있는 거야."

거기까지 이야기를 마치자 카에데안의 간판이 보이기 시작했다. 소라는 얼마 남지 않은 군고구마를 입 안에 쑤셔 넣고, 폴짝폴짝 뛰어서 카페로 향했다. 그 뒷모습에 서둘러 말을 걸었다.

"소라, 야히로 씨의 아내분에 대해서 뭐 알고 있는 거 있어?"

문 앞에서 우뚝 발을 멈춘 소라가 이쪽을 천천히 뒤돌아보았다. 평소보다 한층 더 험악한 표정이다. 그 얼굴이 눈에 들어온 순간, 내 등줄기에 쫙 소름이 돋았다.

"만약 알고 있다 해도 이 이상은 절대로 알려주지 않을 거야."

입술을 깨물며 꿀꺽 침을 삼키는 나를 잠시 노려보던 소라는 다시 문 쪽으로 돌아서서, 이쪽을 보지 않은 채 위압감 어린 목소리로 말을 이었다.

"인간이란 존재 중에는 말이야, 후회와 슬픔을 짊어지고 살아가야 하는 녀석도 있는 법이야. 그런 녀석의 마음속은, 남이 흙발로 짓밟을 만한 장소가 아니라고. 그걸 잊지 마."

문 저편으로 소라가 사라졌다. 경쾌한 방울 소리가 울린 뒤, 문이 크게 탁 소리를 내며 닫혔다. 지금까지 본 적이 없는 무서운 얼굴과 목소리였다…….

나무문 앞에서 마치 쫓겨난 듯한 기분이 들었다. 그렇다고 여기서 돌아갈 수는 없어서, 무거운 발걸음으로 카페 안에 들어갔다. 동시에 기분 좋은 바리톤 보이스가 나에게 들려왔다.

"아아, 미노리 씨. 새해 복 많이 받아요."

연휴에는 살이 찌는 법이라는 말을 모르는 세계에서 왔는지, 쓸데없는 군살이라고는 보이지 않는 데다 늘씬하게 뻗은 큰 키, 평소 그대로의 야히로 씨다.

하지만 내 쪽은 평소처럼 행동하지를 못했다…….

"새, 새, 새해 복 많이 받으십셔!!"

별것 아닌 인사인데도 말을 더듬는 꼴이라니……. 둥실둥실 떠 있는 듯한 감각에 빠져서, 고꾸라질 뻔했다. 옆에 있는 테이블에 가방을 내려놓고, 의자 등받이를 손으로 붙잡아서 간신히 평범하게 설 수 있었다.

하지만 야히로 씨는 뭔가를 의심하는 기색도 없이, 그런 나에게 밝게 웃어 보이고 있다.

"올해도 잘 부탁해."

"네, 넵! 저야말로 잘 부탁드립니다!"

또 더듬었다……. 여기 오기 전에 그렇게 자연스럽게 하자고 혼자서 다짐했는데도 이 모양이니, 이런 상태로 오늘 하루를 버틸 수 있을까? 스스로도 내가 불안해서 견딜 수가 없다.

소라가 어처구니없다는 얼굴로 이쪽을 보고 있어서, 한겨울인데도 등줄기에서 땀이 멈추질 않았다……. 어떻게든 마음을 진정시키려고 필사적으로 애쓰는 사이에, 야히로 씨가 걱정스럽게 말을 걸어왔다.

"미노리 씨?"

"저, 저는 괜찮아요! 저, 전혀 이상하지 않아요, 하나도요!!"

"그래, 그래, 알겠어. 그럼 옷을 갈아입고 나올까? 곧 손님이 오실 테니까. 아, 맞다. 카운터 안쪽은 바닥 청소를 해서 미끄러우니까 조심하도록 해요."

"네, 넵!"

빠른 걸음으로 카운터에 들어가 주방 안쪽에 있는 창고로 향했다.

하지만 마루가 미끄러우니까 조심해서 움직여야지. 이 이상 실수를 했다가는 더 수상하다고 의심을 받을 테니까.

그렇게 생각하며 카운터 안쪽을 조심스레 지나가려고 한 순간…….

"아, 잠깐만. 테이블 위에 짐을 두고 갔어."

야히로 씨의 큰 손이 내 어깨에 살짝 닿았다. 나는 전기가 흐르는 듯한 충격에 조건반사적으로 발을 멈추고 빙그르르 뒤로 돌았다. 그러자 코가 닿을 정도의 거리에 야히로 씨의 얼굴이 있는 것이 아닌가!

현기증이 날 정도로 아름다운 얼굴이 내 시야를 온통 뒤덮은 순간, 머릿속이 전기 주전자처럼 순식간에 끓어올랐다.

"으악!!"

일단 거리를 둬야 해!

그 생각 하나만으로 발을 크게 한 걸음 뒤로 디뎠다. 그러나 그것은 잘못된 선택이었다…….

주르륵!!

눈에 비치던 야히로 씨의 얼굴이 다음 순간에는 진갈색의 천장으로 바뀌었다. 그리고 뒤통수에 날카로운 충격을 느낀 순간, 의식이 멀어져갔다…….

* * *

천천히 눈을 뜨자, 하얀 천장이 눈에 들어왔다. 아무래도 침대 위에 누워 있는 모양이다. 방안은 캄캄하다. 그리고 학교 수영장에서 나던 것 같은 소독약 냄새…….

여기는 병원인가?

"눈을 떴나 보군."

왼쪽 옆에서 햇살 같은 목소리가 들려왔다. 목소리의 주인 쪽으로 얼굴을 돌리자, 역시 생각대로다. 상냥한 미소를 띤 야히로 씨다.

"카페는요?"

몸을 일으키려는데, 머리에 욱신거리는 통증이 느껴졌다.

"아얏!"

"무리하지 않는 게 좋아. 오늘 밤은 여기에 하루 있도록 하고. 알겠지?"

온화하지만 강한 의지가 담긴 목소리에 나는 얌전히 따를 수밖에 없었다. 다시 베개에 머리를 묻은 채 천장을 올려다보았다. 야히로 씨에게 죄송스러운 마음과 나 자신의 한심함을 원망하는 마음이 뒤섞여서, 선뜻 말이 나오지 않았다.

사실은 묻고 싶은 것이 많이 있다. 하지만 카페에 폐를 끼친 주제에 내 흥미를 위해 이것저것 물어보기는 아무래도 망설여졌다.

가끔 누군가가 슬리퍼를 신고 복도를 타박타박 걷는 소리 외에는 아무것도 들리지 않는 정적이 잠시 흘렀다. 이번에는 야히로 씨 쪽에서 말을 꺼내왔다.

"소라 님에게서 들었어. 가게에 오기 전에 내가 키우던 고양이에 대해서 물었다고 말이야."

내가 멋대로 캐물은 것을 알고 있으면서도, 야히로 씨의 목소리는 변함없이 다정해서, 콧속이 찡하게 아파 왔다.

나는 도저히 야히로 씨의 얼굴을 쳐다볼 수가 없어서, 대신 천장을 올려다본 채로 "네, 죄송해요"라고 작은 목소리로 대답했다.

나와 야히로 씨 사이에는 다시 침묵이 흘렀다. 화를 내도 어쩔 수 없다고 각오하고 있었건만, 그의 입에서는 의외의 말이 흘러나왔다.

"나는 말이야……. 이래 봬도 옛날에는 꽤 알려진 피아니스트였어."

"야시마 린노스케…… 말이죠?"

내가 선뜻 대답한 것이 의외였는지, 야히로 씨가 말을 잠시 멈췄다.

"아아, 그 이름을 듣는 것이 하도 오랜만이라, 조금 놀랐어. 그래, 이미 20년이나 지났네. 그 이름을 알고 있다는 것은 내가 피아노의 세계에서 모습을 감춘 이유도 알고 있다는 뜻일까?"

나는 기자인 친구에게 들었다고 솔직히 설명한 뒤, 핵심을 끄집어냈다.

"아내분의 사고…… 때문인가요……?"

"아아, 그래."

야히로 씨의 목소리가 납처럼 무거워졌다.

"죄송해요. 쓸데없는 걸 여쭤봐서……."

"미노리 씨가 사과할 필요는 없어. 꺼림칙한 과거를 숨기고 있던 것은 내 쪽이니까. 아니, 오히려 나는 언젠가 자네가 과

거의 사건에 대해서 물어오기를 기다리고 있었는지도 몰라."

"무슨 뜻인가요?"

야히로 씨 쪽으로 얼굴을 돌렸다. 희미한 방의 조명을 등진 그의 얼굴에는 깊은 주름이 그림자가 되어 떠올라 있다. 그는 보고 있는 것만으로도 가슴이 옥죄어 오는 침통한 표정에 마른 웃음을 머금은 채 말을 이었다.

"카에데안에서 미노리 씨의 행동을 직접 봤더니 말이야……. 자네라면 혹시…… 아, 아니야……."

말끝을 흐린 야히로 씨가 나로부터 시선을 돌리고, 무릎 위에 놓아두었던 코트를 손에 들었다.

"자, 그럼 푹 쉬어. 다시 일하러 나오는 건 완전히 회복한 뒤로 해도 상관없으니까."

그렇게 말하며 자리를 뜨려고 하는 그를 나는 다시 불러 세웠다.

"잠깐만요!"

야히로 씨의 눈동자에서 구조를 요청하는 색이 더욱 진해져 있는 느낌이 나에게는 보였다. 자연스레 이 말이 입에서 튀어나왔다.

"괜찮으면 이야기해 주시지 않겠어요? 사모님과 녹턴에 대해서."

야히로 씨는 일어선 채 나를 가만히 바라보고 있다. 일자로 굳게 다문 입술이 미미하게 떨리고 있는 것은, 갈등하고 있다는 뜻이겠지.

나도 그에게서 눈을 돌리지 않았다. 실이 팽팽하게 당겨진 듯한 긴장감이 우리 사이에 흘렀다.

그의 이야기를 듣고 나면, 지금까지와 같은 편안한 관계는 끝나버릴지도 모른다. 잘 알고 있다. 그래도 나는 그의 이야기를 들어야 한다. 지금까지 나는 계속 도움만 받아왔다. 만약 야히로 씨가 괴로워하고 있다면, 이번에는 내가 도와줄 차례다.

그런 나의 각오가 전해졌는지 야히로 씨는 아까 앉아 있던 의자에 털썩 주저앉았다.

"좀 길어질 텐데 괜찮겠나?"

"그럼요. 덕분에 1인실이고, 밤은 기니까요."

야히로 씨는 희미하게 입꼬리를 끌어올리고서, 그 어느 때보다도 무거운 어조로 이야기를 시작했다.

내가 처음 건반을 만진 것은 다섯 살 때였어. 그날 나는 어린이집에 자리가 없다고 해서 어머니의 직장인 피아노 학원에 따라갔었어.

대기실 한쪽 구석에 놓인 피아노 장난감을 치며 놀고 있는데, 학원의 원장 아저씨가 말을 걸어 온 거야.

“진짜 피아노를 쳐보고 싶지 않니?”

나는 눈을 빛내며 정신없이 건반을 두드렸어. 지금 생각하면 마음 가는 대로 피아노를 친 것은 그때가 처음이자 마지막이었는지도 몰라. 어머니가 집에 있는 피아노로 자주 연주하던 쇼팽의 음색을 떠올리면서, 손가락을 마음껏 움직였어.

“사에코小枝子 씨! 잠깐 와 봐요! 수업 중이라고? 괜찮아! 린노스케 군의 피아노 좀 들어봐!! 천재야! 천재!”

“린……. 린! 정말 굉장하구나!”

당황해서 허둥거리는 아저씨의 목소리. 크게 기뻐하는 어머니의 목소리. 그 외에도 많은 사람들에게 칭찬을 받았지.

나는 어린 시절부터 소극적인 성격이라서, 사람을 대하는 것이 서툴렀어. 내가 철들기도 전에 아버지와 어머니가 사소한 싸움 끝에 이혼했던 것에 영향을 받았는지도 몰라. 그래서 이날 많은 어른들이 말을 걸어 주는 것이 굉장히 기뻤어.

피아노를 좀 더 잘 치게 되면, 더 많은 사람들로부터 칭찬을 받을 수 있을까? 내가 피아노를 시작한 것은 그런 단순한 계기였어. 어머니도 처음엔 진심으로 가르칠 생각은 없었던 모양이지만 말이야.

내 입으로 말하기 그렇지만, 나는 어머니가 가르쳐 주신 것을 마치 스펀지처럼 순식간에 흡수하고, 소리로 표현할 수 있었어.

그것은 어머니에게도 딱 좋은 스트레스 발산 방법이었는지도 몰라. 체력에는 자신이 있다며 밤낮을 가리지 않고 일하면서 자식을 키우던 어머니였지만, 그래도 심신에 가해진 부담은 상당했을 거야.

하지만 나에게 피아노를 가르치는 동안만큼은, 피곤한 기색 하나 보이지 않았고, 오히려 활기가 느껴졌어.

"린! 정말 대단하구나!"

어머니의 그 얼굴을 좀 더 보고 싶어서, 어머니의 말에 열심히 귀 기울이고, 어머니의 손가락을 뚫어져라 보았어. 하지만 말이야, 나는 너무 열중한 나머지 눈치채지 못했던 거야. 어머니가 변해 버리고 말았다는 걸…….

내가 일곱 살이 되던 해 어머니의 생일날, 그날 나는 〈해피 버스데이 투 유〉를 어머니 몰래 익혀서, 연습을 시작하기 전에 그것을 들려드렸어. 그러자 어머니는 악마 같은 형상이 되어 격노했어. "너는 내가 가르치는 것만 하면 돼!!"라면서 말이야.

이 무렵에 이미 어머니에게 있어서 나는 '자신만의 충실한 노예'였던 거야. 그래서 어머니는 조금이라도 자신의 생각에서 어긋나면 벌컥 화를 냈어. 그리고 친구와 노는 것은 물론이고, 만나는 것조차 금지당했어.

날이면 날마다 피아노밖에 없는 매일. 당연히 처음에는 반항했지. 어머니는 그런 나를 날카로운 목소리로 야단쳤어.

"말대답하지 마!! 내가 없으면 아무것도 못 하는 주제에!!"

그래도 말을 듣지 않을 때는 가차 없이 맞았지. 그런 나날을 보내는 동안에 내 마음은 부서지고 말았어. 고통도 괴로움도 공포도, 아무것도 느끼지 못하게 된 거야. 그 대신 기쁨도 흥분도 그리고 희망마저도, 내 마음에서 사라져 버렸어.

하지만 초등학교 4학년이던 그 겨울에 나는 죽어버린 마음을 되살아나게 해준 사람을 만났어. 나중에 나의 아내가 된 사람…… 카논花音이었지.

카논과의 만남은 봄의 화창한 햇살이 비쳐 드는 어느 오후에 시작되었어. 우리 집은 시골에 있는 단독주택이었는데, 그녀는 그 정인 ··이랄까, 산디가 깔린 작은 공간이 있었는데, 거기에 혼자 서 있었던 거야.

나는 어머니가 말씀하신 대로 혼자서 열심히 피아노 연습을 하고 있었어. 어머니가 내 주신 과제곡은 쇼팽의 〈즉흥환상곡〉이었어. 피아노 연주를 끝냈는데, 짝짝짝 박수를 치는 소리가 들려왔어.

"누구세요?"

그쪽을 바라보자 활짝 열린 창문 너머에서 근처 중학교 교복을 입은 여자아이가 이쪽을 보며 생글생글 웃고 있었어.

"너, 피아노 정말 잘 친다!"

어깨까지 기른 머리카락, 고양이 같은 커다란 눈, 천진난만함이 남아 있는 귀여운 얼굴. 벚꽃잎이 춤추는 풍경에 더할 나위 없이 잘 녹아들어 있었지. 수상하게 생각하기보다도 먼저, 빨려 들어가는 듯한 착각에 빠져서 그녀로부터 눈을 뗄 수가 없었던 것을 지금도 선명하게 기억하고 있어.

"나는 요시자와 카논. 카논이라고 불러도 돼."

한여름에 피는 해바라기 같은 밝은 목소리가 고막을 진동시켰어. 나는 머뭇거리면서 대답하는 것이 고작이었지.

"나는…… 야시마 린노스케."

"린노스케로구나. 이제 기억할게! 그런데 시작한 지 얼마나 됐어? 피아노 말이야."

조금 떨어진 곳에서 큰 소리로 물어오는 그녀에게, 나는 작은 소리로 대답했어.

"……5년 정도."

"그랬구나. 5년 만에 이렇게 잘 치다니, 이 세상에서 불공평이라는 세 글자는 사라지지 않을 만도 하다. 나도 너처럼 시작한 지 5년 됐는데, 실력은 전혀 다른걸."

턱에 손을 받치고 음음 소리를 내며 고개를 끄덕이는 그녀에게, 나는 고개를 살짝 숙인 채 말했어.

"저기……. 여기 우리 집인데……."

"아하하! 그러게. 불법침입을 해버렸네! 미안, 미안! 길을 걷다 보니까 생전 처음 듣는 아름다운 소리가 들려오는 바람에 말이야. 나도 모르게 그만."

"아름다운 소리라고……?"

놀라는 나에게 카논은 씩 웃어 보이며 아무렇지도 않게 대답했지.

"네가 연주하는 피아노 소리는 마치 오늘의 파란 하늘같이 굉장히 아름다웠어!"

하늘을 올려다보는 그녀를 따라서 나도 시선을 위쪽으로 향했어.

구름 한 점 없는 맑은 파랑.

내가 연주하는 소리가 이 하늘과 닮았다니……. 두근두근 심장이 큰 소리로 뛰고, 완전히 메말랐던 내 마음에 기쁨이 파도처럼 밀어닥치는 것이 느껴졌어.

하지만 나는 그것이 부끄러워서, "이제 연습해야 해"라며 그녀에게 등을 돌렸지. 그러자 그녀는 내 등 뒤에 대고 말을 걸어왔어.

"아하하! 미안해! 아, 그래, 다음에 또 창문을 열어놔 줄래? 나는 너의 피아노에 첫눈에 반한 것 같아."

눈이 번쩍 뜨이는 것을 스스로도 알 수 있었어. 그리고 이제까지 느낀 적 없는 감정에 들떠 허둥거렸지.

"……자, 잠깐만. 피아노는 소리니까 첫눈에 반한다는 표현은 이상하지 않아? 첫 귀에 반했다는 말이 있던가? 뭐, 어느 쪽이든 상관없어!"

짝 손뼉을 치며 손을 모은 카논은 살짝 고개를 숙였어.

"제발! 부탁이야! 또 너의 피아노를 듣고 싶어! 아, 너희 집 정원에라도 들어가게 해 주면 안 될까? 나는 너의 피아노를 가까이에서 계속 듣고 싶단 말이야."

나에게는 거절할 이유도, 용기도 없었어.

……아니, 앞으로 뭔가가 시작될 거라는 예감에 가슴이 세차게 뛰고 있었어. 그래서 어머니에게 뭐라고 말해야 할까 하는 생각은 전혀 할 필요가 없었던 거야.

"그래. 상관없어."

그 후로 그녀는 거의 매일 우리 집을 찾아왔어. 비가 내리든 바람이 불든 관계없이, 그저 나의 피아노 연주를 듣고, 마지막에 박수를 치고 방긋 웃어 주었지.

그게 왜 그렇게 기뻤는지 몰라.

어머니는 여전히 엄격해서 혼날 때도 많았지만, 견딜 수 있었던 것은 카논 덕분이야. 카논과 만날 수 있다는 것, 그리고 그녀가 박수를 쳐 주는 것이 내 삶의 보람이 되어 있었어.

그때까지 나는 나 자신을 위해서 피아노를 쳤어. 혼나기 싫어, 맞기 싫어. 오직 그것뿐이었지. 하지만 카논과 만나면서 비로소 알게 되었던 거야.

눈앞에 있는 사람을 기쁘게 해주기 위해서 피아노를 연주하는 것의 소중함을…….

중학교에 들어갈 무렵에는 어머니를 따라서 일본 각지에서 열리는 콩쿠르에 참석하게 되었어. 원정을 다니는 동안에는 카논과 만날 수 없어서 얼마나 쓸쓸했는지 몰라.

"잘 갔다 왔니? 콩쿠르는 어땠어?"

그렇게 묻는 그녀에게 우승 트로피를 보여 줄 때는 나 자신이 자랑스러웠어.

"굉장하다!! 역시 내가 보는 눈이 있다니까!! 대단해!"

좀 더 그녀와 함께 있고 싶어. 좀 더 그녀의 곁에 있고 싶어. 유리 한 장을 사이에 두고 있는 거리가 아쉬워.

그런 생각이 점점 강해져 가고 있던 중학교 3학년이 끝나갈 무렵에 생긴 일이야. 1년에 한 번 올까 말까 할 정도로 엄청나게 비가 내리는 날이었어. 이런 날에는 아무리 카논이라도 오지 않을 거라고 생각하고, 창문과 커튼을 닫고 있었지.

하지만 저녁 무렵이 되어서 커튼 틈새를 들여다보았더니, 그녀가 서 있는 것이 보였어. 창문 너머로도 그녀가 울고 있는 것을 알았지.

나는 서둘러 정원으로 나가서 처음으로 그녀를 집안에 맞아들이고, 진정되었을 즈음 왜 우는지 이유를 물었어.

"오늘로 이제 마지막이야……."

뒤통수를 둔기로 세게 얻어맞은 듯한 충격에 현기증이 났어. 이야기를 들어보니 이제 고등학교를 졸업하고 취직을 하기 위해 도쿄로 이사를 간다고 하는 거야. 지난달부터 이미 정해져 있었지만, 도저히 나에게 말을 꺼낼 수가 없었다고 했어.

"어째서?"

조금이라도 방심하면 넘쳐흐를 것 같은 눈물을 필사적으로 참으면서 목소리를 쥐어짜 물은 나에게, 고개를 푹 숙인 카논은 젖은 옷을 수건으로 닦으며 대답했어.

"……약속했으니까……."

"약속이라고?"

"하지만 지키지 못했어……."

"무슨 말이야?"

카논은 나의 질문에는 대답하지 않고서, 천장을 향해 수건을 휙 던져버리고는, 평소에 어머니가 사용하는 의자를 꺼내와서 피아노 앞에 두었어.

"치자! 피아노!"

방금 전까지의 습한 공기를 싹 날려버린 카논은 건반에 손가락을 올렸어. 길고 하얀 손가락, 늘씬하게 쭉 뻗은 등, 그리고 처음 보는 진지한 표정.

지금까지 본 적 없었던 날카롭게 곤두선 분위기에 나도 모르게 넋을 잃고 바라보고 있었더니, 귀에 익은 멜로디가 귀에 들어왔어.

"헝가리 무곡……."

브람스가 연탄을 위해 쓴 곡이야. 연탄이란 두 사람의 연주자가 한 대의 피아노로 곡을 연주하는 걸 말하지. 함께 치자고 권하는 것처럼 그녀는 내 얼굴을 바라보았어. 나는 조심스레 그녀의 옆자리에 걸터앉았어.

어머니가 시키지 않은 곡은 그때의 〈해피 버스데이 투 유〉 이래로 친 적이 없었어. 어머니의 말씀을 지키지 않으면 호된 꼴을 당한다는 걸 잘 아니까, 망설임과 공포로 손이 떨려 왔지. 그 정도로 어머니의 벌은 나에게 트라우마였거든.

하지만 안색이 창백해진 나에게 카논은 이렇게 속삭였어.

"너는 누구의 것도 아니야. 너 자신의 것이야. 자, 용기를 내."

그 말은 한입에 털어 넣은 청량제처럼 내 마음을 차분히 가라앉혀 줬어. 그리고 그녀와 마주 보며 작게 고개를 끄덕이고서, 우리는 피아노를 치기 시작했어.

첫 연탄.

하지만 옛날부터 연습해 온 것처럼 호흡이 딱 맞았지. 계속 이렇게 있고 싶다고 진심으로 생각할 정도로 행복한 시간이었어. 곡을 다 치고 나서도, 잠시 여운에 잠겨 있었어. 그리고

서 그녀는 내 볼에 살며시 입 맞추고 사라져 버렸어.

거기에서 한 번 이야기를 끊은 야히로 씨는 방그레 미소 지으며 평온한 표정을 띠고 있었다. 그 표정은 부끄러움을 감추려는 것 같기도 했고, 사라진 과거를 아련히 반추하는 듯이 보이기도 했다.

나는 마음에 살짝 걸렸던 것을 물었다.

"그런데 카논 씨가 말씀하신 약속이란 무엇이었나요?"

야히로 씨의 얼굴에 한순간 깊은 그림자가 드리웠다. 하지만 그는 곧 원래의 표정으로 돌아와 입을 열었다.

"어머니와의 약속이야."

"어머니와의……? 어떻게 된 일인가요?"

"사실 카논은 어머니가 가르치는 피아노 교실의 학생이었던 거야."

완전히 예상 밖을 찌른 그 말에 뺨을 있는 힘껏 얻어맞은 듯한 날카로운 통증이 느껴지며 동시에 말문이 턱 막혔다. 나도 모르게 입을 다물지 못한 채 고개를 절레절레 저었다. 그런 내 모습을 보고, 야히로 씨는 마른 웃음을 흘렸다.

"나도 그 말을 처음 들었을 때는 미노리 씨와 완전히 똑같은 반응을 보였어. 도저히 바로 믿어지지가 않지? 나와 카논이 만나기 전부터 어머니와 그녀 사이에 '약속'이 존재하고 있었다니 말이야…….”

카논이 떠난 그날 밤.

일을 마치고 돌아온 어머니는 카논이 집에 들어왔던 것을 바로 알아차렸어. 젖은 수건. 옮겨진 의자. 그리고 무엇보다도 눈이 퉁퉁 붓도록 운 내 얼굴.

어머니가 불같이 화를 낼 거라고 생각했지만, 아니었어. 어머니는 씁쓸한 표정으로 내뱉듯이 중얼거렸어.

“그 아이, 약속을 어겼구나…….”

눈을 부릅뜬 나에게 어머니는 퉁명스럽게 말했어.

“가끔 네가 혼자서 연습하고 있는 것을 보러 갔다 오라고 부탁했거든. 네가 연습을 게을리하지는 않는지 확인하기 위해서 말이야. 그때 두 가지 약속을 하게 했어. 집 안에 들어가지 말 것, 린노스케와 쓸데없는 이야기를 하지 말 것.”

“거짓말……. 말도 안 돼…….”

몸이 덜덜 떨려서 움직이지 못하고 있는 나에게 어머니는 카논과의 관계를 이야기하기 시작했어.

“카논은 보육원 출신이란다. 원래 심한 학대를 받고 있었어. 초등학생이 되어서야 새로운 위탁 부모에게 맡겨지게 되었지. 굉장히 침울해져 있던 카논에게 조금이라도 삶의 보람을 찾아 주려 한 위탁 부모의 권유로 피아노를 시작하게 된 거야."

그것은 내가 모르는 카논이었어. 어머니와의 약속을 착실히 지키기 위해서 나에게 이야기해 주지 않았던 걸까? 아니면 그저 나에게는 말하고 싶지 않았던 것뿐일까?

이유는 알 수 없어. 하지만 그녀를 생각하면 눈물이 멈추지 않았어. 어머니는 담담한 말투로 말을 이었어.

"피아노에 재능은 전혀 없었지만, 굉장히 열심히 노력하는 아이였어. 누군가에게 인정받고 싶어서 필사적이라는 걸, 나는 금방 알았지. 그래서 너를 부탁했던 거야. 내 생각대로 카논은 싫어하기는커녕 굉장히 기뻐했어."

"어머니는…… 어머니는 그녀의 약점을 이용한 거예요……?"

"이용했다니? 후후, 남이 들으면 욕하겠다. 그런 말 하지 말렴. 카논이 원해서 한 거야. 하지만 마지막의 마지막까지 와서 배신할 줄이야. 뭐, 도쿄에서 일하기로 했다는 것 같으니까, 이제 네 인생에 관여할 일은 없겠지. 그러니까 용서해 줄게. 너도 카논에 대해서는 잊어버리렴. 알겠지?"

"웃기지 마!!"

내가 어머니에게 참지 않고 분노를 뿜어낸 것은 이때가 처음이었어. 그때 어머니의 눈동자가 차갑게 얼어붙었던 것이 지금도 선명하게 기억에 남아 있어.

"웃기려고 하는 말은 아닌데? 너, 설마 그 애를 좋아하니? 후후. 그만둬. 아직 제 몫도 제대로 못하는 주제에 사랑놀음이라니……. 부끄러운 줄 알아야지!"

"그게 당신과 무슨 상관이야!!"

"상관없다고? 린노스케! 웃기고 있는 건 네 쪽이야! 겨우 여자애 하나 없어졌다고 정신 못 차리고 부모에게 반항하다니. 그런 약해빠진 정신머리로 일본 최고의 피아니스트가 될 수 있을 것 같아?"

그 순간, 내 안에 있던 뭔가가 뚝 소리와 함께 끊어졌어. 나는 성큼성큼 어머니 옆을 지나쳐 우산도 들지 않은 채 현관을 나가려 했지. 그러나 내가 문을 열려 한 순간, 어머니의 차가운 목소리가 들려왔어.

"설마 그 애를 만나러 갈 생각은 아니겠지?"

"……."

"연락처는 알고 있어?"

"……몰라요."

"피아노 교실에 가서 주소를 알아보려고? 안타깝게도 피아노 학원은 진작에 그만뒀으니까, 카논에 관한 정보는 모두 파기됐어. 학교에 물어봐도 소용없어. 어지간한 이유 없이는 가르쳐 줄 리가 없지."

모든 것이 어머니의 계획대로라는 건가……. 나는 절망의

심연으로 굴러떨어지는 기분이었어. 눈앞이 깜깜해지고, 심한 이명이 들려왔어. 서 있는 것이 신기할 정도로, 뇌를 뒤집어서 흔들어대는 기분이었어. 그런데 그때…….

—너는 누구의 것도 아니야. 너 자신의 것이야. 자, 용기를 내.

카논의 목소리가 뇌리에 울려 퍼지며 마음속에 한 줄기 빛이 비쳐 들어왔어. 자연스레 솟아난 뜨거운 결심이 입을 통해 밖으로 튀어나왔어.

"……되어 주고말고……."

"하아? 뭐라고? 하나도 안 들리거든."

"일본 제일의 피아니스트가 되어주겠다고!! 그렇게 되면 이 집을 나가서, 나는…… 나는 카논을 만나러 갈 거야!!"

이때부터 나는 오로지 피아노에만 몰두했어. 자는 시간마저 아까워한다는 표현 그대로, 하루에 두 시간이라도 자면 다행일 정도였지. 어머니가 하라고 시키기를 기다리지 않고 스스로 과제를 찾아서 하고, 다음 콩쿠르에서 이기는 것에만 집중했어.

하지만 한순간도 카논을 잊어버린 적은 없었어. 사진 한 장 가진 것이 없어서, 나는 그녀의 웃는 얼굴을 머릿속에 새겨 넣었어. 언제든지 그녀를 느끼면서 그녀를 위해서 멜로디를 연주했지.

고등학교를 졸업한 후에는 어머니 말씀대로 파리에 있는 대학에 다니기 시작했어. 대학은 전원 기숙사제라서, "한 사람 몫을 할 수 있게 되기 전에는 돌아올 생각하지도 마라!"라는 어머니의 분부를 지켜서 연말연시에조차 일본에 돌아오지 않고 음악에 몰두했지.

대학 졸업 후에는 프로 음악가가 되기로 결정되어 있어서, 대형 음악사무소와 매니지먼트 계약이 맺어져 있었어. CD와 DVD를 몇 종류 발표하면서 적게나마 수입을 얻을 수 있게 된 것도 이 무렵부터야.

하지만 모두 어머니의 계획에 의한 것이었고, 나는 명성도 돈도 필요 없었어.

다만 원하는 것은 카논, 그녀뿐이었어.

열아홉의 가을, 나는 드디어 대형 콩쿠르를 모두 평정했어. 이걸로 '일본 제일의 피아니스트'라고 당당하게 말할 수 있다, 그러니까 이제 카논을 만나러 가자, 그렇게 결심했지.

그러나 그 시상식이 한창 진행되던 중이었어. 놀라운 비보가 들려온 것은.

어머니가, 돌아가셨다…….

어머니의 사인에 대해서는 장례식에 오신 손님들께 음식을 대접하고 있을 때, 어머니가 일하던 피아노 학원의 원장 아저씨에게 들을 수 있었어.

"린노스케 군의 어머니는 말이야. 젊어서부터 진행성 질병에 걸려 있었다고 해."

처음 듣는 이야기라, 바로 믿을 수가 없었어.

"자네 부모님이 이혼한 이유도 자네를 출산하면서 숨기고 있던 질병이 발각되었기 때문이라고 하더군. 자네 아버지의 부모 쪽이 엄격한 분들이라 받아들여 주지 않았다더라고."

아버지와는 사소한 싸움이 원인이 되어 헤어졌다……던 말은 새빨간 거짓말이었다는 건가?

"어머니께선 린노스케 군이 모르는 곳에서 투병하고 있었어."

체력에 여유가 있으니까 쉴 새 없이 일했다는 것도 거짓말. 사실은 목숨을 깎아 먹으면서 일하고, 그러는 틈틈이 치료까지 하고 있었다고?

"네가 초등학교에 올라갈 무렵에 이미 '앞으로 길어야 10년'이라고 시한부 선고를 받았어. 그래서 어머니는 너를 하루라도 빨리 자립시키려고 필사적이었단다. 그래서 때로는 엄하게 혼낼 수밖에 없었다고 했어. 하지만 본심은 아주 여린 사람이라서 말이야. 린노스케 군을 심하게 혼낸 다음 날에는 눈물을 흘리면서 자기 자신이 밉다고 속내를 털어놓았었지……."

어디까지 거짓말로 점철된 인생이었던 걸까? 아들인 내 앞에서는 힘든 얼굴 한 번 보인 적 없었으면서…….

"네가 파리로 떠난 뒤로는 그때까지 팽팽하게 당겨져 있던 실이 뚝 끊어진 것처럼 몸 상태가 안 좋아져서, 병원에서 계속 자리보전만 하고 있었어. 그래도 네가 콩쿠르에서 활약하면 만면에 웃음을 띠고 기뻐했단다."

아저씨는 슬픈 미소를 띠고 있었어. 하지만 나는 도무지 그와 같은 기분이 될 수 없었어.

"입원 중에도 계속 네 걱정만 했어. 그리고 나와 음악사무소 대표에게 '린노스케를 잘 부탁드립니다'라는 말을 남기고 숨을 거두었단다."

아저씨는 관 속에서 하얀 천으로 덮여 있는 어머니를 안타까워하며 눈길을 주었어.

"정말 고생이 많았지. 덕분에 린노스케 군이 이렇게 훌륭하게 자란 거야. 흐흑……."

눈물을 흘리는 아저씨를 곁눈으로 보면서 나는 차갑게 식어갔어. 거짓말로 점철된 인생. 어머니는 그걸로 만족했던 걸까?

관 속의 어머니는 매우 평온한 얼굴을 하고 있었어. 이제 아무에게도 거짓말을 할 필요가 없어서 속이 시원할지도 몰라. 그런 생각밖에 들지 않았어. 그 뒤 장례식이 끝나도 내 마음은 차가워진 그대로였지.

슬프지도, 기쁘지도 않은…… 공허한 느낌이라고 해야 할까. 그런 상태로 어머니의 유골을 가지고 오랜만에 고향집으로 향했어. 아무도 없는 집안은 으스스한 정적에 휩싸여 있어서 마음이 불편하더군.

"소리가 필요해……."

마른 목을 축여줄 물을 찾는 기분으로, 그렇게 뛰쳐나가고 싶어 했던 피아노 방으로 들어갔지.

오후 5시가 지난 시간, 커튼 저편에서 오렌지색의 저녁 햇살이 새어들고 있었어. 뭐라 표현하기 힘든 답답함을 달래기 위해 창문을 활짝 열고 나는 피아노 앞에 앉았어.

하얀 건반에 손가락을 올리고 건반을 누르자 맑은 소리가 울려 퍼지면서 여운이 되어 방 안을 떠돌았지.

일단 눈을 감고, 호흡을 가다듬었어. 양손을 건반 위에 올리고, 마음속으로 박자를 맞추는 거야. 숨을 멈추고 건반을 부드럽게 두드리면, 점이었던 소리가 선으로 연결되며 슬픔을 품은 멜로디가 되었어.

쇼팽의 〈녹턴 제2번〉. 속칭 '야상곡'. 느긋하게 흘러가는 곡조는 지나간 날들을 떠올리기에 딱이었어.

어머니는 나를 노예처럼 다루면서, 조금이라도 자기 생각에 어긋나면 용서 없이 폭력을 휘두르는 폭군이었어. 하지만 그것은 거짓된 모습이고, 사실 어머니는 자비와 애정이 넘치는 사람이었던 거야.

"왜 거짓말을 한 거야……."

어머니를 이해할 수 없었어.

왜 병에 대해서 숨긴 거야.

왜 힘든 내색 한 번 보이지 않은 거야.

왜 작별 인사를 할 시간조차도 주지 않은 거야.

몇 개나 되는 '왜'가 떠올랐다가 사라지고, 그때마다 눈물이 방울이 되어 떨어졌어.

슬플 리가 없는데. 도대체 왜…….

"이제 거짓말은 지긋지긋해……."

진심으로 그렇게 생각했어. 그러나 어머니가 남긴 '마지막 거짓말'로 구원받게 될 줄이야…….

곡이 끝남과 동시에 건조한 박수 소리가 들려오는 거야. 나는 깜짝 놀라 창문으로 다가갔어. 잘못 들었을 리가 없어. 왜냐하면 나는 그 소리를 듣고 싶어서 계속 피아노를 쳐 왔던 거니까…….

그래……. 창문 밖에 서 있던 것은 카논이었어.

"카논……."

4년 전과 거의 달라지지 않은 모습이었어. 머리카락 색깔이 조금 밝아지고, 옅은 화장을 하고 있었지만, 그 무렵과 똑같은 웃는 얼굴이 눈부시게 빛나고 있었어.

"역시 너의 연주는 언제 들어도 아름답구나."

"고마워. 하지만 어째서 카논이 여기에?"

당연히 떠오르는 의문이었지. 카논은 조금 망설이는 듯이 보였지만, 큰 눈으로 살짝 미소 지으며 대답했어.

"너의 어머니에게, 부탁을 받았어."

어머니라는 말을 들은 순간, 심장이 정말 크게 뛰었어. 나는 떨리는 목소리로 물었지.

"무슨 뜻이야?"

"린노스케가 혼자서도 앞으로 나아갈 수 있게 될 때까지만이라도, 너를 뒷받침해 주었으면 한다고."

"그래……. 그랬구나……."

—이제 네 인생에 관여할 일은 없겠지.

그것도 거짓말이었다는 건가.

그러니까 어머니는 처음부터 내가 진심으로 피아노 연습에 매달리게 하기 위해 일부러 카논을 나에게서 떨어뜨려 놓았던 거다. 나는 완전히 어머니의 작전대로 피아노에 몰두했다. 그리고 자신의 목숨이 이제 곧 꺼질 거라는 것을 알게 되자, 다시 카논을 내 옆에 데려다주었다…….

어떻게 반응해야 좋을지, 알 수가 없었어. 자연스레 고개를 숙였지.

"린노스케 군, 괜찮아?"

"괜찮을 리가 없잖아……. 둘이서 나를 속이고……."

내 입에서 가시 돋친 말이 튀어나왔어. 하지만 카논은 얼굴빛 하나 변하지 않고, 천천히 창문 쪽으로 다가왔어.

"나 말이야. 거절했어. 네 어머니의 부탁."

의외의 말에 깜짝 놀라 카논을 보았어. 그녀는 살짝 얼굴을 붉히며 말을 이었지.

"너의 어머니는 순순히 내 말을 받아들여 주었어. 그리고 이렇게 말씀하시더라. '네가 어떻게 하고 싶은지, 그 결론에 따라 행동하면 돼'라고 말이야."

카논은 드디어 창문 바로 앞까지 다가와, 창틀에 손을 올렸어. 나는 의자에서 일어섰어.

"그래서 어떤 결론을 내렸어?"

"지금 여기에 서 있잖아. 이게 내 결론이라면, 안 될까?"

한 걸음, 또 한 걸음 창문 쪽으로 다가가, 드디어 카논의 눈앞에 섰어. 그러나 죽은 어머니가 계속 감시하고 있는 기분이 들어서, 아직 망설여졌어. 그런 나에게 그녀는 선뜻 물어왔어.

"린노스케 군, 너는 어떻게 하고 싶어?"

그 한마디는 내 모든 고민을 날려버리고, 나의 황폐해진 마음을 구원해 주었어. 그래서 나는 나의 가장 순수한 바람을 털어놓을 수 있었던 거야.

"나는 카논에게 피아노를 들려주고 싶어. 앞으로도 계속."

그 말을 끝낸 직후, 나는 내 입술을 그녀의 입술에 포갰어. 그녀의 볼에 한 줄기 눈물이 흘러내리는 것을 보고, 나는 천천히 그녀에게서 떨어져 그 눈물을 엄지손가락으로 닦아냈지.

그로부터 1년 후, 어머니의 상이 끝나기를 기다렸다가 우리는 가족이 되었어. 어머니가 깔아 놓은 레일 위에 그대로 머물러 있고 싶지 않았던 나는 파리의 학교를 그만두고, 카논과 함께 도쿄의 맨션으로 이사했어. 그뿐 아니라 신세를 지고 있던 음악사무소와의 매니지먼트 계약도 파기했지.

앞으로는 내가 직접 깐 레일 위를 달려가자, 카논과 함께, 그렇게 결의했단다. 그리고 오스트리아 공연이라는 큰 기회가 찾아왔어. 카논도 굉장히 기뻐해 주었지.

나도 마음이 들떠 있었어. 딴 지 얼마 안 된 면허증을 지갑에 넣고, 차를 끌고 공항까지 가기로 했어. 굉장히 안개가 짙은 아침이었던 것을 기억하고 있어. 국도의 교차점에서 신호는 파란색이었고 아무런 의심도 없이 직진한 순간, 왼쪽에서 커다란 트럭이 달려들었어. 그 후의 일은 거의 기억하고 있지 않아.

다만 말이야. 나는 소중한 가족에게, 또 작별 인사도 하지 못하고 헤어졌다는 것만은 마음에 깊은 상처로 남았어…….

담당 의사는 '기적'이라고 말해 주었어. 사실 그럴 만하다고 생각해. 크게 부서진 차에서 구조되어서 3개월이나 의식이 돌아오지 않은 채 계속 생사를 헤맸는데, 후유증 하나 없이 퇴원할 수 있었으니까 말이야.

하지만 나에게 그따위 기적은 필요 없었어. 만약 그대로 눈을 뜨지 않았더라면, 얼마나 좋았을까……. 혼자서 맨션으로 돌아와서 어두운 방 안에서 그 무렵과 다르지 않은 냄새를 맡은 순간, 난 그저 놀랍기만 했어.

나는 왜 살아 있는 걸까…… 하고 말이야.

갈라진 목소리를 쥐어짜는 야히로 씨 앞에서, 나는 어쩌면 좋을지 모른 채 그저 묵묵히 지켜보는 것밖에 할 수 없었다. 침대에서 일어나는 것조차 불가능한 데 대한 답답함과 함께, 누가 심장을 움켜쥐기라도 한 듯이 아팠다. 입술을 깨무는 나를 보고 야히로 씨는 다정한 웃음을 띠었다.

"들어줘서 고마워."

"아니에요……."

"이제 조금 남았으니까, 마지막까지 얘기해도 괜찮을까?"

나는 말없이 고개를 끄덕였다. 야히로 씨는 살짝 고개를 숙이고는, 지금까지처럼 담담한 말투로 이야기를 다시 시작했다.

생활에 필요한 돈은 지금까지 모아둔 것을 조금씩 꺼내 쓰면서 어떻게든 마련할 수 있었어. 그것도 어머니와 음악사무소 대표님이 지금까지 차곡차곡 모아준 것이었지만 말이야. 살아가려면 이런 돈 쓰고 싶지 않다고 고집을 부릴 수도 없었지.

뭘 하고 싶다는 생각도 들지 않아서, 그저 아무것도 하지 않고 하루하루를 흘려보냈어. 하루 종일 방에 틀어박혀 있다가, 먹을 것을 살 때만 밖으로 나갔어. 그것도 항상 12시가 넘는 한밤중에 걸어서 5분 거리에 있는 편의점만 들렀어. 하루에 한 끼 먹을 정도의 도시락과 맥주 한 캔을 사서 바로 집으로 돌아오는 거야.

퇴원한 게 봄이었으니까, 이미 6개월이 지난 늦가을의 어느 밤이었어. 얇은 코트만 입은 채로는 밤길이 추워서, 양손을 비비면서 빠른 걸음으로 인도를 걷고 있었지. 그때…….

"냐아옹."

작은 고양이 울음소리가 왼쪽에 있는 공원에서 들려오는 거야. 공원이라고는 하지만 맨션 부지 내에 만들어진 것이라서 작은 모래밭과 정글짐이 명색으로나마 있는 정도였어.

그 공원 구석에서 뭔가 위화감이 느껴져서 잘 살펴보았더니, 귤 상자가 덩그러니 놓여 있었어. 거기에서 노란색 눈동자를 빛내는 검은 고양이가 머리만 삐죽 내밀고 이쪽을 가만히 바라보고 있었던 거야.

"버려진 고양이인가……."

이제까지 동물을 키운 적도 없었고, 관심도 없었어. 그런데 혼자 외롭게 누가 구해주기를 간절히 바라는 그 모습을 보고, 뭔가 강하게 동정심을 느껴 버렸지.

우리 맨션은 반려동물 한 마리까지는 키울 수 있잖아, 하고 오래된 규칙까지 끌어내서는 아기 고양이를 데려올 이유를 만들었어.

"냐아아."

이것이 나와 녹턴의 첫 만남이야.

녹턴의 이야기로 접어들자 야히로 씨는 그리워하는 듯한 온화한 표정을 지었다. 말투도 기분 탓인지 몰라도 한결 가벼워진 듯이 느껴졌다.

"사람을 아주 잘 따르는 암고양이여서 말이야, 집에서도 내가 어딜 가든 따라다니는 거야. 화장실과 욕실만은 봐달라고 말해도, 좀처럼 말을 듣지 않아서 고생했어."

"후후, 굉장히 귀엽네요."

내 입에서 자연스레 웃음이 흘러나왔다.

"그럼. 팔불출 소리를 들어도 어쩔 수 없지만, 정말 귀여웠어. 내 마음의 상처도 녹턴 덕분에 조금씩 아물어 갔어. 신기하게도 마음이 치유되자 밖에 나가고 싶다는 욕구가 생기기 시작하는 거야. 하지만 '야시마 린노스케'로서 피아노와 마주할 자신은 없었어. 그래서 이름을 '오타 야히로'로 바꾸고, 맨션에서 도보 10분 거리에 있는 오래된 바에서 일하기로 했지."

"야히로 씨가 카운터에 서 있는 모습이 잘 어울리는 이유가, 바에서 일한 경험이 있기 때문이군요."

"그렇게 말해주니 기쁘지만 쑥스럽기도 하고, 이거 뭐라 해야 할지 모르겠네……. 하지만 바의 일은 놀랄 정도로 나에게 잘 맞더라고. 게다가 녹턴과 함께 사는 것도 마음이 편했어. 나보다 나중에 우리 집에 들어왔는데도, 물건을 둔 장소 같은 것은 녹턴 쪽이 더 잘 알지 뭐야. '어, 그게 어디 있더라?' 하고 기억이 안 날 때는 녹턴 뒤를 따라가면 대부분 발견되는 거야. 그러고서는 '이제 됐지?' 하는 듯한 의기양양한 얼굴로 나를 빤히 바라보는 게 무척 사랑스러웠어."

그러다 야히로 씨의 얼굴이 흐려짐과 동시에, 조금 공기가 무거워졌다. 야히로 씨는 이야기를 계속했다.

그리고 3년이 지난 어느 여름, 평소처럼 녹턴에게 좀 이른 저녁밥을 챙겨주고서 집을 나서려는데, 전에 매니지먼트 계약을 했던 음악사무소의 대표님이 맨션 복도에 나타난 거야.

"오랜만이야. 생각보다 건강해 보여서 다행이네."

대표님은 50대로는 보이지 않을 정도로 활력 넘치는 멋진 여자분이었어. 예전과 다름없이 빛나게 웃는 얼굴이 그립기도 했지만 그때의 나에게는 살짝 버거웠어.

"대표님도 건강해 보여서 다행입니다. 그런데 오늘은 무슨 일로……?"

살짝 경계 태세를 취하긴 했지만, 나에게 절대 나쁜 이야기는 아니었어.

"야시마 린노스케의 피아노 연주를 많은 사람들이 들을 수 있게 남기고 싶어. 그래서 이제까지의 콩쿠르나 콘서트 영상을 인터넷에 공개할까 생각 중인데 괜찮을까?"

솔직히 말해서 아무래도 상관없었어. 딱히 거절할 이유도 없고.

"네, 괜찮습니다."

이렇게만 대답하고 그날은 헤어졌지. 하지만 시간이 지나자 어떤 영상이 공개되어 있는지 조금씩 신경이 쓰이더라고. 나의 콩쿠르 실황 영상은 한 번도 본 적이 없었거든.

그래서 어느 늦은 밤, 일을 끝내고 돌아와서 창문을 활짝 열고는 꾸벅꾸벅 졸면서도 컴퓨터를 켰어. 그리고 음악사무소의 홈페이지에서 발견한 내 영상을 클릭해서 재생해 봤지.

연주하는 내 모습을 멍하니 보고 있었어. 그렇게 연주가 끝난 뒤, 기립박수를 보내는 관객석으로 영상이 전환되었어. 그리고 그걸 본 순간, 나는 굳어버리고 말았어.

카논이 말이야……. 구석 자리에 찍혀 있었던 거야. 카논이 도쿄로 이사 간 뒤에 나갔던 콩쿠르였는데도…….

나는 서둘러 다른 콩쿠르 영상도 재생해 봤어. 전부는 아니지만, 많은 영상에서 카논의 모습을 찾을 수 있었어. 모두 연주자의 시야에서는 눈에 잘 띄지 않는 자리에 있었어.

그녀는 계속 나를 지켜보고 있었던 거야. 내가 눈치채지 못하도록.

그것을 깨달은 순간, 이제 거의 잊혀가던 슬픔과 나 자신에 대한 분노가 갑자기 치밀어 올라서 숨 쉬는 것조차 괴로워졌어. 어떻게든 그 기분을 떨쳐내고 싶은 마음에 방에 있던 술을 손에 잡히는 대로 들이켜기 시작했지.

얼마나 마셨는지는 모르겠어. 어렴풋이 기억하고 있는 것은 녹턴이 멀리서 걱정스럽게 나를 바라보고 있었던 것 정도. 그 뒤의 일은 아무것도 기억에 남아 있지 않아.

하지만 아마도 대량의 수면제를 와인과 함께 쏟아부었던 모양이야. 눈을 떴을 때는 병원 침대 위에 있었어. 사흘 뒤에는 퇴원해서, 집으로 돌아갔지만 말이야…….

그런데 녹턴이 보이지 않았어.

언젠가는 돌아올 거라고 믿고 계속 기다렸지만 녹턴은 돌아오지 않았어. 마치 카논을 잃은 직후처럼, 내 삶은 황폐해져 갔어. 그러던 시기였어.

카에데안에서 초대장이 날아온 것은.

반려동물과 주인이 서로 후회를 남기지 않도록 도와드립니다. 카에데안에서 마지막 한때를 보내지 않으시겠습니까? 이 카페는 신비한 능력을 가지고 있어서, 반려동물과 주인이 직접 이야기를 할 수 있는 장소를 제공합니다. 다만 카페의 존재는 절대로 함구해 주시기를 부탁드립니다.

처음에는 당연히 믿지도 않았고, 수상한 사업 권유 같은 게 아닐까 의심했어. 하지만 지푸라기라도 잡아보자는 심정으로 초대장에 쓰여 있던 장소에 찾아갔던 거야.

"뭐야? 이 다 죽어가는 얼굴을 한 인간은? 당신 혼자? 반려동물은 어떻게 했어?"

거기서 소라 님을 만나게 되었던 거지.

* * *

내가 카에데안에 복귀한 것은 머리를 부딪힌 후 일주일 만의 일이었다.

"좋은 아침, 미노리 씨."

"좋은 아침입니다! 야히로 씨."

야히로 씨에 관해서 궁금했던 이야기를 전부 들을 수 있어서, 찜찜하던 마음이 깨끗이 사라진 덕분일지도 모른다. 자연스럽게 인사를 나눌 수 있었고, 야히로 씨의 눈을 보고도 허둥거리지 않을 수 있었다.

하지만 사실 나는 엄청난 고민을 숨기고 있다…….

"여어, 좋은 아침."

카운터에 앉아 있던 소라가 갑자기 인사를 했다. 나는 두 번 눈을 깜빡여서 마음을 진정시키고는, "좋은 아침이야! 소라!" 하고 활기찬 목소리로 인사했다.

소라는 그런 내 눈을 흘끗 들여다보았지만, 곧 만화책에 시선을 되돌리고 "오늘은 머리 박지 마"라고 얄미운 말을 지껄였다. 소라가 아무 말 하지 않는 것에 안심한 나는 "알았다니까!" 하고 가볍게 대꾸하고, 빠른 걸음으로 주방 쪽으로 향했다.

도중에 카운터에서 야히로 씨와 스쳐 지나갔지만, 시선을 마주쳤을 뿐 서로 말을 걸지는 않았다. 그리고 주방 안쪽에 있는 창고에서 코트를 벗고, 앞치마에 팔과 머리를 끼우고서, 크게 한숨을 쉬었다.

"하아……. 어떡하지……."

내가 고민하고 있는 것은 말할 필요도 없이, 야히로 씨의 일이다. 그날 밤, 야히로 씨는 마지막에 이렇게 말했다.

"나는 말이야, 녹턴을 잃은 그날부터…… 아니, 카논이 죽은 그 순간부터, 앞으로 나아갈 자격 따위 갖고 있지 않아. 앞으로도 거대한 상실감과 죄책감을 등에 지고 살아가게 될 거라고 생각하고 있어. 그러니까 만약 녹턴을 만나서 사과하고 작별 인사를 할 수 있다 하더라도, 계속 카에데안에서 일할 생각이야. 사람과 반려동물이 마지막으로 이별하는 장소인 카에데안을 지켜 나가는 것이 내가 할 수 있는 최소한의 속죄라고 생각하거든. 그럼 슬슬 가볼게. 이야기를 들어줘서 고마워. 덕분에 조금 개운해졌어. 이 답례는 나중에 꼭 해야겠군."

혼자서 병실에 남겨진 뒤에도, 나는 계속 생각했다. 뭘 해야 할까, 하고. 하지만 그 답은 아직도 발견하지 못했다. 애초에 완전히 외부인일 뿐인 내가 끼어드는 것 자체가 잘못일지도 모른다.

—인간이란 존재 중에는 말이야, 후회와 슬픔을 짊어지고 살아가야 하는 녀석도 있는 법이야. 그런 녀석의 마음속은, 남이 흙발로 짓밟을 만한 장소가 아니라고. 그걸 잊지 마.

새삼 소라의 말을 이해할 수 있을 것 같은 기분이다. 내가 손댈 수 없는 부분인 것이다……. 힘없이 고개를 떨구고 주방을 나왔다.

……그런데, 거기에서 소라가 기다리고 있었다.

"하여간, 다 죽어가는 얼굴을 하고. 완전히 '저는 지금 고민 중입니다'라고 얼굴에 써 붙여 놓고 있잖아."

소라는 팔짱을 낀 채 옆쪽을 향하고 있다. 역시 다 꿰뚫어 보고 있는 건가…….

"어쩔 수 없잖아. 정말 고민 중이니까."

"야히로의 일로?"

"……응. 저기, 소라! 나는 대체 어떻게 해야 할까? 뭐가 정답이야?"

"좀 있어 봐. 나는 네가 아니니까. 나에게 물어봤자 소용없어. 게다가……."

거기에서 말을 끊은 소라는 빙그르르 등을 돌리고는, 진지한 말투로 말을 이었다.

"너는 항상 '어떻게 해야 하는가'가 아니라 '어떻게 하고 싶은가'에 따라서 움직여 왔잖아."

따끔하게 가슴을 울리는 말이다. '어떻게 해야 하는가'가 아니라 '어떻게 하고 싶은가'…….

—후후, 미노는 변할 필요 없다고 생각해. 상대방의 일까지 진지하게 고민해서 행동으로 옮길 수 있는 사람은 난 미노밖에 모르는걸. 나는 미노가 내 친구여서 굉장히 자랑스러워.

이제 만날 수 없는 친구의 목소리가 서서히 가슴 안쪽에서 스며 나왔다. 그래도 나는 아직 결심이 서지 않는다. 왜냐하면 내가 하고 싶은 것이 이루어진다면, 야히로 씨는…….

나는 아랫입술을 꽉 깨문 채, 여전히 움직이지 못했다. 그러자 소라는 주방에서 나가려고 문 앞까지 갔다가 다시 한 번 내 쪽을 돌아보았다.

"정말이지, 두 사람 다 손이 간다니까."

중얼중얼 불평을 늘어놓으면서 성큼성큼 가까이 다가오더니, 얼굴을 붉히고는 입술을 삐죽거렸다.

"됐으니까, 가게 문 닫은 뒤에 몰래 밖에서 좀 기다려!"

"무슨 소리야?"

"네가 말하는 '정답'인가 뭔가를 발견할 수 있을 거라고 말해 주는 거야!"

너무 의외의 말이라 입을 반쯤 벌리고 멍하니 굳어버린 나를 곁눈질로 힐끗 보고서, 소라는 툴툴거리면서 카운터 쪽으로 사라져 버렸다.

일하기 전에는 그렇게 고민하고 있었는데, 일단 첫 손님을 맞이하자 마음이 정리되면서 접객에 집중할 수 있었다.

이날은 토요일이기도 해서 오픈부터 예약이 꽉 차 있었다. 시간은 순식간에 흘러서, 정신을 차려 보니 마지막 손님을 배웅하고 있었다. 조용해진 카페 안에서 한숨 돌리면서 내가 만든 직원 식사를 두고 식탁을 둘러쌌다.

"오므라이스다! 미노리! 내가 좋아하는 음식인 걸 용케 기억했군!"

"후후. 소라는 대부분의 음식을 좋아하잖아. 아, 피망에 다진 고기를 채운 건 싫어했었지?"

"맛있는 음식을 앞에 두고 피망 이야기 꺼내지 말라고……!"

우리의 대화를 야히로 씨가 다정한 눈빛으로 바라보고 있다. 평소와 다르지 않은 카에데안의 풍경에, '계속 이대로 있어도 좋지 않을까?' 하는 생각이 솟아오른다.

하지만 그들보다 한발 앞서 밖으로 나와 겨울의 차가운 공기가 뺨에 닿는 것을 느낀 순간, 정신이 번쩍 들었다.

소라의 말대로 조용히 밖에서 기다리기로 하자. 그렇게 하면 '정답'을 찾을 수 있다는 거지?

기대 반, 불안 반의 기분으로 발소리를 죽이며 카에데안 외부를 따라 반시계 방향으로 걸어갔다. 항상 소라가 앉아 있는 장소에서 벽을 사이에 둔 반대편으로 나왔다. 바로 옆에는 커다란 창문이 있어서, 오렌지색의 불빛이 새어 나온다. 그 창문이 살짝 열려 있어서, 안에서 나는 소리가 귀에 들어왔다.

달그락거리는 높은 소리는 야히로 씨가 커피잔을 정리하는 소리일 것이다. 그 후 성큼성큼 가죽 구두를 신고 나무 바닥을 걷는 발소리가 들린다. 카운터를 나와서 홀 안쪽으로 향해 간다.

거기에 있는 것은 분명…… 피아노다!

그것을 깨달은 직후, 투명감 있는 선율이 고막을 진동시켰다. 느리게 흘러가는 멜로디. 언젠가 들은 적이 있는 곡이다……. 클래식 음악을 좋아하는 아카네에게 끌려갔던 콘서트에서 연주되었던 곡이다.

분명 곡명은…… 쇼팽의 〈녹턴 제2번〉. 별명 '야상곡'. 그 이름대로 밤하늘에 녹아 들어가는 듯한 섬세한 선율이다.

두근두근 심장이 강하게 뛰고, 마음 깊숙한 곳에서 흘러나온 감정이 한 줄기 눈물이 되어 볼을 타고 흘렀다.

단지 곡이 아름다워서가 아니다. 이 곡을 연주하는 야히로 씨의 심정이 소리가 되어 심금을 울렸기 때문이다. 그리고 나는 그 연주에서 야히로 씨의 목소리를 분명히 들었다. 야히로 씨는 필사적으로 외치고 있다.

'여기에서 내보내 줘!'라고…….

야히로 씨는 지금 상실감과 죄책감이라는 단단한 쇠창살에 둘러싸인 감옥에 갇혀 있다. 겨우 일주일 전, 그는 "앞으로 나아갈 자격 따위 가지고 있지 않다"고 말했다. 하지만 본심은 달랐던 것이다.

멜로디가 빨라지면서, 곡의 분위기가 살짝 격렬해졌다. 가슴 깊은 곳에 묻어둔 새빨간 정열이 모습을 드러냈다.

'나는 피아노를 치고 싶어!'

그러나 겨울 숲은 용서 없이 그의 마음의 절규를 삼켜버린다. 아무에게도 들리지 않는다.

'이 소리를 들려주고 싶어. 카논과 녹턴에게. 부탁이야……'

마지막은 애원하는 듯했다. 다시 속도가 느려지더니, 희미하게 사라지듯이 곡이 끝났다. 여운이 비장하게 남아 감도는 와중에, 나는 무의식적으로 카에데안의 문을 열고 있었다.

"미노리 씨……?"

"야히로 씨! 제가 녹턴을 만나게 해 드릴게요! 그러니까 약속해 주세요! 그때는 다시 한 번 앞으로 나아가겠다고!!"

그것이 내가 찾아낸 '정답'이었다.

되살아나는
녹턴

✷

녹턴을 만나게 해주겠다고 야히로 씨에게 약속한 밤. 좀처럼 잠이 오지 않았지만, 간신히 깊은 잠에 든 나는, 꿈을 꾸고 있었다.

"후후. 여전히 미노는 덜렁이라니까."

그리운 목소리. 코를 찌르는 특유의 소독약 냄새. 눈앞은 완전히 깜깜했지만, 여기가 어디인지, 나는 분명히 알고 있다.

병원이다. 분명 고등학교 2학년 때의 가을, 아카네와 둘이서 친구인 아야카의 병문안을 갔던 그날이다. 그곳은 벚나무가 보이지 않는 병실이었다.

"아니, 아니야! 그건 나카무라 선생님이 잘못한 거야! 왜냐면 지난달 허리를 다쳤던 참이거든. 그런데도 서류를 잔뜩 끌어안고 나르고 있었다니까."

"하하하! 그렇다고 지각할 뻔한 상황에서 그걸 전부 날라주고 와서 복도에서 뛰니까 그렇게 되는 거야! 이마에 커다란 혹이 난 정도로 끝난 게 다행이지! 역시 미노, 운이 억세게 좋다니까."

"뭐야! 아카네! 지금 날 놀리는 거지!?"

"자자, 일단은. 별일 없어서 얼마나 다행이야. 게다가 미노의 평소 행실이 바르니까 큰 문제 없이 끝난 거라고 생각해."

"우왕, 난 그래서 아야카가 좋다니까. 비꼬기나 하는 누구씨와는 달리 나의 장점을 알아주니까 말이야."

"흥! 비꽈서 미안하게 됐네! 아이, 아야카도 참! 그렇게 미노를 오냐오냐 하니까 아무리 시간이 지나도 얘가 바뀌질 않는 거야. 조금은 혼내 줘야지!"

……그립다. 나와 아카네와 아야카. 우리 셋은 고등학교 입학식 날 어쩌다 같은 타이밍에 교문을 통과한 것이 인연이 되어 친해졌다. 그대로 단짝 친구가 되기까지 시간은 그리 오래 걸리지 않았다.

매일 아침 역 개찰구 앞에서 만나서, 점심은 항상 내 자리에서 모여 먹고, 학교가 끝난 뒤에는 꼭 패밀리 레스토랑의 창가 자리를 차지했었지…….

"미노리, 혹시 그거 알아?"

드링크 바에서 가져온 얼그레이 홍차를 손에 들고, 아야카가 시선을 위로 해서 내 얼굴을 들여다보았다. 이런 행동을 할 때면 꼭 아야카의 취미에 대한 이야기가 나오곤 한다.

"오쿠니누시노카미大国主神라고 하는 신이 있는데…… 왜, 다이코쿠大黒라는 이름으로 더 잘 알려져 있어. 그 다이코쿠 님에게는 여섯 명의 아내가 있고, 자식도 굉장히 많았어!"

그렇다. 아야카는 신화 마니아였다. 틈만 나면 일본만이 아니라 세계 각국의 신화를 닥치는 대로 읽었던 것을 뚜렷하게 기억하고 있다.

"아하하! 그런 거를 어떻게 알아. 아야카는 너무 마니악하다니까."

"음악 마니아인 아카네에게 그런 말 듣고 싶지 않아."

좋아하는 초코 파르페를 긴 스푼으로 떠 먹고 있던 나는 두 사람 사이에 끼어들었다.

"그래그래, 아야카의 이야기를 한번 들어보자."

"후후, 역시 미노 같은 친구를 둬야 한다니까. 사랑해! 그래서 말이야, 다이코쿠 님의 마지막 아내는 도토리노카미鳥取神라고 하는데, 그 정체는 잘 알려져 있지 않아. 영혼을 운반하는 새와 관련이 있다는 것 같지만 말이야."

"오오, 유령이 새에게 운반되어서 저세상으로 가는구나. 좀

로맨틱한걸?"

아카네가 감탄하는 표정으로 턱을 괴었다. 그런 아카네의 어깨에 아야카가 팔을 둘렀다.

"후후. 그렇지? 죽으면 커다란 새와 함께 하늘을 날아갈 수 있다니 멋지지 않아? 어떤 경치를 볼 수 있을까? 그래! 다음에 다 같이 다이코쿠 님과 그 부모 신을 모신 가와고에의 히카와 신사에 가보자!"

"에이, 일부러 가와고에까지 가기는 좀 귀찮지 않아?"

"그런가. 그럼 아카네는 빼고 가야겠다. 거기가 인연을 맺어주는 신사로 유명한데 말이야."

"인연을 맺어준다고!? 나도 갈래! 언제 갈래? 오늘!?"

"아카네도 참. 인연을 맺어준다니까 너무 좋아하는 거 아니야?"

"그럼 반대로 묻겠는데, 미노는 어떻게 그렇게 냉정한 거야?"

"이미 남자친구가 있어서 그런 거 아닐까?"

"아야카!?"

"말도 안 돼! 아니, 진짜 그런 것 같은데! 대체 어떤 남자야!? 가르쳐 줘!"

"아니, 잠깐만, 아카네까지 그러기야? 남자친구 없다니까."

그래……. 그렇게 우리는 항상 함께 있었다. 하지만 고등학교 1학년이 끝날 무렵, 몸 상태가 안 좋아진 아야카는 그길로 입원해버렸지. 그래도 그때는 우리 셋의 관계가 영원히 변하지 않을 거라고 굳게 믿고 있었는데.

"나, 졸업할 수 있을까?"

"무슨 소리야, 아야카! 당연히 할 수 있지! 우리 반드시 함께 졸업할 거니까!"

"후후, 미노는 다정하구나."

"참, 그럼 졸업여행은 아야카가 가고 싶은 곳으로 가자!"

"정말? 그래도 돼?"

"응, 당연하지! 어디가 좋아?"

"어디 보자……. 그럼 이즈모타이샤出雲大社*!"

"아하! 아야카답다. 좋아, 가자. 이즈모타이샤! 그러니까 빨리 건강해져야 해!"

"응. 고마워. 미노, 아카네."

처음 만났을 때부터 아야카의 피부는 비쳐 보일 듯이 하얬는데, 이 무렵에는 한층 더 투명해진 아름다운 피부를 갖고 있었다. 거기에서 눈치챘어야 했는데, 나는 그러지 못했다.

* 일본에서 가장 오래된 역사서에 창건 유래가 기록되어 있을 정도로 유서 깊은 신사로, 인연을 맺어주는 신으로 알려진 '오쿠니누시노카미'를 모신 곳이다.

아니, 사실은 눈치채고 있었는지도 모른다. 하지만 모르는 척하고 있었다. 이제 아야카와 이별할 날이 다가오고 있다는 사실을.

* * *

카에데안의 정기 휴일인 목요일 오후, 나와 소라는 우리가 처음 만난 카페 오이모에 와서 마주 앉아 있었다. 그렇다고 데이트를 하거나 놀러 나온 것은 아니다. 이것은 비즈니스다.

"그래서? 큰소리 탕탕 쳐놓고는, 뭘 하면 좋을지 몰라 나에게 울면서 매달리는 거야?"

인상을 쓰면서 그렇게 묻는 소라에게 나는 뺨을 불룩하게 부풀리며 반론했다.

"울면서 매달리다니 무슨 소리야. 거래라고, 거래. 소라도 좋다고 여기까지 따라왔잖아."

"그런 걸 생떼라고 하는 거야! 대체 너는 왜 항상 그 모양이야? 아무 생각 없이 냅다 달려들기나 하고!"

소라가 그렇게 말하는 중에, 한없이 밝은 목소리가 들려왔다.

"오래 기다리셨습니다! 저희 카페의 스페셜 메뉴 고구마 가득 파르페입니다!"

이전과 같은 점원 언니가 눈부시게 웃는 얼굴로 높이 30센티의 거대 파르페를 테이블에 내려놓았다. 소라의 입에서 기쁨의 환호성이 터져 나왔다.

"오오오오!!!! 나왔다!!!!"

방금 전까지의 찌푸린 얼굴은 어디로 갔는지, 소라는 눈을 일등성처럼 빛내며 몸을 앞으로 내밀었다. 그러나 나는 그 길쭉한 유리컵을 스르륵 내 앞으로 끌어다 놓았다.

"이봐! 무슨 짓이야! 돌려줘!!"

"안 돼! 거래에 응하겠다고 약속하지 않으면 한 입도 주지 않을 거야!"

나는 더 이상 논의의 여지가 없다는 것을 보여주기 위해 긴 스푼으로 고구마 아이스크림을 떠서 내 입으로 가져가려 했다.

"으윽. 파르페를 인질로 삼을 줄이야……. 더러운 수작을."

그리고 스푼이 막 입에 들어가려 한 순간, 소라는 털썩 어깨를 떨어뜨렸다.

"알았어. 협력하면 되잖아."

"후후. 처음부터 순순히 그렇게 말하면 좋았을 것을."

나는 스푼을 앞에 앉은 소라의 입으로 가져갔다. 소라는 그것을 덥석 받아먹었다. 그리고 불과 15초가 지난 지금, 소라는 아이스크림을 홀랑 다 먹어치우고 이제 고구마 칩을 갉아

먹기 시작했다.

전부 다 먹어버리기 전에 본론으로 들어가지 않으면, 거래를 파기 당할 가능성이 있다. 그래서 나는 단도직입적으로 말을 꺼냈다.

"야히로 씨의 집에 초대장이 왔는데, 녹턴은 왜 나타나지 않았어?"

"그걸 내가 어떻게 알아."

"그럼 녹턴은 지금 어디 있어?"

"하아? 내가 왜 고양이 한 마리가 어디 있는지를 일일이 알아야 하는데? 세상에 고양이가 얼마나 많은 줄 알아?"

"그럼 말이야, 카에데안의 초대장은 누가 보내는 거야? 그 사람이라면 뭔가 알고 있을지도 모르잖아!"

"글쎄. 적어도 나는 아니야."

아무리 질문을 해도 모른다는 말밖에 돌아오지 않으니, 나도 모르게 울컥했다.

"아, 진짜, 그러니까 소라는 신이라며!? 제대로 대답 좀 해봐!"

평일이라 사람이 드문 카페 안에서 내 목소리가 크게 울려 퍼졌다. 다른 손님들의 눈까지 일제히 내 쪽을 향했다……. 나는 당황해서 아까의 점원에게 말을 걸었다.

"커, 커피 한 잔 주세요! 뜨거운 걸로요!"

소라와 만났을 때와 마찬가지로 필사적으로 눈짓을 한다.

"네, 알겠습니다. 커피 한 잔 주문 받았습니다!"

점원은 크게 고개를 끄덕이고는 밝은 목소리로 카페 내에 감도는 적막을 깨고, 다른 손님에게도 말을 걸기 시작했다.

역시 대단해. 완벽하게 시선을 돌려주고 있어.

역시 저 사람과는 친구가 될 수 있을 것 같은 느낌이다. 마음속으로 점원을 향해 엄지를 척 치켜세운 뒤, 나는 목소리를 작게 조절해 소라를 추궁했다.

"그렇게 빼지 말고 가르쳐 줘. 협력하기로 했잖아."

"협력은 하지만, 모르는 걸 안다고 할 수는 없잖아."

"윽……. 그럼 대체 녹턴을 어떻게 찾으라는 거야?"

"알 게 뭐야! 애초에 황천이라면 몰라도, 현세의 일을 전부 아는 신은 없다니까!"

그 말에 나는 눈이 번쩍 뜨이는 것 같은 기분을 느꼈다.

"……그렇다는 건, 황천에 대해서라면 전부 알고 있는 신이 있다는 거네?"

이미 거대 파르페를 반 이상 먹어 치운 소라는 스푼을 쥔 손을 멈추지 않고 무심히 대답했다.

"뭐 그렇지. 황천에 온 영혼을 맞이하는 신이라면, 언제 누가 왔는지 전부 알고 있을 거야."

"황천에 온 영혼을 맞이하는 신이라……."

손으로 턱을 괴고 생각에 잠긴 나를 수상쩍다는 듯이 바라보고 있던 소라는, 뭔가 생각난 것이 있는지 갑자기 흠칫 놀라며 얼굴이 창백해졌다.

"너 설마……."

"응. 역시 이 방법밖에 없겠어."

나직이 중얼거린 나는 테이블 위에 양손을 내려놓았다. 소라는 고개를 좌우로 흔들었다.

"네 생각을 굳이 말 안 해도 알겠어. 하지만 그만둬. 제정신으로는 할 짓이 못 되니까."

"걱정할 필요 없어. 어차피 처음부터 제정신으로 나갈 생각이 없었으니까."

"하지만 너……."

뭔가를 더 말하려고 하는 소라를 제지하듯이, 나는 몸을 앞으로 쭉 빼고 부탁하려는 것을 입 밖에 냈다.

"소라! 나를 황천에 데려가 줘!"

파르페를 3분의 1 정도 남긴 채, 물을 벌컥 들이켠 소라는 몸을 내민 나에게 얼굴을 바싹 가져다 붙였다.

"미노리, 살아 있는 인간이 황천에 간다는 게 얼마나 위험한 일인지 알아?"

그 어느 때보다도 진지한 표정과 안색이다. 찬물을 뒤집어쓴 것처럼, 방금 전까지의 흥분이 식어간다. 온몸에서 힘이 빠져나와, 털썩 의자에 주저앉았다.

"……그거야 모르지만……."

"모든 것을 납득하고 육체의 죽음을 맞이한 녀석만 있는 게 아니야. 그 녀석들은 틈만 나면 이 세상으로 돌아오려고 벼르고 있는다고."

"무슨 뜻이야?"

"즉 살아 있는 채로 황천에 가면, 몸을 빼앗길 수도 있다는 거야. 그렇게 되면 미노리의 영혼은 황천에서 평생 자신의 몸을 찾으면서 떠돌게 된다고!"

전혀 현실감 없는 이야기지만, 소라의 올곧은 시선으로 보아 거짓말을 하는 것으로는 보이지 않았다. 낯선 장소에서 정처 없이 헤매는 내 모습을 상상하자, 얼굴에서 핏기가 싹 가시고 말문이 턱 막혔다.

소라는 빨리도 의기소침해진 나에게서 눈을 떼고, 남은 파르페를 해치우기 시작했다.

"……하여간. 그리고 만약 녹턴이 황천에서 발견됐다고 하면, 뭘 할 생각이었는데?"

"……데리고 돌아와야……겠지?"

꺼질 듯한 목소리로 대답하는 것이 고작인 나에게 소라는 마지막 일격을 가했다.

"하아? 그렇게는 안 되지. 녹턴에게는 몸이 없잖아. 절대 무리야. 무리, 무리, 무리! 황천에 가다니, 바보 같은 생각은 이제 그만두라고!"

그러나 바로 그 순간이었다. 기사회생의 아이디어가 슬며시 떠오른 것은……. 즉, 그렇다면 나의 몸을 녹턴에게 빌려주면 된다. 그리고 야히로 씨와 녹턴의 대화가 끝나면, 원래대로 돌려놓으면 되는 것이다.

이 아이디어가 실현 가능한지, 소라에게 확인해 보기로 했다.

"그럼 몸만 있으면 이쪽 세계로 돌아올 수 있다는 거야?"

내 목소리에 기운이 돌아온 것을 예리하게 알아챘는지, 소라는 나에게 시선을 되돌렸다.

"말해 두지만, 나는 반대니까 말이야!"

"아직 아무 말도 안 했거든!"

나는 다시 몸을 앞으로 내밀었다. 소라도 다시 내 쪽으로 얼굴을 바짝 붙여왔다.

"말하게 가만둘 줄 알아?"

"협력해 주기로 약속했잖아!"

"그거랑 이거는 다른 얘기지. 위험을 무릅쓰고 황천에 가서 자기 몸을 녹턴에게 빌려주겠다는 소리를 하는데, 그런 터무니없는 짓은 백 번을 하면 한 번 성공할까 말까 하니까 말이야!"

"그렇다는 것은 성공할 가능성은 있다는 얘기네?"

저절로 입가에 씩 미소가 떠올랐다. 소라는 얼굴이 창백해지며 거부 의사를 표시했다.

"아니, 아니라고! 이건 네가……."

나는 테이블에 두 손을 탁 짚고 자리에서 일어섰다.

"그럼 결정한 거다!"

소라는 나를 올려다보며 반론하려고 입을 움직이고 있다. 그러나 나는 "말하게 가만둘 줄 알아?"라고만 말하고, 점원이 서 있는 계산대 쪽을 향해 걸어갔다.

* * *

다음 날, 쇠뿔도 단김에 빼라는 말을 따르기로 한 나는 카에데안이 폐점한 뒤에 그 작전을 결행하기로 했다.

참고로 야히로 씨에게는 "오늘 밤 일이 끝난 뒤에 시간 좀 내주세요!"라고만 말해 두었다. 왜냐하면 내가 황천에 가서 녹턴에게 몸을 빌려주려 한다는 이야기를 했다가는 반대할 것이 뻔하니까.

그리고 나의 몸에 들어온 녹턴은 카에데안에서 야히로 씨와 이야기가 끝나면 소라가 황천으로 데리고 돌아가고, 나는 내 몸으로 돌아간다는 순서다.

"정말 할 생각이야?"

오늘의 마지막 손님인 앵무새 큐의 황천길 배웅을 떠나기 전에 소라가 나에게 다시 한 번 물어왔지만, 나는 별것 아니라는 듯이 가볍게 대꾸했다.

"이제 와서 무슨 소릴 하는 거야?"

"하여간, 어떻게 돼도 난 모른다."

"후후. 괜찮다니까! 잘 될 거야!"

사실 본심은 상당히 불안했지만, 그것을 밖으로 드러냈다가는 작전이 중지되어 버릴 수도 있다. 그래서 나는 소라로부터 앵무새 큐에게 시선을 옮기고, "안녕, 잘 가렴! 저쪽에서도 건강하게 지내야 해!" 하고 밝게 인사를 하면서 말을 돌렸다.

소라가 황천길 배웅을 가 있는 사이에 나와 야히로 씨는 손님의 배웅을 끝내고, 가게를 닫을 준비를 시작했다. 평소라면 그날 있었던 사건이나 손님에 대한 이야기를 혼자서 종알종알 쏟아내는 내 입이, 이때만은 위아래 입술을 꿰매 놓은 것처럼 전혀 움직이지 않았다.

나 다음으로 잘 떠드는 소라도 평소에는 10분 정도면 충분히 돌아오는 것을 오늘은 20분이 지나도 돌아오지 않아서, 카페 안은 쥐 죽은 듯 고요한 채로 청소가 끝났다. 카운터에서 한숨 돌리고 있었더니, 야히로 씨가 커피를 내밀며 물어왔다.

"슬슬 이야기해 주지 않겠나? 오늘 밤 미노리 씨는 뭘 할 생각인 걸까?"

온화하지만 빠져나갈 구멍을 찾을 수 없는 말투다. 게다가 이제 잠시 후면 어차피 작전의 내용은 들킬 수밖에 없다.

그래서 나는 자세하게 설명을 했다. 모든 이야기를 다 듣고서, 야히로 씨는 작게 한숨을 쉬며 자신의 컵을 입으로 가져갔다.

"역시 반대……하시는 건가요?"

커피잔으로 얼굴의 아래 절반을 숨기면서 조심스레 물어본 나에게, 야히로 씨는 눈을 가늘게 뜨며 미소 지었다.

"반대해도 그만둘 생각은 없는 거겠지?"

나는 말없이 고개를 끄덕였다.

"그렇다면 반대는 하지 않겠어. 하지만 하나만 물어봐도 될까?"

다시 한 번 말없이 고개를 끄덕였다.

"미노리 씨는 대체 왜 그렇게까지 해서 내가 녹턴을 만날 수 있도록 애쓰는 걸까?"

"야히로 씨가 앞으로 나아가기 위해서예요. ……하지만 이건 표면상의 이유고, 사실은 제가 앞으로 나아가기 위해서라고 생각해요."

"미노리 씨가 앞으로?"

야히로 씨는 고개를 갸웃거리며 눈을 크게 떴다. 나는 호흡을 가다듬은 뒤, 지금까지 누구에게도 털어놓지 못했던 마음 속 이야기를 하기 시작했다.

저는 벌써 10년 넘게 후회하고 있는 일이 있어요…….

친한 친구가, 이름은 아야카라고 하는데요. 심각한 병으로 계속 입원해 있었어요.

고등학교 3학년 봄이 되자 아야카는 이제 움직일 수 없는 상태가 되어서, 의사 선생님이 친구인 우리들에게도 무리하지 않도록 주의해 달라고 말해 둔 상황이었어요.

그런데 아야카는 "호마레자쿠라*가 보고 싶다"고 저에게 부탁했어요. 호마레자쿠라라고 하는 것은 신가시카와新河岸川 강변에 있는 벚나무 가로수길을 말하는 거예요.

저는 "병이 다 나으면 내년에 보러 가자!"라고 아야카의 부탁을 거절했어요. 아야카라면 절대로 병에 지지 않고 건강해질 수 있을 거라고 믿었거든요. 그러니까 지금은 의사 선생님 말씀에 따라야 한다고 생각했어요. 아야카는 "그건 그래"라고 말로는 납득했다고 하면서도 표정은 슬퍼 보였어요.

그로부터 며칠 뒤에 아야카는 세상을 떠났어요.

* '호마레'는 명예라는 뜻이다. 1957년 가와고에의 화과자점, 가메야 에이센의 당주가 제2차 세계대전에서 사망한 병사들의 영혼을 위로하기 위해 신가시카와 강변에 총 300그루의 벚나무를 심고 '호마레자쿠라'라고 명명했다.

저는 굉장히 후회했어요. 왜 아야카의 마지막 소원을 들어 주지 않았을까 하고. 그때부터 저는 다른 사람의 눈치를 자꾸 보게 되었어요.

상대방을 상처입히는 게 무서워서, 본심을 드러내는 것이 불가능해져 버렸던 거예요. 그런 자신을 바꾸고 싶다고 계속 생각해 왔어요. 하지만 10년 넘도록 전혀 바뀌지 않았죠…….

바람 피운 남자친구에게 차였을 때도, 근무하던 회사에서 억울한 상황에 처해도, 저는 아무 말도 하지 못했어요.

아, 그때의 '후회'를 짊어진 채로, 앞으로도 살아가야만 하는구나…….

그렇게 포기하려던 참이었어요. 하지만 소라를 만나고, 카에데안에서 일하게 되고부터 다시 한 번 앞으로 나아가고 싶다고, 생각하게 되었어요.

아마도…… 아니, 분명히 주인과 반려동물들이 아무리 슬퍼도 앞으로 나아가고자 필사적으로 노력하는 모습을, 계속 가까이에서 지켜봐 왔기 때문일 거예요. 하지만 후회를 버리고 앞으로 나아가려면 어떻게 해야 할지를 알 수가 없었어요.

그때였어요. 야히로 씨로부터 숨겨 두었던 이야기를 듣게 된 것은.

여기서 나는 말을 끊었다.

"미노리 씨……."

야히로 씨의 온기 어린 목소리 때문인지, 두 눈에서 눈물이 흘러나왔다. 하지만 아직 아무것도 시작되지 않았어. 울고 있을 때가 아니야. 눈물을 벅벅 닦고, 배에 힘을 꽉 주고 말을 이었다.

"저와 똑같다고 생각했어요."

야히로 씨가 눈을 동그랗게 뜨고 나를 바라보았다.

"아, 물론 저와 달리 야히로 씨에게는 훌륭한 재능이 있다는 것은 알고 있어요. 하지만 후회를 짊어진 채 앞으로 나아가지 못하고 있다는 점은 완전히 똑같구나, 하고 생각했어요. 그리고 피아노 연주를 통해서, 야히로 씨의 마음속 비명을 들었어요. 앞으로 나아가고 싶어서 필사적으로 발버둥 치고 있다는 걸. 그것도 저와 똑같아요……."

야히로 씨는 입을 굳게 다문 채, 나를 바라보고 있다. 부정도 긍정도 하지 않지만, 내 말을 받아들이려 하고 있다는 것만은 알 수 있었다. 그래서 나는 더 이상 망설이지 않고 또박또박 말을 이었다.

"그러니까 야히로 씨가 앞으로 나아갈 수 있다면, 저도 그럴 수 있을 거라는 생각이 들었어요."

여기서 나는 다시 한 번 호흡을 쉬었다. 그렇다……. 이것은 야히로 씨만의 문제가 아니야. 나 자신의 문제이기도

하다.

그러니까, 나는 물러서지 않을 거야. 앞으로 아무리 위험한 일이 기다리고 있다고 해도, 누가 아무리 반대를 하더라도…….

"확신은 없어요. 하지만 믿고 있어요. 야히로 씨도 저도 후회를 버리고, 앞으로 나아갈 수 있을 거라고. 그리고 그 계기는 야히로 씨가 녹턴을 만나 이야기를 나누는 것에서 시작될 거라고 생각해요."

"그런가……."

야히로 씨는 말을 끊고, 느린 움직임으로 커피를 입에 가져갔다. 그리고 잠시 지나 커피잔을 컵받침에 내려놓은 후, 나와 눈을 맞추고는 살짝 머리를 숙였다.

"잘 부탁해. 나를 녹턴과 만나게 해 줘. 미노리 씨를 믿으니까."

뱃속에서부터 뭔가가 뜨겁게 치밀어 올라와서, 온몸이 뜨거워졌다. 조금이라도 방심하면 다시 눈물이 날 것 같다.

그것을 어떻게든 넘겨 보려고 단숨에 커피를 비웠다. 거의 동시에 딸랑딸랑 도어벨이 울리고, 소라가 돌아왔다.

"황천으로 갈 시간이다! 미노리! 따라와!"

나는 벌떡 자리에서 일어나, 야히로 씨에게 눈길을 보냈다. 야히로 씨가 부드럽게 미소 지으며 작게 끄덕였다. 마치 뒤에서 등을 밀어준 것 같은 기분이 들었다.

"다녀오겠습니다!"

이렇게 해서 태어나서 첫 번째, 나의 '황천길 배웅'의 막이 열렸다.

* * *

카에데안을 나와 숲속을 걸어갔다. 불빛이 없어 걷기가 힘들었다.

"돌아가려면 지금이야."

내 앞을 걷던 소라가 이쪽을 돌아보지도 않고 말을 걸었다. 그러나 내가 아무 대답도 하지 않은 것은 넘어지지 않고 소라의 뒤를 따라가느라 필사적이었기 때문이다.

한편 소라도 그 이상은 아무 말도 하지 않았다. 마른 가지를 밟을 때 나는 뚝뚝 소리만이 나무들 사이를 빠져나갔다. 대체 어디까지 가는 걸까, 의문이 생기기 시작할 무렵 소라가 발을 멈췄다.

바로 눈앞에는 아주 작은 방 정도 넓이로, 지면에 검은색 흙이 드러나 있는 부분이 있다. 그 부분에는 부자연스럽게 나무가 전혀 자라지 않아서, 매우 수상해 보였다.

"거기서 꼼짝 말고 보고 있어."

소라는 그 지면 가장자리에 서서, 쾅! 하고 오른발로 발을 굴렀다. 그 직후, 드드드득 하는 굉음과 함께 지면이 갈라지더니, 지하로 이어지는 비탈길이 나타났다.

"깜짝이야……."

솔직한 감상이 입에서 흘러나왔다. 소라는 슬쩍 내 쪽을 돌아보고는 "놀랐지?" 하고 득의양양한 얼굴을 했다. 그 표정이 너무 얄미워서, 뭐라고 한마디 해주지 않고는 직성이 풀리지 않는다.

"죽으면 하늘 저편으로 가는 거라고 생각해서 놀란 것뿐이거든."

"흥. 여전히 솔직하지 못하구먼. 그러니까 남자가 한 명도……."

"쓸데없는 말은 그만! 시간이 없어!"

"어이! 기다려! 네 멋대로 가지 마!!"

비탈길은 좁은 통로처럼 되어 있어서, 의외로 따뜻했다. 게다가 바닥은 널찍한 돌로 포장되어 있고, 벽에는 횃불이 걸려 있어서 걷기 편하다. 거침없이 앞으로 나아가자, 앞쪽에서 점 같은 하얀 빛이 보이기 시작했다.

저 앞이 황천이 틀림없다. 사후세계라든가, 신이라든가, 그런 것을 전혀 모르는 나지만, 그렇게 확신했다. 자연히 발걸음이 빨라졌다.

"어이, 미노리! 위험하니까 기다리라고!"

도저히 기다릴 수가 없다. 이 비탈길의 끝에, 내가 찾던 답이 있다는 거니까. 어느새 빠른 걸음이 전력 질주로 바뀌었다. 숨이 차지만 힘들지 않다. 그래서 계속 온 힘을 다해 팔다리를 움직였다.

앞으로, 앞으로, 앞으로!

그리고 드디어 빛 저편으로 뛰어든 순간이었다.

"어?"

다리가 갑자기 가벼워졌다. 혹시…… 하며 슬쩍 아래쪽을 보았다.

"말도 안 돼……."

말도 안 되지만 현실이다. 지면이 없다……!

"꺄아아아아아악!!"

비명과 함께 급강하가 시작된다. 저 멀리 아래쪽으로 보이는 것은 울퉁불퉁한 바위들. 이대로 떨어지면 큰일이다! 하지만 팔다리를 휘저어 본들, 날 수 있을 리가 없다.

이제 틀렸어…….

그렇게 포기한 순간이었다. 내 바로 위를 검은 그림자가 지나갔다.

푸드덕!

커다란 날개가 날갯짓하는 소리와 함께 소라의 목소리가

들렸다.

"그러니까 내가 말했잖아. 위험하니까 기다리라고."

그 직후, 내 몸은 크고 푹신한 장소 위에 떨어졌다. 게다가 따뜻하다. 마치 생명체 같다.

……아니, 생명체다. 왜냐하면 얼굴을 들자 눈앞에 둥근 머리가 뚜렷하게 보이니까. 무슨 일이 일어났는지 몰라서 당황하고 있는 내 귀에, 한 번 더 소라의 목소리가 들렸다.

"떨어지지 않게 조심해."

틀림없다. 지금 내가 있는 곳은 소라의 등 위다. 좌우를 둘러보자, 무지개색으로 빛나는 커다란 날개가 눈에 들어왔다.

"새……."

그래, 새다. 그러니까 소라가 커다란 새로 변신한 것이다.

아야카가 영혼을 운반하는 새의 이야기를 해 주었을 때 가르쳐 주었던 내용이 어렴풋이 떠올랐다.

"옛날부터 영혼을 황천으로 운반하는 것은 뱀이나 용의 역할이라고 믿는 사람이 많았어. 그 증거로 봉쓰나盆綱라고 해서, 지푸라기로 뱀이나 용의 모양을 본떠서 만든 형상을 아이들이 짊어지고 마을을 행진하는 풍습도 남아 있을 정도니까 말이야. 사람들은 분명 뱀이나 용이 영혼을 운반했다고 믿었어. 하지만 용이나 뱀만이 아니라, 새도 영혼을 운반한다고 믿는 경우도 많았어."

머리에서 꼬리까지 금색 깃털을 두르고, 머리 꼭대기에는 빨간 깃털 두 개가 관처럼 솟아 있다. 뒤를 돌아보면, 형형색색의 기다란 꼬리 깃털 다섯 개가 기분 좋게 휘날리고 있다.

어딘가에서 본 적이 있는 것 같은데, 뭐였을까?

내 생각을 꿰뚫어 보기라도 한 듯이, 소라의 목소리가 들렸다.

"인간 세상의 1만 엔 지폐 알지? 거기에 내 모습이 인쇄되어 있어."

"아, 분명 최근에 퀴즈 방송에 나왔었는데. 뭐였더라……. 뵤도인平等院*의 봉황!"

"뵤도인이 뭔지는 모르겠지만, 봉황이라는 건 맞췄어."

봉황이란 중국 신화에서 전해지는 전설의 영조라는 자막이 퀴즈 방송에서 지나간 것을 어렴풋이 기억하고 있다.

설마 소라가 봉황이었을 줄이야……. 하지만 그런 비현실적인 말을 듣고도 그다지 놀라지 않은 것은 카에데안에서 일하면서 미지의 세계에 대한 면역이 갖춰졌기 때문일까?

"전에도 말했지만, 여기에는 너의 몸을 빼앗고 싶어 하는

* 1052년에 창건된 일본 교토에 소재한 불교 사찰. 봉황이 날개를 편 모습을 하고 있다는 봉황당이 유명한데, 이 건물은 10엔 동전 앞면에 새겨져 있기도 하다. 봉황당 지붕 위에는 두 마리의 금동 봉황상이 올려져 있는데, 이 봉황상은 1만 엔 지폐 뒷면 도안으로 들어가 있다.

영혼이 우글우글하거든. 그러니까 멋대로 움직이지 마."

"알았어, 소라. 구해줘서 고마워."

"뭐야? 이상하게 솔직한걸? 당황스럽잖아."

"뭐야! 그럼 여기서 난리를 치면 만족하겠어?"

"바보! 그런 짓을 했다가는 다시는 안 구해 줄 거야!"

"후후. 농담이야. 황천 세계에서는 소라 말을 잘 들을게."

"……하여간. 인간의 세계에서도 잘 들으라고. 뭐, 됐어. 자, 그럼 꽉 붙잡아. 좀 빨리 날 테니까!"

소라가 속도를 끌어 올렸다. 볼에 와 닿는 바람이 기분 좋다. 간신히 마음에 여유가 생겨서 주위를 둘러볼 수 있었다. 하늘은 온통 시커멓게 물들어 있었지만, 신기하게도 시야는 트여 있었다. 비유하자면 황혼 무렵 정도의 밝기다.

지상은 여전히 돌밭이 계속되고 있지만, 앞으로 나아갈 때마다 큰 바위는 적어지고, 작은 자갈이 많아지는 느낌이다. 마치 강변의 자갈밭 같다. 그렇게 생각하는 사이에 저 앞쪽으로 커다란 강이 보이기 시작했다.

"저기다!"

그렇게 외친 소라는 세 번 크게 날개를 퍼덕였다. 속도가 더욱 빨라진다. 나는 등에 난 깃털을 꽉 붙잡고, 자세를 낮췄다.

시야에는 검은색 강 표면이 뚜렷하게 펼쳐져 있다. 그리고 이쪽 강변에 작은 배와 그 옆에 복숭아색 기모노로 몸을 감싼

호리호리한 여성이 보였다.

"저 사람은 누구야?"

"도토리노카미라는 이름의 신이야."

"아! 그 이름 들은 적이 있어! 아야카가 가르쳐 준 신의 이름이었어! 분명 '영혼을 나르는 새를 붙잡는다'고 했던 것 같은데……. 혹시 그 새가 소라야?"

"아야카가 뭐 하는 사람인지는 모르지만 뭐, 대충 그 비슷해."

도토리노카미라 불린 여성도 우리를 눈치챈 것 같다. 하얗고 가느다란 오른손을 들어 올리며 미소 짓고 있다. 겉보기에는 우리 엄마와 비슷한 연배일까? 하지만 요염함이 느껴지는 입매와 날카로워 보이지만 아름다운 용모에서는 신성함이 느껴져서, 보고 있는 것만으로도 가슴이 두근거렸다.

"이제 내려간다."

서서히 고도와 속도를 낮춘 끝에 소라는 도토리노카미 앞에서 지상에 내려앉았다. 내가 소라의 등에서 내려오자 소라도 인간의 모습으로 되돌아갔다.

"어머나, 이미 군. 오늘은 늦게까지 고생이 많네요."

이미 군? 미간을 찌푸리며 소라 쪽을 보았지만, 소라는 나를 무시하듯이 한 걸음 앞으로 나가 입을 삐죽거렸다.

"그러니까 그 이름으로 부르지 말아 줘. 인간 세계에서는

'소라'라고 불리고 있으니까."

"후후, 그랬지요. 그런데 저 아이, 실체가 있는 모양인데, 설마 살아 있는 아이를 데려온 건가요?"

도토리노카미의 가느다란 눈이 내 쪽으로 향한다. 말투는 평온하지만 시선은 찌를 것처럼 예리해서, 나도 모르게 등줄기에 바짝 힘이 들어갔다.

"아아, 실은 여기에 볼일이 있어서 말이야. 그게 끝나면 바로 원래 세계로 돌아갈 거야."

"볼일?"

도토리노카미가 고개를 갸웃거리는 것을 신호 삼아, 나는 소라 옆에 나란히 서서 빠른 말투로 말을 쏟아냈다.

"저는 녹턴이라고 하는 검은 고양이의 영혼을 찾고 있어요! 부탁드려요! 어디에 있는지 가르쳐 주세요!!"

"미안해서 어쩌나. 저는 알지 못해요."

담담한 말투로 깨끗하게 부정당하는 바람에 뒤통수를 한 대 맞은 듯한 아픔이 느껴졌다.

"그러면 어쩌지……."

"하지만 우미라면 알지도 몰라요."

"우미?"

눈을 동그랗게 뜬 내 옆에서 소라가 끼어들었다.

"아아, 그 녀석 말이야? 그래서, 어디 있는데?"

"글쎄요……. 워낙 변덕스러운 아이라서."

"하여간, 자기 아들이 어디 있는지 정도는 좀 알아 두라고."

그러면 우미가 바로 도토리노카미의 자식이라는 뜻인가? 그러고 보니 아야카가 "도토리노카미의 자식은 도리나루미노카미"라는 말을 했던 것 같은데…….

"황천은 이렇게 넓으니 말이야. 어떻게 하면 찾을 수 있을까?"

내던지는 듯한 말투로 물으며 소라가 도토리노카미가 서 있는 강 반대편에 눈길을 주었다. 그의 시선을 따라가자 새까만 강 안쪽으로는 잿빛의 초원이 끝없이 펼쳐져 있고, 다시 그 앞은 어둠으로 덮여 있었다.

확실히 이 안을 정처 없이 헤매고 다니는 것만은 사양하고 싶어, 뭐라 잘라 말할 수 없는 불안감에 가슴이 터져버릴 것 같았다.

"후후. 하지만 그걸 걱정할 필요는 없을 것 같네요."

무슨 뜻이지? 그렇게 말하려 한 순간이었다.

"카에데안의 누나!"

귀에 익은 목소리가 머리 위에서 울려 퍼졌다. 깜짝 놀라 위를 보자, 하얀빛의 덩어리 두 개가 천천히 내려온다. 그리고 나와 소라 앞에서 움직임을 멈춘 뒤, 눈부신 빛을 번쩍 뿜어냈다.

나도 모르게 감았던 눈을 조심스레 뜨자, 내 눈앞에는 오렌지색 털의 포메라니안과 줄무늬 고양이가 서 있었다.

"역시……. 레오야! 그리고 너는 후쿠로구나!"

그렇다. 이들은 전에 카에데안을 찾아왔던 반려동물들이었다. 너무 놀란 나머지 순간적으로 어떻게 반응해야 좋을지 몰라 허둥거리는 내 발밑으로, 후쿠가 긴 꼬리를 휘저으며 다가왔다.

"아까 앵무새 큐가 가르쳐줬어요. 곧 누나가 검은 고양이 녹턴을 찾으러 여기로 올 거라고."

"앵무새 큐는, 방금 전 카에데안에 왔던 손님의 반려동물이지? 설마 소라, 큐에게 뭘 말했어?"

"뭐, 뭐 어때. 닳는 것도 아닌데."

"그러면 안 되지! 큐는 황천에 가는 것을 굉장히 무서워했단 말이야! 그래서 다 같이 격려해 줘서 간신히 결심할 수 있었는데, 그런 아이에게 심부름을 시키다니……. 말도 안 돼."

내가 어이없다는 듯이 소라를 추궁하자, 레오가 작은 몸을 힘껏 늘려 내 정강이에 앞발을 올렸다.

"누나, 화내지 마요. 우리는 누나에게 도움이 될 수 있어 기쁘니까. 그리고 큐도 여기 같이 있어요."

"뭐? 어떻게 된 거야?"

당황하는 나에게 레오는 땡그란 눈을 반짝반짝 빛내며 대답해 주었다.

"누나가 우리를 위해서 최선을 다해주었으니까. 이번에는 우리가 누나를 위해서 최선을 다하고 싶어!"

그의 말이 내 가슴에 와서 콱 박히는 바람에, 대꾸할 말을 찾을 수가 없었다. 이렇게 순수한 호의를 받는 것이 대체 얼마 만인지! 주위를 휘휘 둘러보는 나를 배려하는 듯이 후쿠가 말을 꺼냈다.

"……이렇게 됐으니까 말이야. 우리가 협력할 수 있게 해줘. 그리고 이제 슬슬 발견할 때가 되었을 거야."

그 직후, 강 건너 저편에 펼쳐진 시커먼 하늘에 뭔가가 반짝 빛났다. 달도 별도 없을 텐데 저건 뭘까? 누군가에게 채 묻기도 전에, 남자의 목소리가 주위에 울려 퍼졌다.

"우미 님을 발견했어! 지금 내 바로 아래 있어."

에투알의 주인, 도모야 씨다. 도모야 씨까지 도와주다니……. 더운 날씨도 아닌데 몸속이 후끈해지는 것을 느꼈다. 솔직히 말해서 소라가 옆에 있어 준다고는 해도, 마음이 매우 불안했다.

그렇지만 이렇게 모두가 손을 뻗어준 덕분에 더 이상 불안하지 않다. 마치 비 갠 뒤 구름 사이로 햇살이 비칠 때처럼, 마음이 환해지는 것을 느꼈다.

"서두르지 않으면 우미 님이 다른 데로 가버릴지도 몰라.

움직이는 걸 좋아하는 분이시니까."

초조함을 그대로 보여주듯이, 별이 몇 번인가 깜빡였다. 그러자 소라가 후쿠와 눈을 마주치고는 말했다.

"후쿠야, 한 걸음 먼저 우미가 있는 곳으로 가서 이렇게 전해 주지 않을래? '소라가 만나러 갈 테니까 거기서 기다려'라고 말이야."

"그 정도야 쉬운 일이지. 전언을 전달하는 것은 내 특기니까."

후쿠의 표정은 변하지 않았다. 하지만 내 눈에는 입꼬리가 올라간 듯이 느껴졌다. 후쿠는 내 발밑을 벗어나 강 쪽으로 걷기 시작했다.

"하는 김에 무릎 위로 올라가 앉아서 움직이지 못하게 해 둘까?"

그렇게 말을 마치더니, 후쿠는 순식간에 강 안쪽으로 사라졌다.

"자, 그럼 우리도 가자."

소라는 다시 한 번 봉황의 모습으로 변신했다. 그때까지 아무 말도 못하고 있던 나는 그래도 뭔가 말을 남겨야겠다는 생각이 들어서, 그의 앞에 섰다.

"소라, 고마워. 네 덕분이야."

"감사 인사는 전부 끝난 뒤에 하라고. 그리고 고맙다는 말을 할 상대는 나 혼자만이 아닐 텐데. 자, 빨리 타."

나는 말없이 고개를 끄덕이고 뒤로 돌아가 소라의 등에 올라탔다. 도토리노카미가 상냥하게 손을 흔들었다.

"조심해서 다녀와요. 강 저편은 어수선하니까."

어수선하다는 말에 희미해져 가던 불안이 다시 머리를 쳐들었다. 강 건너 저편은 잿빛의 초원. 그 안쪽은 암흑. 아무리 낙관적인 사람이라도, 이 경치를 보면 두려움에 전율할 것이 틀림없다.

하지만 이제와서 겁을 먹고 물러설 수는 없는 일이다. 꿀꺽 침을 삼키고 "괜찮아요"라고 강한 척하려 한 그 순간.

"도토리노카미 님, 괜찮아요."

내 말을 빼앗은 것은 레오였다. 당연하다는 듯이 소라와 내 옆에 나란히 선 그는 작은 가슴을 크게 폈다.

"내가 누나를 지킬 거니까요!"

당당하게 선언한 그를 보고 도토리노카미는 투명하게 반짝이는 웃음을 지어 보였다.

"그렇구나. 그것 참 믿음직스럽네."

"응! 맡겨 주세요! 저는 기사니까요!"

내 쪽을 바라보며 꼬리를 치는 레오. 농담으로는 보이지 않는다. 그만큼 레오는 진심으로 나를 지킬 생각이다. 이걸로 오늘만 벌써 몇 번째일까? 또 눈물이 넘쳐흐른다. 하지만 소라는 나를 울게 내버려 두지 않았다.

“자, 출발이야! 녹턴이 있는 곳을 물어보러 가자!”

푸드덕 날개 치는 소리와 함께 눈물도 도로 들어가고, 긴장과 기대로 가슴이 뛰기 시작했다.

앞으로 나아가고 있다. 그런 실감과 함께, 나는 바람이 되었다. 소라의 등에 올라타, 별이 된 도모야 씨를 이정표 삼아 똑바로 날아간다.

강을 건너 회색의 초원에 들어선 순간, 풀숲에서 모습을 드러낸 영혼들이 내 몸을 빼앗으려고 차례차례 덤벼들었다. 소름 끼치는 소리. 보라색 빛을 띤 구체 안에 고문으로 일그러진 얼굴들이 뚜렷하게 떠올라 있다.

“어디 한번 덤벼 봐!”

소라가 좌우로 몸을 피했지만, 그래도 가까이 접근해 온 것은 레오가 물어뜯어 격퇴했다.

“내가 상대해 주마!”

아니, 레오만이 아니다.

“카에데안의 누나!”

“우리도 도와주게 해 줘!”

“이번에는 우리가 언니를 도와줄 차례야!”

카에데안을 방문했던 많은 동물들이 달려와서, 나를 지켜 준 것이다. 나는 소라의 등에 매달려 있는 것만으로도 힘겨워서, 마음속으로 몇 번이나 고맙다는 말을 반복하는 것밖에 하지 못했다. 동시에 이런 의문이 떠올랐다.

“어째서 날 위해서 이렇게까지 해 주는 거야?”

“인간과 동물은 대화를 나눌 수 없잖아요. 그러니까 인간이 내가 기뻐하는 것을 해 주면, 나도 온 힘을 다해 그 사람이 기뻐하는 것을 해 주면서 서로 간의 유대를 강화해 왔어요. 누나는 우리를 기쁘게 해줬어. 그러니까 누나가 기뻐할 수 있도록 애쓰는 것은 당연한 일이에요.”

상황이 잠시 진정된 틈에 레오가 그렇게 가르쳐 주었다. 지금까지 살면서 나는 얼마나 많은 상대방과 인연을 맺어 왔을까. 어쩌면, 아니 분명히 말할 수 있다. 나는 아야카의 일이 있고부터 누구와도 인연을 맺지 못했다.

나는 그 이유가 아무도, 7년을 사귄 남자친구마저도, 나에게 손을 내밀어 주지 않았기 때문이라고 믿고 있었다. 하지만 그것은 말도 안 되는 착각이었다.

이제까지도 지금처럼 많은 손길이 나를 향해 내밀어졌을 것이 틀림없다. 그 손을 상대방에게 미안하다는 이유로 뿌리치고 있던 것은, 내 쪽이다. 그래서 누구와도 인연을 맺지 못했던 것이다.

나는 지금 나에게 내밀어진 수없이 많은 손을 힘껏 마주 잡고 있다. 수없이 많은 인연을 만들고 있다. 기쁨으로 마음이 꽉 차서, 어디까지든 날아갈 수 있을 것처럼 마음이 가볍다. 앞으로도 이렇게 살아가고 싶다.

그러니까 아야카.

미안해. 나는 너에 대한 후회를 놓을게.

용서해 주겠어?

그때처럼, 또 웃으며 손을 내밀어 주겠니?

"도착했어. 저 사람이 우미, 도리나루미노카미다."

사람의 모습으로 돌아간 소라가 가리킨 곳에는 소라보다 어려 보이는 남자아이가 있었다. 후쿠를 무릎에 올려놓고, 싱글벙글 웃고 있다.

"소라 형!! 여기까지 와 주다니 이게 몇백 년 만이에요!? 와줘서 기뻐요! 우리 뭐 하면서 놀까요?"

그가 큰 소리로 말하자, 회색이었던 초원에 초록색과 붉은색이 더해졌다. 주위가 봄날과 같이 밝아졌다. 아무래도 우미는 소라를 굉장히 따르는 모양이다. 하지만 소라는 웃음 한 번 짓지 않고 담담하게 물었다.

"녹턴이라는 검은 고양이를 찾고 있어. 너라면 어디 있는지 알고 있겠지?"

그래도 우미는 만면에 띤 미소를 흩트리지 않는다. 그러나 그의 입에서 나온 그다음 말에 나는 정신이 아득할 정도로 충격을 받고 말았다.

"하하하하! 그런 영혼은 여기 없어요. 그러니까 그만 찾고 나랑 놀아요! 네? 괜찮죠?"

녹턴이 황천에 없다.

온몸에서 맥이 탁 풀리는 바람에, 그 뒤의 일은 기억이 잘 나지 않는다. 어쩔 수 없이 소라의 등에 매달려 갔던 길을 되짚어 왔던 것 같다. 왔던 것 같다고 표현한 것은 정말로 기억이 흐릿하기 때문이다.

"그렇게 낙심하지 마. 이 세상에 머물러 있는 영혼도 있다고 이야기했잖아? 황천에 없는 것을 안 것만으로도 찾는 수고가 절반으로 줄어든 셈이니까."

도토리노카미의 앞까지 돌아온 뒤, 인간의 모습으로 돌아간 소라가 이렇게 격려해 주었다. 하지만 그의 말은 오른쪽 귀로 들어와 왼쪽 귀로 빠져나가 버렸다. 레오, 후쿠, 소라, 그리고 도토리노카미까지 나를 걱정스러운 듯이 바라보고 있다.

뭔가 말해야 해.

'미안해요.'

말해야 하는 것은 이 말 한마디뿐이라는 것을 알고 있다. 눈에서 뚝뚝 떨어지는 눈물을 닦지도 않은 채, 나는 입을 열려고 했다. 그러나…….

"사과할 생각이라면, 그만둬."

소라의 말이 내 마음을 휘저었다. 감정이 한 번에 다 쏟아져 나왔다.

"왜…? 전부 내 탓이잖아? 으흐흑……. 으아아아아앙!!"

눈물과 울부짖는 소리가 몸 곳곳에서 쏟아지는 기분이 들었다. 하지만 나는 알고 있었다. 나는 도와준 모두와 야히로 씨에게 미안해서 울고 있는 것이 아니다. 사실은…….

미움받는 것이 너무 무서운 나머지 어찌 할 바를 몰랐던 것이다……. 나는…… 아무것도 바뀌지 않았던 것이다.

"그러면 말이야……."

소라가 몸을 떨고 있다. 얼굴은 새빨갛다. 분명 나에게 화를 내고 있다. 소라도 나를 싫어하는 거다. 그렇게 생각하면서 "미안합니다" 하고 머리를 숙인 순간.

"그렇다면 끝까지 휘둘러보란 말이야!! 이 바보 자식이!!"

소라의 목소리에 공기가 파르르 떨렸다. 미간에는 주름이 잡히고, 커다란 눈동자에서는 눈물이 줄줄 흘러내리고 있다. 소라는 입에서 침을 튀기면서, 그럼에도 온 힘을 다해 말했다.

"어중간하게 휘둘러 대다가, 한 번 틀렸다고 완전히 포기할 생각이야!? 분한 것은 너뿐만이 아니란 말이야!! 나도 마찬가지야! 전부 자기 탓으로 돌리고 도망치려고 해도, 내가 내버려 두지 않을 테니까 그리 알아!!"

"소라……."

"이러니저러니 생각만 하지 말고, 하라고!! 용기를 내서 모두를 마음껏 휘두르란 말이야!! 마지막까지 해봐서 실패하면 포기가 될 거 아냐! 아직 안 끝났어. 오히려 이제부터가 시작이라고!!"

소라의 기세에 눌린 나머지, 눈물이 쏙 들어가 버렸다. 소라는 그런 내 양어깨를 강하게 붙잡고 말을 맺었다.

"무서워하지 마, 미노리! 너의 강함은 내가 잘 알고 있으니까."

나도 여기서 포기하고 싶지 않아. 하지만 이미 내가 뭘 해도 녹턴을 찾아낼 길이 없잖아…….

앞을 향해 갈 기력이 나오지 않았다. 그때, 레오가 풍성한 꼬리를 열심히 흔들면서 나를 격려해 주었다.

"누나라면 반드시 할 수 있어! 힘내요!"

그리고 후쿠가 몸을 내 다리에 바짝 붙이면서 말했다.

"결국엔 다 잘 될 거야. 너는 그 고집쟁이 영감의 마음도 풀어 줬잖아. 자신감을 가지라고!"

그리고 도모야 씨의 목소리가 하늘 위에서 들려왔다.

"미노리 씨, 모두 당신을 응원하고 있어요. 어디에 가더라도 하늘에서 지켜보고 있을게요. 그러니까 포기하지 말아요.

힘내요!"

나를 격려해 주는 모두의 목소리가 내 마음에 뜨겁게 불을 붙였다.

"소라, 한 번 더 우미 님이 있는 곳으로 데려다 줘!"

"우아! 놀랐다! 설마 소라 형을 또 만날 수 있을 줄이야! 역시 저와 놀고 싶었던 거죠?"

"우미. 착각하지 마. 여기엔 다 이유가……."

"우미 님! 부탁이 있어요!!"

나는 두 사람 사이에 끼어들었다.

"카논 씨…… 야시마 카논 씨의 영혼이 어디 있는지, 가르쳐 주세요!!"

그렇다. 돌아가신 야히로 씨의 아내분의 영혼이 어디 있는지 알기 위해서였다.

"어? 아, 으응……" 하고 잠시 생각에 잠기더니, 우미 님은 "미안, 그런 영혼을 몰라"라고 미안하다는 듯이 고개를 움츠렸다. 하지만 나에게 있어서 그 답은 예상한 대로였다.

"즉 황천에는 없다는 뜻인가요?"

나는 다시 한 번 다짐을 받았다.

"내가 모른다고 하면, 그런 의미겠지. 뭐야? 이 인간은……."

우미 님이 눈살을 찌푸리고, 소라를 향해 입술을 삐죽거렸다. 하지만 나는 더 이상, 그가 끼어들게 내버려 두지 않았다.

"하나만 더 여쭤볼게요! 혹시 몇 년 전에 검은 고양이 한 마리가 길을 잃고 황천에 흘러들어오지 않았나요?"

"검은 고양이? 아, 그러고 보니 어머니가 '아직 몸은 건강한데, 영혼이 빠져나와 버린 불쌍한 검은 아기 고양이를 발견했다'고 말한 적이 있어."

역시 그랬다! 나는 손뼉을 짝 치고, 우미 님에게 꾸벅 고개를 숙였다.

"감사합니다! 소라, 가자!"

"어? 어이, 기다려. 결국 아무것도 해결되지 않았잖아?"

"괜찮아. 이제 됐어. 우미 님, 만나서 반가웠습니다! 그럼 다음에 또 봐요! 안녕히 계세요!"

"아, 으응. 바이바이."

어리둥절한 얼굴을 하고 있는 우미 님을 그냥 두고, 나는 소라와 다른 친구들과 함께 그 자리를 떠났다.

"대체 어떻게 된 거야? 제대로 설명하지 않으면 알 수가 없잖아."

도중에 그렇게 물어온 소라에게 나는 솔직한 내 생각을 이야기했다.

"길을 잃고 황천에 들어온 검은 고양이에게, 카논 씨가 들어간 거라고 생각해."

"뭐? 그러니까 녹턴은 카논 씨였다고 말하고 싶은 거야?"

야히로 씨가 나에게 지금까지 있었던 일을 털어놓았을 때, 녹턴에 대해서 이렇게 말한 적이 있다.

—물건을 둔 장소 같은 것은 녹턴 쪽이 더 잘 알지 뭐야. '어, 그게 어디 있더라?' 하고 기억이 안 날 때는 녹턴 뒤를 따라가면 대부분 발견되는 거야.

물론 우연히 일어난 일을 다소 과장해서 말했을지도 모른다. 하지만 만약 녹턴이 카논 씨였다고 한다면 설명이 된다. 그뿐 아니라 야히로 씨 앞에 나타난 타이밍도, 야히로 씨를 매우 잘 따르는 이유도, 모두 들어맞는다.

"하지만 백 보 양보해서 녹턴이 카논 씨였다고 한다면, 지금은 어디에 있는 거야?"

강을 건너 다시 강변으로 돌아온 뒤 레오를 비롯한 친구들과 헤어지고, 나와 소라는 황천에서 이 세상으로 돌아오는 비탈길을 오르는 중이다.

"그건 몰라."

"어이, 그러면 어떻게 할 건데?"

"모르지만, 대충 상상이 가. 하지만 거기에는 한 가지 조건이 필요해."

"조건? 어떤 조건인데."

"끝까지 가 보면 알아!"

"어이, 잠깐 기다려!"

나는 소라의 날카로운 목소리를 등 뒤로 들으며 전력 질주로 비탈길을 뛰어올랐다.

내가 갈 곳은 오직 한 곳뿐. 야히로 씨가 기다리는 카에데안. 이제 멈춰서지 않아.

그렇게 굳게 다짐하며, 똑바로 앞을 향해 걸었다.

* * *

"그랬군요. 녹턴은 황천에 없었던 거군요……."

카에데안의 카운터에서 내 옆에 앉아 평소처럼 온화한 표정을 무너뜨리지 않고 있는 야히로 씨. 하지만 그의 목소리에서는 명백히 낙담한 기색이 묻어났다.

야히로 씨의 기대를 저버리고 만 것에 가슴이 욱신거렸지만, 아직 이야기는 끝나지 않았다.

"황천에 없었던 것은 녹턴만이 아니에요."

"그렇다면?"

"카논 씨도 없었어요."

두 번 눈을 깜빡인 뒤, 야히로 씨는 가느다란 눈을 부릅떴다.

"설마 미노리 씨는, 녹턴이 카논이었다고 말하고 싶은 건가……?"

나는 입을 일자로 굳게 다물고 고개를 끄덕였다.

"그런 말도 안 되는……."

"네. 저도 말도 안 되는 생각이라는 건 알고 있어요. 하지만 이 가능성에 걸어보고 싶어요!"

나는 눈에 힘을 꾹 주고 야히로 씨의 눈동자를 바라보았다. 눈은 입만큼이나 많은 것을 말한다는 속담처럼, 절대 농담이 아니라는 것을 말이 아닌 시선으로 호소했다.

야히로 씨는 처음에는 당황한 듯이 눈동자를 좌우로 움직였지만, 잠시 시간이 지나자 내 눈을 똑바로 마주 보고 고개를 끄덕였다.

"야히로 씨, 하나만 가르쳐 주세요."

"뭐지?"

"만약 야히로 씨가 카논 씨였다면, 어디에서 야히로 씨를 기다리겠어요?"

야히로 씨의 눈이 다시 흔들리기 시작했다. 볼에 홍조가 돌고, 오른손으로 입가를 숨기고 있다. 명백히 고통스러워 보였다.

하지만 나는 결심했다. 이렇게 된 이상 끝까지 휘둘러 보겠다고. 그러니까 미움받아도 괜찮아. 한 걸음 더 안으로 비집고 들어가겠어!

"야히로 씨, 사랑하는 사람이 상처 입은 끝에 앞으로 나아가기를 그만두었다면, 야히로 씨라면 어디에서 그 사람을 기다릴 건가요?"

"제발 그만해……."

"그만두지 않을 거예요. 약속했으니까요! 야히로 씨에게 녹턴을 만나게 해 주겠다고! 자, 가르쳐 주세요! 카논 씨는 지금 어디에 있을 거라고 생각하세요?"

"그만!"

소리를 지른 야히로 씨가 오른손 주먹으로 카운터를 쾅 내리쳤다. 이렇게 감정을 드러내는 야히로 씨는 처음 본다.

하지만 겁내지 않을래.

나는 야히로 씨에게서 눈을 떼지 않았다. 무거운 침묵이 카페 안을 감돌았다. 내 시선이 거북했는지, 야히로 씨는 자리에서 일어나 주방 쪽으로 걸어갔다. 그러나.

찰그랑.

날카로운 소리가 카운터에 울린 순간, 야히로 씨의 발이 우뚝 멈췄다. 소리가 난 쪽을 바라보니 오래된 열쇠가 테이블 위에 놓여 있다. 그 옆에는 소라가 서 있었다.

"여기 있는 거지?"

"……."

"아무 말도 하지 않으면 앞으로 나아갈 수가 없어."

야히로 씨는 긴 손을 뻗어 열쇠를 쥐었다.

"모릅니다……."

"그렇다면 직접 가서 확인하는 수밖에 없겠군."

거기까지 말하고서 소라는 기세 좋게 문을 열었다. 겨울의 차가운 공기가 카페 내로 흘러들어와 흥분으로 달아오른 볼을 식혀 주었다.

나도 모르게 부르르 몸을 떠는 내 눈앞에서 야히로 씨는 꿈쩍도 하지 않고 코로 크게 숨을 쉬고 있다. 그런 그에게 소라는 나지막이 말했다.

"미노리는 도망치지 않았어. 이번에는 네 차례야, 야히로."

그 말에 쿵 소리가 나도록 가슴을 세게 부딪힌 듯한 충격을 받았다. 소라가 나를 인정해 주었다……. 지금은 야히로 씨에게 중요한 순간임에도, 소라에게 인정받았다는 기쁨과 놀람으로 콧속이 찡하게 아파 온다. 저절로 등을 쭉 펴게 된다. 그렇게 잠시 지나서, 야히로 씨는 포기한 듯이 몇 번이고 고개를 좌우로 저었다.

"코트와 짐을 가져오겠습니다."

그렇게 말한 야히로 씨가 주방으로 사라지기를 기다렸다가, 나는 소라에게 소곤소곤 물었다.

"소라, 저 열쇠. 대체 무슨 열쇠야?"

소라가 싱긋 입꼬리를 끌어 올렸다.

"끝까지 가 보면 알아."

그 대사는 아까 내가 말한 것과 똑같았다. 소라에게 심술쟁이라고 한마디 해주려던 참에, 회색 롱코트로 몸을 감싼 야히로 씨가 주방에서 모습을 드러냈다. 그 눈동자는 뭔가 각오를 한 듯이, 강한 빛을 머금고 있었다.

가와고에로부터 기차로 약 한 시간 걸리는 작은 역. 역에서 다시 걷기를 15분. 큰 숲 옆에 있는 작은 단독주택 앞에서 야히로 씨는 걸음을 멈췄다.

집 안에서는 전혀 빛이 새어나오지 않았다. 여기가 어디인지 야히로 씨는 아무 말도 하지 않았지만, 하나밖에 생각할 수 없다. 야히로 씨가 고등학교를 졸업할 때까지 어머니와 살았던 집이다.

"신기하기도 하지. 사는 사람이 아무도 없는데 관리가 잘 되어 있어."

검은 철제문에 손을 가져다 댄 야히로 씨가 그렇게 중얼거렸다. 야히로 씨의 뒤를 따라 현관에서 이어지는 미닫이문까지 천천히 걸어갔다. 오른쪽을 슬쩍 보자 아담한 정원이 눈에 들어왔다.

"여기가 카논의 전용석이었어."

내 시선을 따라간 야히로 씨가 부드럽게 그렇게 말했다. 짧게 깎인 잔디가 마치 무대처럼 하얗게 떠올라 보인다. 다만 그 중앙에 있어야 할 주역이 없다.

슬픈 미소를 띤 야히로 씨는 그 오래된 열쇠를 격자문 한가운데의 열쇠 구멍에 넣고, 오른쪽으로 돌렸다. 찰칵 소리가 났다. 열쇠를 뽑고 문을 오른쪽으로 밀자, 드르륵 소리를 내며 열렸다.

당연히 현관은 깜깜하다. 야히로 씨가 손을 더듬어 전등 스위치를 찾았다. 팟 소리와 함께 주위가 따뜻한 느낌의 오렌지색으로 물들었다.

"들어오시죠."

야히로 씨의 안내에 따라 신발을 벗고, 집 안으로 들어갔다. 오래된 집 특유의 냄새가 코를 찌른다. 나무 마루는 둔탁하게 삐걱이는 소리가 났다.

오른쪽으로는 불투명한 유리문이 있다. 그 문 손잡이에 손을 올린 야히로 씨는 크게 한번 심호흡을 했다. 그리고 손에 힘을 주어 천천히 문을 열었다.

큰 창문으로 스며드는 달빛이, 방 안을 창백하게 밝히고 있다. 제법 넓은 방의 한가운데에는 그랜드 피아노가 덩그러니 놓여 있고, 그 앞에 두 개의 의자가 나란히 놓여 있다. 그리고 창문과 피아노 사이, 드디어 찾았다.

한 마리의 검은 고양이…….

"녹턴……."

야히로 씨의 목소리가 떨렸다. 녹턴은 아무 대답 없이 노란색 눈동자를 가만히 그에게 향하고 있다. 한 걸음, 또 한 걸음. 야히로 씨가 녹턴과의 거리를 좁혀간다.

녹턴은 아무 말 없이 의자 위로 폴짝 뛰어올라, 오른쪽 앞발을 피아노 건반 뚜껑에 올렸다. 야히로 씨가 익숙한 손놀림으로 건반 뚜껑을 열었다. 그 직후, 녹턴은 건반 위로 뛰어올랐다.

딩.

낮은 음이 진주알이 되어 튀어 오른다. 여운이 남아 있는 동안, 녹턴은 건반 위에서 춤추기 시작했다. 마치 요정처럼. 아름답고, 유연하게. 소리가 진주 목걸이처럼 하나하나 이어진다.

야히로 씨는 무너져 내리듯이 의자에 주저앉았다. 크게 부릅뜬 그의 눈에서, 눈물이 방울이 되어 떨어졌다. 그는 목소리를 쥐어짰다.

"헝가리 무곡……. 당신과 처음으로 함께 친 곡……."

한 번 움직임을 멈춘 녹턴은 다시 가만히 야히로 씨를 보았다.

말은 없다.

아니, 말은 필요 없다.

야히로 씨가 오른손을 높이 들었다. 녹턴과 눈을 맞추고, 작게 고개를 끄덕인다. 오른손을 내리고, 하얀 모래 해변에 밀려오는 잔물결 같은 손놀림으로 건반 위에서 손가락을 움직였다.

녹턴이 다시 뛰어오른다.

이 방은 구름 한 점 없는 오늘 밤의 밤하늘 같다.

소리의 별들이 반짝인다.

그 순간 가슴 속에 봄바람이 불어왔다.

바람이 날라다 준 것은…….

기쁨과 감사.

그리고 희망.

조용히 곡이 끝났다.

"고마워……."

야히로 씨는 천장을 올려다보며 그렇게 중얼거렸다. 그 옆얼굴은 지금까지 본 적이 없을 정도로 행복해 보였다.

"황천으로 돌아가자. 녹턴."

녹턴이 소리를 따라 사라져간다. 야히로 씨는 피아노를 치고 있다. 매우 애절하지만, 한 줄기 빛이 느껴지는 멜로디. 쇼팽의 〈이별의 곡〉이다. 그때, 문득 머릿속에 울려 퍼진 여자의 목소리.

"나는 행복했어. 너와 너의 피아노를 만나서. 고마워. 린노스케 군. 안녕."

눈물과 오열이 멈추지 않는다. 왜냐하면 알고 있었으니까. 그가 작별을 고한 것은 녹턴과 카논 씨에게만이 아니다.

그는 결별한 것이다. 얽매여 있던 후회의 감옥과, 오타 야히로라고 하는 또 하나의 자신으로부터…….

* * *

아무도 살고 있지 않은데도 야히로 씨의 집이 변함없이 깨끗했던 이유는 한때 그가 소속되어 있던 음악사무소의 대표와 그의 어머니가 일했던 피아노 학원의 원장이 틈날 때마다 청소를 해 두었기 때문이라고 한다.

"그가 언제 돌아와도 괜찮도록 말이야. 그의 어머니가 남긴 유언이었다고 해."

나중에 그들을 취재한 아카네가 그렇게 가르쳐 주었다. 그리고 다시 앞으로 나아가기를 선택한 야히로 씨에게, 그들은 복귀 장소를 제공했다. 그곳은 야히로 씨의 어머니가 일하던 피아노 학원의 발표회에 사용되는 작은 홀이었다.

어디에서 정보를 들었는지, 회장에 나타난 아카네와 나는 함께 콘서트를 감상했다. 검은 연미복을 입고, 앞머리를 정돈한 야히로 씨는 카에데안에서 일할 때와는 완전히 다른 사람 같아서, 매우 눈이 부셨다.

모든 곡이 끝난 뒤 폭풍처럼 쏟아진 기립박수. 이날의 관객은 그의 성장 과정을 잘 아는 근처 주민들뿐이다. 모두 눈시울을 붉히고 있었다. 나도 눈물을 그렁거리면서 아낌없는 박수를 보냈다.

이것이 야히로 씨에게 있어서의 '새로운 시작', 진심으로 축복해야 할 일이다. 당연히 나도 알고 있다. 하지만 신문기자인 아카네의 취재에 응하는 야히로 씨를 멀리서 지켜보면서, 가슴이 쥐어짜지는 듯이 아파 온 것은 거짓말은 아니었다.

「부활의 녹턴! 야시마 린노스케 영혼의 연주로 청중을 들끓게 하다!!」

아카네가 붙인 센세이셔널한 제목이 다음 날 아침 뉴스 사이트 지방판에 올라왔다. 그 기사는 100미터 달리기의 스타트를 알리는 총성이 되어 야히로 씨의 정식 무대 복귀를 가속시켰다.

감각을 되돌리기 위한 힘겨운 트레이닝, 전문 잡지 등 미디어에 대한 대응, 콘서트 게스트 출연. 이제까지 조용했던 야히로 씨의 일상은 완전히 달라져, 카에데안에 좀처럼 나오지 못하게 되어버렸다.

내가 출근하지 않는 월, 화, 수는 휴무일이 되었고, 그 외의 요일도 저녁나절부터 폐점까지의 짧은 시간에 얼굴을 보이는 정도. 그래도 여전히 피곤한 기색 하나 보이지 않고 온화하고 상냥했지.

야히로 씨와 보낼 수 있는 시간은 이제 거의 남아 있지 않아 보였다. 그것을 잊고 싶어서 나는 가능한 밝게 행동하려 했다. 하지만 결국 그날은 찾아오고야 말았다.

복귀 콘서트가 끝나고 몇 주일 뒤, 마음속으로 야히로 씨의 부활을 기다리던 많은 팬들에게 건강한 모습을 보여주기 위해 일본 전국에서 리사이틀 투어를 하게 되었다.

그 기자회견이 열린 다음 날의 토요일, 야히로 씨는 바쁜 스케줄 사이에도 틈을 내서 저녁 7시부터 카에데안을 찾아왔다.

"늦어서 미안해."

머쓱해 하면서 웃음을 띠는 야히로 씨에게 큰 소리로 대답했다.

"신경 쓰지 마세요!"

마지막 손님을 배웅한 뒤, 우리는 평소처럼 내가 만든 '특제 볶음밥'을 놓고 둘러앉아 식사를 했다. 오늘 왔던 손님에 대한 것 등 사소한 대화가 이어진다.

내가 사랑하는 다정한 시간이 천천히 흘러갔다. 계속 이대로 있고 싶어……. 나의 순수한 바람이, 가슴에 떠올랐다가 다시 사라졌다.

식사가 끝난 후, 야히로 씨가 내린 커피를 마시며 잠시 쉬었다. 얼마 지나지 않아, 어딘지 모르게 무거운 침묵이 감돌기 시작할 무렵.

"야히로, 이제 충분해. 여기까지 해 둬."

소라의 한마디가 잔잔한 수면 위로 던져진 돌처럼 파문을 일으키며 카페 안에 퍼져나갔다. 그 말이 어떤 의미인지, 야히로 씨도 나도 알고 있었다.

눈가에 작은 미소를 띤 채 가만히 소라를 바라보는 야히로 씨. 그 시선에서 도망치려는 기미도 없이 날카로운 눈빛을 돌려주는 소라. 어떻게 할 바를 모르고 굳어버린 나.

침묵을 깬 것은 밤 10시를 알리는 벽시계의 종소리였다. 동시에 야히로 씨는 의자에서 일어나, 나와 소라로부터 조금 떨어졌다. 그리고 우리 둘을 번갈아 바라보다가, 조용히 머리를 숙였다.

"소라 님, 미노리 씨. 그동안 내 멋대로 두 사람을 고생만 시킨 것 같아 정말 미안하게 생각합니다."

나는 당황해서 손을 저으며 말했다.

"무슨 말씀이세요! 야히로 씨가 사과할 이유는 하나도 없어요!"

고개를 든 야히로 씨는 곤란한 듯한 웃음을 띠고 있다.

"야히로, 이럴 때는 말이야. 고마웠어요, 안녕히 계세요, 이거면 충분하단 말이야. 여기서 배웠잖아?"

소라가 바닥을 가리키며 고개를 갸웃거렸다. 소라 말대로다. 우리는 여기 카에데안에서 배웠다. 소중한 가족과 헤어질 때 '미안해'는 필요 없다.

왜냐하면 후회를 품은 채로 이별을 하면 앞으로 나아갈 수가 없으니까. 지금까지 함께 보낸 행복한 시간에 '고마웠어요'라고 말하고, 서로의 앞날을 축복하면서 '안녕'이라고 말한다. 그걸로 충분하다.

"소라 님, 미노리 씨. 정말 감사했습니다."

"저야말로 감사했습니다!"

"……고마웠다."

야히로 씨는 하나의 열쇠를 카운터에 내려놓고 떠났다. 그것은 카에데안의 문 열쇠였다. 그로부터 일주일이 지나, 남은 예약이 0이 된 날의 밤.

"저기 소라. 우리 이제 어떻게 하지?"

"점장이 없으니, 카페를 계속할 수는 없겠지."

그것이 소라와 나눈 마지막 대화가 되었다. 이렇게 카에데안은 문을 닫았다. 수많은 '고마워'와 '안녕'을 마지막까지 지켜보고서…….

에필로그

카에데안이 폐점한 지 2개월이 지났다. 벚꽃의 계절은 진작에 지나고, 가로수에 난 새잎이 싱싱한 초록으로 물든 어느 일요일 아침, 취재를 위해 도쿄로 나온 아카네에게서 같이 카페라도 가자는 권유를 받았다.

지난달 오랜만에 고향집에 내려갔었는데, 그때 아카네가 바빠서 만나지 못했으니 이번에는 꼭 보자는 것이었다. 하지만 사실은 그게 아니라 여동생 사요에게서 내 상태를 들은 것이 틀림없다.

—점장이 없으니, 카페를 계속할 수는 없겠지.

그날 이후로 마음에 구멍이 뚫린 것만 같았다. 무엇을 해도 의욕이 생기지 않는다. 고향집에 내려갔던 것도 어디든 먼 곳에 가고 싶었기 때문이라서, 만약 아카네가 만나자고 했어도 거절했을 것이다.

사실 고향집에서의 나는 계속 내 방에 틀어박혀 사흘을 보냈다. 지금은 아무와도 만나고 싶지 않다. 이번에도 어떻게 거절할까 고민하고 있는데, 스마트폰에 연이어 알림이 왔다.

[가와고에의 오이모라는 카페 2층에서 만나자!]

오이모라고 하면 소라와 처음 만났던 장소다. 아직 1년도 지나지 않았는데, 뭔가 굉장히 그리운 기분이다. 간절히 먹고 싶다는 눈빛으로 파르페를 올려다보던 소라의 모습을 회상하자, 입가에 미소가 떠올랐다. 그리고…….

[그래. 알겠어.]

거의 무의식중에 아카네에게 그렇게 답장을 보냈다.

"미노! 기운 내! 카페 일은 아쉽게 되었지만, 본업 쪽은 주 5일 근무로 되돌아간다고 사요에게서 들었어. 월급도 원래대로 돌아가는 거지? 그럼 이제부터 새로운 일을 시작할 기회인 거잖아!"

아카네는 고구마 파르페를 입 안 가득 집어넣으며 그렇게 말했다. 하지만 나는 얼버무릴 생각도, 강한 척할 생각도 없다.

"그러게."

짧게 그렇게만 대답하고 창 쪽을 보았다. 봄의 화창한 날씨에 이끌렸는지, 회색 고양이가 혼잡한 사람들 사이를 여유롭게 걷고 있는 모습이 눈에 들어왔다. 목걸이가 없는 걸로 보아 길고양이일까?

"아, 혹시 야히로 씨의 일로 고민 중이야? 그분 갑자기 바빠졌으니까."

수상한 말투. 하지만 이전처럼 파르륵 흥분하는 일은 거의 없다.

"그런가 봐. 하지만 바쁜 건 좋은 일이니까."

놀리는 보람이 없어서 재미없다고 생각했는지, 아카네는 평소처럼 가벼운 말투로 돌아왔다.

"미노리, 그거 알아? 야시마 린노스케의 리사이틀은 '반려동물과 함께 관람 가능'하대. 주인들에게 있어서 반려동물은 가족이니까, 라는 이유래! 역시 진짜 멋진 사람은 얼굴만이 아니라 마음까지도 잘생겼다니까."

내 입가에 자연스럽게 작은 미소가 떠올랐다. 반려동물들 앞에서 즐겁게 피아노를 치는 야히로 씨를 상상한 것만으로도 가슴이 설렜기 때문이다.

하지만 마음이 개운해지지는 않은 채, 여전히 두꺼운 회색 구름이 끼어 있는 그대로다. 그런 내 마음은 전혀 모른 채 길고양이는 길거리를 성큼성큼 걸어간다. 아카네의 입도 다시 멈추는 일은 없었다.

"그리고 말이야, 그분도 미노를 잊은 건 아닐 거야."

"무슨 소리야?"

"그러니까, 언젠가 다시 만날 수 있는 날이 올 거라고! 그때가 기회야. 오랜만의 재회일수록 사랑이 더 불탈 때가 있잖니. 한 번 손을 잡았으면 절대 놓지 말라고 얘기하는 거야. 하지만 결혼은 안 돼!"

"하아……."

지금 나에게 사랑 이야기는 전혀 통하지 않는다는 걸 아카네는 깨달은 것일까? 남은 파르페를 깨끗이 다 먹어치운 뒤, 아카네는 천 엔 지폐 두 장을 테이블 위에 내려놓고 일어섰다.

"미안. 슬슬 가봐야 해. 그럼 무슨 일이 생기면 바로 연락해! 특히 결혼하고 싶은 상대를 발견하면 꼭! 약속했다!"

아카네는 분주하게 사라졌다. 자기가 먼저 만나자고 한 것 치고는 실질적으로는 겨우 한 시간도 안 되게 같이 있었을 뿐이다. 그러고 보니 아카네는 야히로 씨의 복귀 무대를 독점 취재한 뒤에 대형 신문사에 발탁되었다고 들었다.

바쁠 텐데도 불구하고 나를 걱정해서 만나러 와 주었던 것이다. 굉장히 고마웠고, 앞으로도 아카네와의 우정을 소중히 하고 싶다고 진심으로 생각했다.

창밖에서 아카네가 손을 흔들고 있다. 나는 "고마워"라고 크게 입모양으로 말하며 함께 손을 흔들었다. 기쁜 듯이 방긋 웃고는 빠른 걸음으로 역 쪽으로 향하는 아카네의 모습이 보이지 않게 될 무렵, 나는 아카네가 한 말을 반복했다.

"약속……이라……."

무심히 회색 고양이 쪽으로 시선을 옮겼다. 그러다 다음 순간, 헉 하고 숨을 삼켰다.

"어……?"

글쎄 고양이가 시선을 맞춰 온 것이었다. 마치 나에게 뭔가를 호소하려 하는 것 같다. 대체 무슨 말을 하고 싶은 걸까? 말이라도 통하면 좋을 텐데……. 그렇게 생각한 순간이었다.

—말도 할 줄 알면서 참으면 아깝잖아. 솔직한 마음을 입 밖에 내면 개운해질 테니까!

언젠가 소라가 한 말이 머릿속을 스쳐 지나갔다. 눈이 번쩍 떠졌다.

—그럼 약속했다! 이제부터는 자기가 원하는 걸 솔직히 말하는 거야!!

하고 싶은 것을 솔직하게 말하라고…….

마음을 뒤덮고 있던 두꺼운 구름이 조금씩 걷혀갔다. 구름 틈새로 새어든 빛이 서서히 체온을 올리는 바람에, 도저히 가만히 있지 못하고 자리에서 일어섰다. 전표를 가지고 계산대로 가서 계산을 끝냈다.

"감사합니다!"

점원의 밝은 목소리에 등을 떠밀려 밖으로 나왔다. 봄의 햇살이 눈부시다. 나도 모르게 눈을 가늘게 떴다. 하지만 시야에는 고양이의 모습이 뚜렷이 잡혀 있었다. 고양이는 따라오라고 말하는 것처럼 나에게서 도망쳤다.

붐비는 길거리를 이리저리 헤치며 발을 앞으로, 앞으로 움직이다 보니, 이번에는 야히로 씨의 목소리가 뇌리에 울려 퍼졌다.

—미노리 씨는 어떻게 하고 싶어?

남이 나에게 해주기를 바라는 것과 내가 하고 싶은 것. 다시 한 번, 고양이가 내 쪽을 돌아보았다. 그때…….

—미노, 용기를 내! 앞으로 가는 거야!

아야카의 목소리가 들려왔다.

"설마……. 저 고양이가……?"

아니, 고양이의 정체는 뭐든 상관없다. 야히로 씨는 갇혀 있던 과거를 버리고, 앞으로 나아가기로 결심했다.

그럼, 나는 어때? 나는 어떻게 하고 싶은 걸까?

아직 답은 찾지 못했다. ……아니, 사실은 진작부터 알고 있었다. 야히로 씨가 카에데안을 떠난 그날부터. 단지 그만한 각오와 용기가 나에게 없었을 뿐.

—미노는 바뀔 필요 없어.

아니야, 아야카. 나는 바뀌어야 해. 나는 나 자신을 좀 더 자랑스럽게 생각하고 싶으니까. 그리고 아야카와 아카네가 자랑스러워 할 만한 친구로 계속 있고 싶으니까!

자연스레 보폭이 커진다. 고양이의 발걸음도 빨라졌다. 그렇게 미요시노 신사의 숲으로 들어왔다.

"나는 더 이상 망설이지 않아!"

내가 도달한 답이 내 등에 날개를 달아 주었다. 그 순간 발걸음이 날아갈 듯 가벼워졌다. 발 디딜 곳은 험하다. 하지만 나는 질풍이 되어 나무들 사이를 빠져나갔다. 마음에서 완전히 구름이 걷혔다. 한여름의 맑은 하늘처럼 빛으로 가득 찼다.

어느새 고양이의 모습은 흔적도 없이 사라지고, 대신 지금 내 눈에 비친 것은 덩그러니 서 있는 오래된 건물. 나무 간판에는 '카에데안'이라는 글씨가 보인다.

망설이지 않아.

나는 문을 밀었다.

딸랑딸랑.

상쾌한 도어벨 소리가 울려 퍼진다. 그래도 카운터 구석에서 이쪽에 등을 돌리고 앉은 소년은 돌아보지 않는다. 그래서 나는 큰 소리로 말했다.

"나, 여기의 점장이 되고 싶어! 그러니까 도와줄래? 소라!"

천천히 돌아본 소라가 씩 웃었다.

"자, 받아."

소라가 뭔가를 던졌다. 깨끗한 호선을 그리며 내 손안에 도착했다.

본 적이 있어…….

그렇다. 이것은 카에데안의 열쇠. 가슴이 두근거리고, 체온이 올라간다. 자연스레 입이 열렸다.

"잘 부탁해! 소라!!"

크게 끄덕인 소라는 태양처럼 밝게 웃었다.

"앞으로 바빠질 테니까 말이야! 각오해 두라고!"

이 순간 시작되었다.

나의 새로운 전진이.

✷

앞으로의 두 사람

내가 광고대리점을 그만두고 카에데안의 점장이 되어 카페를 운영하게 되고부터 순식간에 1년이 지났다.

처음에는 배울 것이 많아서 힘들었지만, 간신히 점장의 역할에도 익숙해져서 이제는 다소 여유를 갖고 일을 할 수 있게 되었다……고 믿고 싶다.

내가 아직도 그다지 자신을 갖지 못하는 것은, 이전 점장인 야히로 씨의 영향이 확실하다. 야히로 씨는 어떤 손님이 와도 솜털처럼 따스한 미소를 보여주었는데, 나에게는 아직 그런 여유가 없다. 종종 소라에게서도 "미간에 주름 좀 펴"라고 주의를 들을 정도니 말이다…….

그래도 일은 즐겁고, 긍정적인 하루하루를 보내고 있다. 조금이라도 야히로 씨의 모습에 가까워질 수 있도록, 앞으로도 노력하고 싶다.

……그렇게 해서, 지금의 나에게 있어서 일은 문제가 없다. 문제가 있는 것은 사생활 쪽이라고 할 수 있다. 8월의 오봉* 연휴 사흘간은 소라의 사정으로 카에데안은 임시 휴업을 하게 되었다. 말하자면 여름휴가다.

태풍이 와서 기차가 멈추기라도 하면 큰일이니까……라는 말도 안 되는 이유를 갖다 붙여서는 휴가 때도 고향집에 돌아가지 않고, 집안에서 동영상이나 보면서 뒹굴거리는 나날을 보내고 있었다.

나는 올해로 서른. 여전히 남자친구는 없다. 남자친구는커녕, 남자라고는 이전 직장의 남자 사원들과 가끔 메시지로 연락을 주고받을 뿐, 휴일에 함께 외출할 정도로 가까운 남자 지인조차 없다.

[이러다가 나…… 썩어버리는 거 아닐까]

[그냥 썩으면 되지 뭐가 문제야! 일에서 빛을 보면 되잖아. 그쪽이 나한테도 더 낫고 말이야!]

아카네에게 메시지를 보냈더니, 이런 냉정한 대꾸가 돌아왔다. 하지만 신기하게도 '그것도 나쁘지 않지'라고 생각하는 내가 있다는 점에서 나의 사생활은 이미 썩기 시작했는지도 모르겠다.

* 양력 8월 15일 전후로 치러지는 일본의 명절로, 조상의 영혼을 맞이해 대접하면서 건강과 행복을 기원하는 날이다.

그리고 여름휴가의 마지막 날. 잠옷을 입은 채로 스마트폰으로 한창 게임을 하고 있는데, 메신저의 알림 소리가 들렸다.

"누구지?"

게임을 중단하고 알림을 본 순간, 나는 펄쩍 뛰어올랐다.

"야, 야히로 씨?"

메신저 화면에는 '야시마 린노스케'라는 본명이 표시되어 있지만, 지금도 '야히로 씨'라는 이름으로 부르는 버릇이 사라지지 않았다. 가끔 신문이나 영상으로 접하는 야시마 린노스케보다는 카에데안에서 일하던 야히로 씨 쪽이 나에게는 훨씬 인상 깊었으니까. 분명 앞으로도 계속 '야히로 씨'라고 부르게 될 것이 틀림없다.

그건 그렇고, 이름을 어떻게 부를 것인가는 지금 단계에서는 아무래도 상관없다. 야히로 씨와 마지막으로 대화를 한 것은 작년 이맘때, 내가 카에데안의 점장을 이어받기로 했다는 보고를 한 것이 마지막이다.

[고마워, 미노리 씨. 미노리 씨라면 안심하고 카에데안을 맡길 수 있어. 열심히 해. 응원하고 있을게.]

그때 이런 따뜻한 메시지를 받고서, 나는 인기 애니메이션 캐릭터가 "맡겨만 주세요!"라고 말하는 이모티콘을 보낸 것이 끝이었다. 나중에서야 좀 더 소소한 대화를 이어갔으면 좋았을 텐데 하고 후회했지만, 이미 늦었다.

그 후로는 세계적인 유명인을 상대로 "요새 어떻게 지내세요?" 같은 가벼운 문자를 보낼 용기가 없어서, 결국 아무런 왕래가 없는 상태가 되어 버렸던 것이다.

그런데 대체 무슨 일일까……. 분명 '이번에 일본에서 콘서트를 하게 되어서 일단 알려주려고' 같은 사무적인 내용이겠지. 그것 말고는 나에게 메시지를 보낼 이유도 딱히 없고.

그러면서 나는 냉정하게 화면의 메시지를 들여다보았다. 그러고 다음 순간, 눈앞이 새하얘졌다.

[딱 1주일간 휴가를 얻을 수 있게 됐어. 그동안 자택이 있는 일본에서 보낼 생각이야. 미노리 씨 형편이 괜찮은 날 아무 때나 상관없으니까, 함께 가와고에 산책이라도 하지 않겠어?]

어, 어떻게 하지? 평소에 같이 외출하자는 권유를 받은 적이 없다 보니, 이런 경우에 어떻게 답장을 해야 좋을지 감이 잡히지 않았다.

"이, 일단은……."

나는 이번에도 인기 캐릭터가 "알겠습니다!"라는 글씨와 함께 밝은 표정으로 엄지를 치켜들고 있는 이모티콘으로 답하는 것이 최선이었다. 이렇게 해서 나와 야히로 씨의 가와고에 산책이 갑자기 결정되었다.

그런데 전 세계를 날아다니면서 바쁜 나날을 보내고 있는 야히로 씨가, 모처럼의 휴일에 일부러 나를 만나러 올 만한 이유는 딱 하나밖에 떠오르지 않았다. 그것은 내가 카에데안의 점장으로서 운영을 제대로 하고 있는지가 걱정이 되기 때문일 것이다.

그렇다면 내가 해야 하는 것은 단 하나, 야히로 씨가 안심할 수 있도록 행동할 것. 그래서 나는 스스로에게 세 가지 미션을 부과했다. 그것은…….

첫째, 절대 지각하지 말 것.

둘째, 점장에 어울리는 기품 있는 메이크업을 할 것.

셋째, 내가 짠 산책 코스로 야히로 씨를 에스코트할 것.

이상과 같다.

후후. 이 세 가지 미션만 제대로 달성한다면 야히로 씨는 분명 안심할 거야. 전과는 완전히 달라진 내 모습을 야히로 씨에게 보여주자고!

* * *

카에데안의 정기휴일인 8월 하순의 목요일. 평소대로라면 휴일엔 오후가 될 때까지 침대에서 뒹굴거리곤 하지만, 이날은 달랐다. 왜냐하면 오늘이 바로 야히로 씨와 가와고에 산책을 하는 날이기 때문이다.

약속은 낮 12시에 가와고에역 중앙광장. 나는 아침 6시 5분 전에 번쩍 눈을 떠서, 6시에 세팅한 스마트폰 알람이 울리기 전에 미리 껐다.

"좋았어!"

기합을 넣고 침대에서 나온 뒤에는 세면대 앞으로 직행했다. 세수를 하고, 이를 닦는다. 졸음은 전혀 느껴지지 않는다. 그럴 만도 한 것이 전날부터 '절대로 지각하지 말 것'을 너무 의식한 나머지, 밤에도 잠이 오지 않아서 고생했기 때문이다.

빵을 우유와 함께 대충 쑤셔 넣고, 벌꿀을 뿌린 요거트까지 깨끗이 먹어 치웠다면, 이제는 메이크업 시간이다. 너무 진하게 하면 '오늘은 특별히 기합을 넣었습니다!'라는 느낌이 들어버린다.

물론 실제로 기합은 들어 있지만……. 그것을 눈에 띄지 않게 하는 것이 점장의 기품이라는 거겠지! 시간을 충분히 들여 내추럴한 메이크업을 완성하자, 벽시계의 바늘은 9시를 막 지난 참이었다.

우리 집은 지금도 시키시에 있다. 가와고에까지는 집에서부터 30분 정도, 그러니까 10시 반에 옷을 골라 갈아입으면 충분히 시간에 맞는다.

소파에 깊이 앉아 천장을 올려다본다. 조금 마음이 진정되자, 갑자기 졸음이 쏟아졌다.

"잠깐만 눈 좀 붙일까……."

그렇게 중얼거린 것을 마지막으로 내 의식은 멀리, 저 멀리 어딘가로 날아가 버렸다.

"안 돼!!"

벌떡 몸을 일으키고 서둘러 시계를 본다. 11시 반이다!

"아슬아슬해! 어쩌지!!!"

서둘러 현관으로 나가 지난주에 새로 산 걷기 편한 펌프스를 손에 든다.

"아니, 아직 옷도 안 갈아입었잖아!"

지금 옷을 고를 상황이 아니다. 바로 이럴 때 편리한 것이 퍼스트 패션의 전신 코디 아니겠는가. 검은색 크롭티에 갈색의 벨트 달린 조끼, 그리고 하얀색 카고팬츠를 맞춰 입는다.

"좋아. 이걸로 OK!"

집을 나서서 문을 잠근다. 스마트폰을 보니 11시 33분이라는 숫자가 눈에 들어왔다.

밖으로 한 걸음만 내디뎌도 땀이 배어 나오는 더위다. 하지만 그런 것을 신경 쓸 여유도 없이, 나는 시키역을 향해 서둘러 걸어갔다.

* * *

11시 59분에 가와고에역에 도착하자마자, 달려서 계단을 뛰어 올라갔다. 그리고 역의 시계가 딱 12시를 가리킨 그 순간, 가와고에역의 중앙광장으로 거의 구르다시피 뛰쳐나왔다.

"아, 안 늦었어!"

첫째 미션, '절대로 지각하지 말 것'은 어떻게든 클리어했다. 무릎에 손을 짚고 거칠어진 숨을 고르면서, 야히로 씨의 모습을 찾아 오른쪽을 본다.

"없어."

그렇다면 왼쪽일까?

"없어……."

그럼 정면은?

"없어! 다행이다……."

숨은 헉헉거리고, 땀은 줄줄 흐르고, 머리는 다 헝클어지고……. 이런 모습을 보였다가는 분명 분위기가 깨질 테니까.

메신저를 열어보자 30분 정도 전에 '미안합니다. 조금 늦을 것 같습니다'라는 메시지가 와 있었다. 분명 일이 바쁜 탓일 것이다. 오늘만큼 상대방이 지각한 것이 고맙다고 생각한 날이 없다. 겨우 한숨 돌리고 몸을 일으켰다.

자, 다음은 머리를 정돈하자…….

바로 그때.

"미노리 씨?"

갑자기 등 뒤에서 야히로 씨의 목소리가 들려온 것이 아닌가.

"네에에엣!"

너무 의외의 방향에서 들려온 목소리에, 간신히 식어가던 땀이 도로 뿜어져 나왔다.

"미안해. 조금 늦었지?"

아뇨, 아뇨! 전혀 늦지 않으셨는데요. 저와 같은 기차였던 거 아닌가요!

그렇게 속으로 비명을 지르면서, 미소를 지으며 뒤를 돌아보았다.

"오, 오랜만에 뵙네요. 야히로 씨!"

처음 만난 무렵과 변하지 않은 온화한 표정의 야히로 씨. 하지만 가느다란 눈이 금방 동그래졌다.

"괜찮아?"

"네? 뭐, 뭐가요?"

"아니, 저⋯⋯ 괜찮으면 이거 쓰겠나?"

그렇게 말하며 야히로 씨가 건넨 것은 완전 새것인 미니 타월이었다. 손수건이 아니다. 그렇다는 것은⋯⋯. 안 돼!

서둘러 스마트폰을 셀카 모드로 켜서 거울 대신 들여다보았다. 거기에는 폭포처럼 흐르는 땀에 모처럼 공들여 완성한 메이크업이 엉망이 된 내 얼굴이 비치고 있었다⋯⋯.

둘째 미션, '점장에 어울리는 기품 있는 메이크업을 할 것'은 완전히 실패했다. 게다가 메이크업을 고치느라 역 안의 화장실로 달려 들어가서 15분이나 야히로 씨를 기다리게 만드는 꼴이라니…….

이대로라면 야히로 씨를 실망시키고 말 것이다. 남은 미션은 하나. '내가 짠 산책 코스로 야히로 씨를 에스코트할 것'. 이것만은 반드시 성공해야 한다.

"좋았어! 괜찮아! 할 수 있어!"

거울 속의 나에게 그렇게 타이르고, 당당하게 화장실을 나섰다. 역의 중앙광장으로 돌아가자, 야히로 씨는 바로 나를 알아채고 부드러운 미소를 보여 주었다. 야히로 씨는 여전히 상냥하구나.

나는 땀을 흘리지 않을 정도의 속도로 재빨리 다가가, 꾸벅 고개를 숙였다.

"오래 기다리셨죠! 정말 죄송해요!"

"하하, 사과할 필요 없어. 오늘은 시간을 내 줘서 고마워."

듣기 좋은 차분한 목소리. 가끔 뉴스 영상이나 신문 기사 사진에서 야히로 씨를 발견한 적은 있지만, 목소리를 듣는 것은 정말 오랜만이다.

그리운 마음에 자칫 방심하면 눈물이 날 것 같다. 하지만 이런 곳에서 울면 오히려 더 걱정시킬 뿐이겠지. 웃는 얼굴을 만들어서 눈물을 참은 나는 배에 힘을 꽉 줘서 목소리도 한 톤 끌어올렸다.

"그럼, 갈까요! 제가 가와고에를 안내할게요!"

"어?"

의외였는지, 야히로 씨가 눈을 끔뻑이며 나를 바라본다. 야히로 씨가 뭐라고 말하기 전에 내가 먼저 말을 꺼냈다.

"야히로 씨가 휴가를 즐기실 수 있게 제가 산책 코스를 생각해 왔어요! 그러니까 오늘은 제가 안내하게 해 주시겠어요?"

살짝 당황한 듯이 잠시 틈을 둔 야히로 씨였지만, 곧 평소와 같은 웃음을 보이며 고개를 끄덕여 주었다.

"고마워. 그럼 호의를 고맙게 받아 볼까?"

가와고에 중앙 상점가의 이름은 '일번가'라고 한다. 에도 시대부터 이어져 내려온 전통 양식의 건물이 늘어서 있는 거리라서, 걸어보는 것만으로도 타임슬립을 한 기분을 맛볼 수 있다. 구경만 해도 재미있는 이 거리 중에서도 맛있기로 유명한 메밀국숫집이 있다. 오늘의 점심 식사는 그곳에서 할 예정이다.

메밀국숫집을 나온 뒤에는 다시 중앙 상점가 산책으로 돌아가, 가와고에의 상징 '시간의 종'으로 향한다. 처음에 '시간의 종'은 에도 시대 초기에 지어졌다고 한다. 16미터 높이에 3층 구조로 된 이 건물은 400년 가까이 전부터 사람들에게 시간을 알려주고 있다. 역사에 대한 로망을 느끼는 데는 안성맞춤이다.

'시간의 종' 옆을 천천히 지나가 다음으로 향할 곳은 미요시노 신사. 전래동요 〈지나가요〉의 발상지라고 불리는 이 신사를 방문하는 이유는 말할 필요도 없다. 신사에 딸린 숲 안쪽에 카에데안이 있기 때문이다.

전 점장인 야히로 씨 역시도, 초대장 없이는 카에데안에 들어오지 못한다고 소라가 말했다. 그러니까 숲 앞까지만이라도 가서 카에데안에서 일하던 시절의 추억에 젖어보자는 의도를 담았다. 내가 생각해도 멋진 연출이다.

다음으로는 그 옆에 있는 가와고에 성을 보고, 가와고에 히카와 신사에 참배를 하러 간다. 인연을 맺어준다는 신사에 야히로 씨와 함께 가서 뭘 기원할 거냐고?

트, 특별히 의미를 둔 건 아니다. 앞으로도 좋은 인연을 계속 이어갈 수 있도록 기원하려는 것뿐이다.

여기까지 오면 나의 예상으로는 오후 3시. 야히로 씨는 5시에는 가와고에역을 떠나야 한다고 하니까, 돌아볼 곳은 나머지 한 곳. 카페 오이모에 가서 꼭 먹어야 하는 디저트 '고구마 가득 파르페'를 먹는 것이다.

야히로 씨는 술보다 달콤한 음식을 좋아한다고 말한 적이 있다. 그래서 언젠가 함께 고구마 파르페를 먹으러 가고 싶다고 생각하고 있었는데, 카에데안에서 일하는 동안에는 좀처럼 시간이 맞지 않았다. 오늘이야말로 절호의 찬스다. 고구마 파르페를 후식으로 정한 뒤, 점심은 좀 가벼운 메밀국수를 선택한 것이다.

이것이 내가 생각한 완벽한 가와고에 산책 코스. 전부 돌아볼 수 있다면 야히로 씨도 분명 즐거워할 거야! 그렇게 생각하고 있었는데…….

초반은 매우 순조로웠다. 붐비는 인파를 피해서 조용한 뒷골목을 느긋하게 산책했다. 소라로부터는 "야히로와 만난다고? 뭐, 상관은 없지만, 아무리 야히로라 해도 네가 카에데안의 이야기를 꺼내는 건 안 되니까 말이야. 이유는 알고 있겠지? ……다만 그쪽에서 먼저 이야기를 꺼내면 그때는 얘기해도 상관없어"라는 당부를 들었다.

그렇지만 사소한 대화만이라도 충분히 즐겁다. 여유로운 시간에 몸을 맡기고 있는 동안, 어느새 정취 있는 옛 가옥 거리로 접어들었다. 일번가다.

"와, 평일인데도 사람이 많네요!"

대학생으로 보이는 커플, 외국인 관광객, 가족 나들이…… 카에데안으로 일하러 갈 때 버스를 타고 오가던 길이지만, 평일 낮에 방문하는 것은 처음이었기 때문에, 상상 이상으로 혼잡한 데는 조금 어리둥절하고 말았다.

"응, 굉장히 떠들썩하군 그래. 사람들이 즐거워하는 모습을 보면, 이쪽까지 심장이 두근거리는 것 같다."

슬쩍 왼쪽 대각선에 보이는 야히로 씨의 옆얼굴에 시선을 보낸다. 활기가 넘치는 표정이다. 살짝 볼이 불그스름한 것은 내리쬐는 한여름의 태양 탓이거나, 아니면 일번가의 열기 때문일 것이다. 아니면 나와의 산책이 즐겁기 때문인지도 모른다. 그렇다면 좋을 텐데.

"으음후후후."

자연스레 행복한 기분에 젖었던 것도 잠시뿐. 눈에 들어온 광경에 나도 모르게 웃는 얼굴이 파르르 떨렸다. 가기로 계획해 놓았던 메밀국숫집 앞에 긴 행렬이 늘어서 있는 것이 아닌가. 예상 대기 시간을 점원에게 물어보니 한 시간 정도라고 한다.

"어, 어떡하지……?"

이 더운 날씨에 한 시간이나 야히로 씨를 기다리게 할 수는 없다. 그렇다고 다른 후보 식당이 있는 것도 아니다.

정말 어쩌면 좋지?

눈물이 날 정도로 당황한 나에게 야히로 씨는 별일 아니라는 듯이 말했다.

"하하. 미노리 씨만 괜찮다면 나는 상관없어. 기다리는 동안 천천히 이야기라도 할까?"

이 말에 구원 받은 내 입가에 자연스러운 미소가 돌아왔다.

"네! 저도 그러고 싶어요!"

메밀국숫집에 줄을 서 있는 동안, 그리고 맛있는 메밀국수를 먹는 동안에도, 우리는 여러 가지 일들을 이야기했다.

야히로 씨는 새로운 고양이를 일본의 자택에서 키우기 시작했다고 한다. 집을 비우는 동안에는 집안일 해 주시는 분이 돌봐주고 있다고 한다. 사진을 보여 주었는데, 검은 고양이 녹턴과 달리 새하얀 털을 가진 귀여운 아기 고양이를 보고 나도 모르게 심장이 두근거렸다.

그 외에도 만난 사람들이나 현지의 음식 같은 것에 대한 야히로 씨의 이야기를 듣다 보면 나까지 전 세계를 여행하는 기분이 들었다.

나에 관한 이야기는…… 카에데안의 일을 이야기할 수 없다 보니 화제다운 화제가 정말 없다는 것을 깨달았다. 사는 세계가 너무 다르다 보니, 공통점이라곤 하나도 없었다.

응? 잠깐만. 분명 소리가…….

—단지, 그쪽에서 먼저 이야기를 꺼내면 그때는 이야기해도 상관없어.

이렇게 말했지? 그렇다면 야히로 씨 쪽에서 이야기를 꺼내도록 내가 유도하면 되잖아! 말은 쉽지만, 어떻게 이야기를 꺼내면 좋을까?

메밀국수를 후룩후룩 흡입하면서 생각하다가 소라의 얼굴이 떠올랐다.

그래! 소라야!

은근히 '공통의 지인' 이야기를 화제로 던져 보자. 그러면 야히로 씨의 입에서 소라의 이름이 나올 것이다. 이후는 자연스러운 흐름에 따라 카에데안의 이야기로 흘러갈 것이 틀림없다.

"야히로 씨. 우리 공통의 지인에 대해서 얘기하지 않으실래요?"

뭐라고 말을 꺼내야 할지 방법을 모르겠어서, 직접적으로 이야기를 꺼내고 말았다. 눈을 깜빡이던 야히로 씨는 잠시 생각에 잠겼다가, 시원스레 대답했다.

"아아, 다카하시 씨를 얘기하는 거지? 다카하시 씨는 항상 기운이 넘쳐서 좋더라고."

다카하시 씨? 대체 누구지? 이번에는 내가 눈을 깜빡였다. 그런 나를 보고 야히로 씨는 한 장의 명함을 끄집어냈다.

"다카하시…… 아카네……. 아카네!!"

평소에 성을 안 붙이고 이름만 부르다 보니까, 성은 완전히 잊어버리고 있었다.

"하하, 그래. 아카네 씨와는 얼마 전에 함께 식사를 했는데 말이야."

"네?"

아카네 이 자식! 나한테는 얘기도 안 하고! 그렇게 관심을 보이더니, 드디어 야히로 씨에게까지 손을 뻗을 생각이로구만?

"하하. 물론 명목은 취재였지만 말이야."

"그, 그렇죠? 그것 말고는 아카네가 야히로 씨에게 식사를 권할 이유가 하나도 없으니까요!"

휴 하고 가슴을 쓸어내렸다.

"그때 미노리 씨를 모쪼록 잘 부탁한다고 하더군."

"네?"

"부끄럽지만, 그 한마디 덕분에 미노리 씨를 생각해 냈어. 이대로 있으면 안 되겠다 싶어서 만나자고 한 거야."

"그랬군요……."

설마 아카네가 오늘의 만남에서 다리가 되어 준 것이었다니……. 왜 이야기해 주지 않았을까?

그런 의문을 불식하듯이, 내 마음속에 한 줄기 쓸쓸한 바람이 스쳐 지나갔다. 그러니까, 아카네의 말이 없었다면 야히로 씨는 나를 완전히 잊어버릴 뻔했다는 것처럼 들리니까…….

내가 더 이상 말을 잇지 못하자, 야히로 씨가 공백을 메우듯이 말을 꺼냈다.

"벌써 다 먹었어? 슬슬 나갈까. 시간도 벌써 이렇게 되었고."

야히로 씨가 가게의 벽시계를 가리켰다.

"세상에! 두, 두시 반!?"

이럴 수가! 내 계획상으로는 메밀국수를 얼른 먹어치우고 1시 전에는 다시 산책을 시작했어야 하는데!

"자, 얼른 가시죠!"

계산을 끝내고, 구르다시피 하며 식당을 나왔다. 찌는 듯한 더위가 덮쳐왔지만, 신경 쓸 겨를이 없다.

"다음은 시간의 종 쪽으로 가요!"

일번가로 안쪽 길을 향해 발걸음을 재촉했다. 이때, 재회한 직후부터 느끼고 있던 위화감의 정체를 나는 이미 눈치채기 시작한 상태였다.

하지만 그 위화감을 필사적으로 부정하고 싶은 마음에 내 발걸음은 자연히 빨라지고 있었다. 시간의 종은 메밀국숫집에서 5분 정도 떨어진 곳에 있다.

사진으로 보는 것보다 훨씬 박력 있는 모습이 인상적이었지만, 느긋하게 감상할 시간이 없어서, 바로 다음 목적지로 향했다.

이대로라면 가와고에 성을 보는 건 무리겠어. 그리고 가와고에 히카와 신사도……. 하지만 미요시노 신사만은 빼놓을 수 없다. 나의 위화감을 확신으로 바꾸기 위해서라도…….

일번가를 빠져나와 잠시 걷자, 현 내에서 손꼽히는 주택가가 이어진다. 번화가의 소란스러움에서 벗어나, 우리 둘의 대화 소리만이 주위에 울려 퍼진다.

메밀국숫집을 나와서 약 15분. 그동안에도 야히로 씨의 입에서 소라의 이름이 나오는 일은 없었다. 그리고 드디어 미요시노 신사 경내에 들어왔다.

"굉장히 조용하고 분위기 있는 신사로군 그래."

야히로 씨는 돌이 깔린 바닥을 천천히 걸었다. 나는 그 뒤를 따라가지 않고, 뒷모습을 그저 묵묵히 바라보기만 했다. 뭔가를 말하려고 했다가는 눈물이 흘러넘칠 것 같았으니까.

마치 여기를 처음 방문한 사람 같은 반응이었다. 틀림없다. 야히로 씨는 이제 잊어버린 것이다. 미요시노 신사 안쪽에 있는 카에데안도, 그리고 소라까지도…….

"……미안해, 미노리 씨."

배전 앞에 선 야히로 씨가 이쪽을 돌아보지 않고 나직이 중얼거렸다. 나는 아무 말도 하지 못하고, 떨면서 입술을 깨물었다.

이제 못 견디겠어…….

한 줄기 눈물이 볼을 타고 흘러내렸다.

"아무것도 기억나지 않아. 녹턴이 내 앞에서 모습을 감춘 그날부터 몇 년 동안의 일이."

아아, 역시…….

"그러면 어째서 저를……."

쥐어짜낸 말은 여기에서 끊겼다. 하지만 야히로 씨에게는 내 질문의 의도가 분명히 전달된 모양이다. 뒤로 돌아서 상냥한 시선을 내게로 향하며 대답했다.

"녹턴과 재회하는 꿈을 꾸었는데 말이야, 그 꿈에 미노리 씨가 있었어. 처음에는 꿈속에서만 있는 사람이라고 생각했어. 하지만 참 신기하지. 다음 날 아침이 되자 차례차례 떠오르는 거야. 미노리 씨의 웃는 얼굴, 곤란해 하는 얼굴, 뭔가에 몰두한 얼굴이……."

기쁘다. 하지만 슬프다. 상반된 감정이 가슴 속에서 빙빙 소용돌이쳐서, 눈물은 끊임없이 흐르지만 말이 전혀 나오지 않는다. 야히로 씨는 천천히 나에게 가까이 다가오며 말을 이었다.

"그리고 또 하나 신기한 일이 있었어."

"또 하나 신기한 일이요……?"

나에게서 두 걸음 떨어진 곳에서 발을 멈춘 야히로 씨는 천천히 말했다.

"꿈속에서 남자아이의 목소리가 계속 반복해서 들렸어. '미노리를 잊어버리지 마!', '미노리를 잊어버렸다가는 가만두지 않을 거야!' 하고 말이야. 그게 일주일 간격으로 며칠씩 계속되는 거야."

소라다. 소라가 야히로 씨와 나의 인연을 이어 주었다. 지금까지 이상으로 뜨거운 눈물이 넘쳐흘렀다. 흐느껴 우는 나에게 가만히 손수건을 건네면서, 야히로 씨는 말을 이었다.

"누구의 목소리인지는 모르겠어. 하지만 어째선지 그리운 기분이 들어서……. 그 꿈에서 깨어난 아침엔 꼭 베개에 눈물 자국이 있는 거야. 분명 그 목소리의 주인은 나에게 매우 중요한 사람일 테고, 그 사람이 잊지 말라고 하는 미노리 씨도, 마찬가지로 소중한 존재임이 틀림없을 거야. 하지만……."

야히로 씨의 얼굴이 괴로운 듯이 일그러졌다. 나는 눈물을 닦고, 입을 꾹 다물고 야히로 씨를 바라보았다.

"아무리 애를 써도 미노리 씨에 대해서는 생각나는 게 없어. 어떻게 만났고, 어떤 시간을 함께 보냈고, 그리고 어떤 식으로 헤어졌는지도……. 미안해."

머리를 숙인 야히로 씨에게 나는 바로 말을 걸었다.

"야히로 씨, 하나 물어봐도 될까요?"

벌떡 고개를 든 야히로 씨는 "그래"라고 짧게 대답했다. 나는 혼란스러운 마음을 진정시키려고 크게 숨을 들이쉰 뒤, 자신에게 타이르듯이 천천히 물었다.

"오늘은 즐거우셨나요?"

이날을 위해서 내가 스스로에게 부과한 세 가지 미션. 솔직히 말해서 전혀 성공하지 못했다. 그러니까 '지겨웠다'고 말해도 어쩔 수 없다. 하지만…….

"굉장히 즐거웠어."

야히로 씨는 투명한 웃는 얼굴로 그렇게 대답해 주었다. 어깨의 힘이 풀림과 동시에, 입꼬리가 저절로 올라가는 것이 스스로도 느껴졌다.

"다행이다. 둔감한 저도 알고 있었어요. 야히로 씨가 모든 것을 잊어버렸다는 걸."

"에?"

"후후. 제가 이래 봬도 반려동물 동반 가능 카페에서 점장을 맡고 있거든요. 사람과 동물을 보는 눈은 확실해요."

"그렇군……."

"그러니까 불안해서 견딜 수가 없었어요. 저, 계속 실수만 했으니까."

"실수라니. 그런 거 전혀 느끼지 못했어."

"후후. 역시 야히로 씨는 야히로 씨 그대로네요."

"나 그대로?"

"네! 누구에게나 다정하고, 관대하고, 온화한, 제가 굉장히 좋아하는 야히로 씨예요!"

눈을 크게 뜨고 굳어버린 야히로 씨의 옆을 지나서, 이번에는 내가 배전 앞에 섰다. 그 배전을 올려다보면서, 지금 생각하고 있는 것을 솔직하게 말했다.

"저 말이에요. 누군가에게 잊혀지는 것은 그리 큰일이 아니라고 생각해요. 왜냐면 사람은 망각의 동물이잖아요?"

야히로 씨가 내 옆에 서서, 나와 마찬가지로 배전을 올려다보았다. 나는 말을 이었다.

"하지만 말예요, 상대방을 잊어버리고 나면 동시에 인연이 끊어져버리는 것이 너무 슬퍼요. 왜냐하면 어떤 사람이든 인연이 맺어진 것 자체가 기적 같은 일이니까요."

"아아, 그렇지."

"하지만 안타깝게도 인연이 끊어지는 사람이 굉장히 많지 않나요? 졸업과 함께 만나지 않게 된 친구, 이직을 한 순간 연락하지 않게 된 전 직장동료……. 공통의 뭔가가 끝난 시점에, 인간관계도 끝나는……. 그런 것이 저는 굉장히 슬퍼요."

"그렇지……."

"야히로 씨와 저도 마찬가지예요. 공통의 뭔가는 끝났지만, 오늘 이렇게 오랜만에 다시 만나서, 즐거운 한때를 함께 보낼 수 있었다는 것만으로도 저는 만족해요. 지금도 인연이 계속 이어지고 있다는 걸 실감했으니까요."

나는 야히로 씨 쪽으로 몸을 돌렸다. 남에게 미움받고 싶지 않다는 이유로 상대방과의 사이에 벽을 만들어 왔던 내가, 이런 식으로 솔직히 나의 기분을 입 밖에 내어 말할 수 있는 것은 다름 아닌 카에데안에서 야히로 씨와 소라와 함께 보낸 시간 덕분이다. 이어서 나는 마음을 굳게 먹고 우리의 미래에 대해 이야기했다.

"야히로 씨, 지금까지의 일은 무리해서 떠올리지 않아도 괜찮아요. 대신 앞으로 가끔이라도 좋으니까, 오늘처럼 느긋하게 같이 산책하지 않겠어요?"

야히로 씨도 내 쪽으로 몸을 돌렸다. 그리고 솜털같이 부드러운 목소리로 대답했다.

"응. 물론이지. 내가 먼저 부탁하고 싶을 정도야. 앞으로도 나와 계속 인연을 이어 주겠나?"

물론 말할 것도 없이 대답은 정해져 있다. 하지만 입 밖에 내어 말한다는 것에 의미가 있는 기분이다. 그래서 나는 온 힘을 다해 큰 소리로 대답했다.

"네! 잘 부탁드려요!"

요즘 같은 때에는 보기 드문 상쾌한 바람이 훅 스쳐 지나가며, 카에데안으로 이어지는 숲의 나무들을 흔들었다. 나는 그 바람의 행방을 눈으로 따라가며 중얼거렸다.

"고마워, 소라."

야히로 씨가 어리둥절한 표정으로 고개를 갸웃거렸다.

"지금 뭐라고 했나?"

나는 배전 앞에서 폴짝 뛰어나와 야히로 씨에게 큰 웃음을 지어 보였다.

"아니요. 아무것도 아니에요! 자, 산책의 클라이맥스는 지금부터예요! 엄청난 디저트를 먹으러 가자고요!"

시간은 4시를 지나고 있다. 얼마 안 되는 남은 시간을 마음껏 즐기자. 그리고 야히로 씨가 잊어버린 시간을, 오늘부터 즐거운 추억으로 채워 가는 거다. 우리의 관계가 앞으로 어떻게 될지는 알 수 없다. 하지만 이것만은 말할 수 있다.

이 인연을 절대로 끊어지게 두지 않겠어. 10년 후에도, 20년 후에도. 언제든지 별거 아닌 일로 함께 웃으며, 즐거운 시간을 공유할 수 있는 관계로 만들어 가는 거야.

그렇게 결심하면서 미요시노 신사를 뒤로 했다.

오이모에서 단숨에 파르페를 먹어치운 것이 4시 50분. 야히로 씨는 굉장히 기뻐해 주었다. 종종걸음으로 역의 개찰구에 도착한 것인 4시 55분이었다.

야히로 씨가 탈 기차는 5시 정각 출발. 5분밖에 남지 않았다. 하지만 야히로 씨는 서두르는 기색을 조금도 보이지 않고, 나에게 꾸벅 고개를 숙였다.

"오늘은 정말 고마워. 굉장히 즐거웠고, 행복한 시간이었어."

나도 머리를 숙였다.

"저야말로, 감사했습니다!"

"그럼 또 보자."

가볍게 손을 들어 보이고는, 천천히 그 자리를 떠나는 야히로 씨의 뒷모습에 나는 한 번 더 말을 걸었다. 나의 또 하나의 결심을 알리기 위해서.

"꿈에 나온 소년이 말이에요!"

돌아본 야히로 씨가 눈을 휘둥그레 뜨고 있다. 나는 말을 고르면서 계속했다.

"저, 그 사람…… 아니, 그 신에 대해서 알고 있어요!"

"신이라고?"

그래. 역시 야히로 씨가 소라를 잊어버리는 것은 싫어. 아니, 잊어버리는 것은 어쩔 수 없더라도, 적어도 알아주었으면 좋겠어. 그런 존재가 있다는 것을!

"이렇게 보여도 제가 신화 마니아거든요!"

미안해, 아야카. 잠깐만 네 특기를 빌릴게.

"그러니까 저, 야히로 씨의 꿈에서 목소리를 들려준 신에 대해서 잘 알고 있어요! 오늘은 시간이 없으니까 가르쳐 드릴 수 없지만, 다음에 만나면 제대로 이야기해요!"

눈을 깜빡이던 야히로 씨는 나의 필사적인 모습을 보고 쿡쿡 웃었다.

"그럼, 다음에 만날 때 제대로 이야기를 들어보자고. 또 연락할게."

"저, 저도 연락드려도 될까요?"

"응. 물론이지. 아, 맞아. 내가 뭐 하나 말해도 될까?"

시계는 4시 59분. "곧 열차가 도착합니다" 하는 안내방송이 멀리서 들려온다. 그런데 뭘까?

꿀꺽 하고 끄덕인 나에게 야히로 씨는 살짝 고개를 숙이고 말했다.

"나도 미노리 씨를 좋아해."

순식간에 얼굴이 빨개져서 시간이 멈춘 듯이 굳어버린 나. 그런 나를 옆눈으로 보며 야히로 씨는 빠른 걸음으로 사라졌다.

그날 밤, 샤워로 땀을 씻어내고 한숨 돌리자마자, 나는 소파에 털썩 주저앉아서 아카네에게 전화로 오늘 있었던 일을 이야기했다.

"미노! 착각하지 마! 그건 사람 대 사람으로서 좋아한다는 의미니까."

"그런 거 알고 있어. 하지만 누군가로부터 좋아한다는 말을 듣는 건 기분 좋잖아!"

"흐음. 그렇다면 내가 매일 말해줄까? 미노, 좋아해 하고."

“고마워! 농담이라도 기쁜걸.”

“뭐야 진짜! 놀리는 보람이 없다니까. 아아, 이렇게 될 줄 알았으면 도와주지 않는 건데 그랬어.”

“진심이야?”

“당연히 농담이지. 나도 기뻐. 미노가 행복한 것 같아서.”

“우후훗. 고마워. 굉장히 행복해.”

“아아, 역시 약간 짜증나는 것 같기도 하고!”

“어느 쪽이야!”

그런 대화를 하고 있는 동안에도 나는 야히로 씨에게 어떻게 소라에 대해서 알려줄 수 있을지를 고민하고 있었다.

“그래서, 어떻게 됐어? 설마 자랑만 하려고 전화를 건 건 아니겠지?”

역시 아카네는 나에 대해서 꿰뚫어 보고 있다.

“있잖아. 좀 상의할 게 있어.”

“뭔데?”

“신에 대해서 같이 조사해 줬으면 좋겠어.”

“어떤 신?”

“몰라.”

“뭐야! 모른다고 하면 이야기가 진행이 안 되잖아!”

“하지만 신이라는 것은 확실해. 그 신에 대해서 야히로 씨에게 가르쳐 주고 싶어.”

"흐응. 뭔가 사연이 있는 모양이네. 그럼 뭐 힌트는 없어?"

"힌트?"

뭐가 있을까? 지금까지의 사건을 빠짐없이 떠올려 본다. 하지만 힌트가 될 만한 것은 아무것도 떠오르지 않았다. 왜냐하면 소라는 요만큼도 신다운 구석이 없으니까.

"하다못해 별명이라도 말이야."

소라라는 이름을 꺼내도 의미가 없을 것 같은 기분이다. 다른 이름은 없을까…….

"맞다! 도토리노카미!"

황천에 갔을 때 도토리노카미가 소라를 '미이 군'이라고 부른 것을 떠올렸다.

"도토리노카미? 거기까지 알고 있다면 스스로 조사할 수 있잖아."

으응, 아니야. 도토리노카미가 미이 군이라고 불렀어, 라고 말하려다가 일단 말을 멈췄다. 그렇게 말하면 믿어주지 않을 테니까.

"도토리노카미와 미이라는 이름이 관계가 있을 거야."

"미이……라고?"

"어때? 뭔가 알고 있어?"

"글쎄……. 아야카라면 모를까, 나는 신에 대해서는 전혀 모르니까."

"그렇지……."

잠시 서로 말이 없었다. 침묵이 이어지는 중에, 내 마음속에 어떤 생각이 떠올랐다. 그리고 드디어 각오를 다진 순간, 나는 큰 소리로 선언했다.

"나, 아야카가 되겠어!"

"미노, 내가 아야카 대신이 될 테니까!"

거의 동시에 완전히 똑같은 결심을 한 것이다.

"아하하하!"

"하하하!"

너무 웃겨서 웃음이 멈추지 않았다. 그리고 아카네도 똑같이 느꼈을 것이다. 마음속에 있는 아야카의 존재를…….

"그럼 뭔가 알게 되면 바로 연락할게."

"응! 나도 연락할게!"

"그때까지는 안 돼. 결혼 같은 거 하면!"

"할 리가 없잖아! 잘 자!"

"잘 자."

전화를 끊은 뒤에도 잠시 여운이 남아서, 나는 소파에서 움직이지 않고 천장을 올려다보고 있었다.

"아야카……. 부탁이야. 한 번 더 힘을 빌려줘!"

마음속의 아야카가 볼을 빵빵하게 부풀렸다.

—우리 사이에 뭘 그렇게 조심스럽게 말하니? 나는 항상

미노의 편이라고 했잖아!

그렇다. 끊어지지 않고 계속 이어지고 있다. 아야카와의 인연도. 그리고 앞으로도 아야카와 아카네와 나, 셋이서 계속 연결해 가는 것이다. 야히로 씨와 소라의 인연도.

가만히 눈을 감은 순간, 뇌리에 얄미운 소년의 목소리가 들려왔다.

—하여간, 쓸데없는 걱정이라니까. 대체 넌 왜 항상 그렇게…….

끝도 없이 이어지는 잔소리에 마음을 맡기면서, 기분 좋은 잠으로 빠져들어 갔다.

✷

저자 후기

저의 사랑스러운 반려동물, 포메라니안이 뭔가 이야기하고 싶다는 듯이 내 눈을 가만히 바라볼 때면 항상 이렇게 생각했습니다.

'이 아이가 말을 할 수 있으면 얼마나 좋을까…….'

그 바람을 이야기로 만들고 싶다는 마음이 이 작품을 집필하는 동기가 되었습니다.

이야기를 써 내려가는 동안 반려동물과 인간의 관계뿐만 아니라 '사람과 사람 사이에 맺어진 인연의 소중함'에 대해서 더 많은 생각을 하게 되었습니다.

안 그래도 희미해져 가고 있다는 평가를 듣던 사람과 사람 사이의 인연이, 코로나 바이러스가 유행하는 동안 한층 더 희미해진 듯이 느껴집니다.

사람과의 연결은 이제 익명의 SNS가 중심을 이룹니다. 사람들은 눈앞에 있는 상대에게는 마음을 열지 않고, 단짝 친구나 파트너와 같이 부딪힐 일이 극히 드문 인간관계밖에 만들지 않지요. 평소에 자신을 도와주는 사람이라 해도 최소한의 필요한 대화밖에 하지 않습니다. 한 걸음이라도 일터를 벗어나면 평소에 신세를 졌던 선배나 상사라 해도 생판 남처럼 대합니다. 이런 현실이 저는 정말 슬픕니다.

"옷깃만 닿아도 인연"이라는 말이 있습니다. 아무리 작은 접점이라 해도, 인연이 있기 때문에 만들어진다는 의미입니다. 이 말에서 저는 아무리 작은 인연이라 해도 소중히 여기는 태도가 중요함을 배웁니다. 이 말처럼 조금이라도 인연이 있거나 신세를 진 상대방을 소중하게 생각하고, 상대방을 배려하며 소통을 이어가는 태도가 자신의 세계를 확장하는 것으로 이어진다고 믿습니다.

케케묵은 이야기라 여겨도 어쩔 수 없습니다. 실제로 불쾌하게 생각하는 사람도 있을 수 있습니다. 그럼에도 저는 이 현실을 바꾸고 싶다고 생각합니다.

왜냐하면 작은 인연을 소중히 여기는 커뮤니케이션의 고리가 넓어질수록, 이 세상이 좀 더 밝아지고, 즐거워질 거라고 믿기 때문입니다. 이 이야기를 읽어 주신 분들의 마음에, 저의 간절한 바람이 가 닿는다면 기쁘겠습니다.

마지막으로 모든 독자 여러분, 그리고 표지 그림을 맡아 주신 유이아이 님, 이 책의 담당 편집자를 비롯해 간행을 위해 힘 써주신 모든 여러분께 감사드리며 이만 글을 맺습니다.

정말 감사합니다.

— 유리 준友理 潤

기적의 카페, 카에데안

초판 1쇄 발행 2025년 2월 12일

지은이 유리 준
옮긴이 윤은혜
펴낸이 김상현

콘텐츠사업본부장 유재선
출판1팀장 전수현 **책임편집** 김승민 **편집** 주혜란
마케터 이영섭 남소현 성정은 최문실 **디자인** 김예리
미디어사업팀 김예은 송유경 김은주 김태환
경영지원 이관행 김범희 김준하 안지선 김지우

펴낸곳 (주)필름
등록번호 제2019-000002호 **등록일자** 2019년 01월 08일
주소 서울시 영등포구 영등포로 150, 생각공장 당산 A1409
전화 070-4141-8210 **팩스** 070-7614-8226
이메일 book@feelmgroup.com

필름출판사 '우리의 이야기는 영화다'

우리는 작가의 문체와 색을 온전하게 담아낼 수 있는 방법을 고민하며 책을 펴내고 있습니다.
스쳐가는 일상을 기록하는 당신의 시선 그리고 시선 속 삶의 풍경을 책에 상영하고 싶습니다.

홈페이지 feelmgroup.com **인스타그램** instagram.com/feelmbook

ISBN 979-11-93262-38-2 (03830)